KB201041

부 여자.

두 여자

1판1쇄 인쇄 2014년 8월7일
1판1쇄 발행 2014년 8월11일

지은이   서상우 서신혜
펴낸곳   도서출판 책우리
주소   경기도 파주시 문발동 535-7 세종벤처 310호
전화   031)955-7691
팩스   031)955-7692
이메일   jong7068@naver.com
등록   2009년 3월1일

＊잘못된 책은 바꾸어 드립니다

isbn 978-89-93975-10-9 03810

두 여자.

서상우 · 서신혜 지음

책우리

두 여자

두 여자가 있다.
한 여자가 깔깔깔깔 웃는다. 그리고 멀리 떠난다.
남은 여자는 고개를 숙인 채… 우는 듯 웃는 듯…
그러나 끝내 웅크린 어깨 너머로 아주 희미하게
미소를 짓는다.
그리고 기다린다.
바람을 맞으며, 비에 젖으며, 어둠을 죽이며…
나머지… 한 여자를 기다린다.

스위트 홈

올 6월은 6월이 아니다. 5월이 채
끝나기도 전에 시작된 무더위는 6월 달력을 뜯기가 무
섭게 아예 대놓고 열대야를 일으켜 버린다. 어쩌면 집
앞 개울에서 7, 8월의 무더위를 삼겹살과 닭백숙으로
시원하게 즐길 수도 있지 않을까… 명희와 남편 성수는
새삼 무더위가 기다려지기까지 했다.

"집은 오래됐어도, 개울이 예술이잖아. 바로 집 앞에
이렇게 개울까지 끼고 사는 사람이 대한민국에 몇이나 되
겠어? 이만하면 난 삼성 이건희도 안 부러워."

…라고 했던가? 남편 성수가 그녀의 눈치를 보며 입에
침이 마르도록 칭찬을 아끼지 않았던 부분이 바로 집 앞
에 흐르는 개울이었다. 그런데 낡은 목조 주택에 기름보
일러라는 치명적인 약점까지 물리치고 명희네를 이사 오
게 만들었던 개울이 정작 지금 마른 자갈과 흙을 내보이

고 있으니…. 남편과 그녀는 매일 일기예보를 보며 농부의 심정으로 빨리 비가 오게 해달라고, 그것도 홍수만 안 날 정도로 많이 오게 해달라고 빌고 있었다.

올 4월, 그러니까 얼추 두 달 전, 서울 아파트에서 이곳 장흥의 전원주택으로 이사를 온 명희는 그래도 서울의 아스팔트와 매연 냄새가 묻어나는 더위에 비해 이곳 시골의 더위는 한결 청량하고 어찌 보면 구수하다는 생각이 들었다.

그러나 정작 물 맑고 공기 좋은 시골에서 요양이 필요한 딸 수리의 반응은 완전 달랐다. 구수하긴커녕 구역질나는 냄새의 정체가 온 동네 논밭은 물론 길거리, 하늘, 자동차까지 퇴비 냄새에 절은 탓이라고 오만상을 찌푸리며 인상을 쓰고 야단이지만, 사춘기에 접어들어 절친들과 헤어질 수밖에 없었던 수리에게는 샤넬 넘버 5라도 퇴비 냄새라고 우길 수밖에 없으리라. 더구나 그 좋아하던 극장이나 쇼핑센터는 하루 네 번 다니는 버스로는 1시간, 자가용으로도 30분 이상 나가야 찾을 수 있으니, 태어나 지금까지 도시에서만 살아온 수리에게는 답답하다 못해 귀양살이, 아니 종신형 내지 사형선고로 여겨질 수도 있겠다 싶다.

그렇게 딸의 마음을 이해하려고 하면서도 아침저녁으로 퇴비 냄새에 절은 옷이라며 세탁기에 멀쩡한 옷들을 꾸역꾸역 밀어 넣는 모습을 보고 있노라면 갱년기를 눈앞에 둔 명희 또한 오만상이 찌푸려지는 것은 어쩔 수 없다. 그나마 부모로서, 성숙한 어른으로서, 사춘기 딸의 악행 정도는 너그럽게 넘어가야 한다며 딸의 속옷까지 손수 손빨래를 해주는 남편이 있어 명희는 아직까지 전원생활의 여유를 즐길 수 있다.

남편 성수로 말할 것 같으면 대한민국 공식 딸바보이자 와이프보이로, 주중 설거지와 청소는 물론 주말이면 마당의 텃밭이며 잔디 가꾸기, 쓰레기 분리수거에 화장실 청소, 운동화 빨기, 대청소까지⋯ 딸 수리의 말마따나 명희는 오로지 밥하고 반찬과 간식 만드는 것 말고는 책 읽는 일밖에 하는 일이 없기도 없다.

그런 남편을 만난 것 또한 일찍 돌아가신 시어머니 말마따나 명희의 복이 아닌가? 복이 많아 대한민국에서 제일 다정한 남편을 만났고, 복이 많아 착하기만 했던 홀시어머니는 두 달 남짓 암 투병 후 간병인의 품에서 편안히 돌아가셨다.

그러고도 복이 남아 지금 그림 같은 전원주택에서 장미와 백합으로 가꿔진 정원을 바라보며 파라솔 아래서 모닝커피를 마시는 것이 아닐까? 그런데 딸 수리만큼은 엄마의 복을 물려받지 않았는지 태어날 때부터 심장에 이상이 있더니 끝내 올 1월에 12시간의 심장 수술까지 받게 되었다. 다행히 수술 결과는 명희의 복 때문인지 성공적이었다.

저 푸른 초원 위에 그림 같은 집을 짓고 예쁜 부인, 더 예쁜 딸과 살고 싶다는 남편의 오랜 꿈을 위해, 그리고 무엇보다 딸 수리의 심장과 폐에 건강을 주기 위해 명희는 신도시 생활의 편리함을 접고 이곳으로 이사를 왔다. 한동안은 낯설고 무서웠지만 이제 혼자 집에 있어도 가끔은 문 잠그는 것도 잊을 만큼 전원생활, 단독주택 생활에 적응이 되어 갔다.

이제 막 봉오리를 올린 분홍 장미와 노란 장미를 보며 명희는 저절로 아기미소가 지어진다. 이대로 아무 일 없이 10년, 20년, 30년이 흘러 남편이 은퇴하고 수리가 결혼하고 손주도 낳고… 수리의 아이들이 이 정원에서 뛰어놀고… 내가 먼저 죽든 남편이 먼저 죽든 이대로만 쭉 살면 행복할 것 같다는 생각과 동시에 백합과 장미꽃 몇 송이를 꺾어 식탁 위에 놓아야겠다 생각하는데….

순간 눈이 침침해지더니 분홍 장미와 노란 장미가 갑자기 검붉은 피를 뚝뚝 흘린다. 무슨 일인가 싶어 눈을 비비는데… 아차! 방금 백합을 만졌던 손으로 눈을 비벼서인지 눈이 찢어질 듯 아프다. 얼마간 억지로 눈물을 짜내던 명희는 다시 한 번 설마 하는 심정으로 살며시 눈을 뜨고 장미꽃을 바라본다. 그런데 명희의 눈에 들어오는 것은 분홍 장미도 노란 장미도 아닌 검붉은, 온통 찐득찐득한 검은 피로 가득 차오르는 피밭이다.

명희는 자신의 하얀 발목 위로 점차 차오르는 검은 피를 물끄러미 내려다보다 곧 정신을 차리고 뒷걸음질을 친다. 그런데 뒤로 물러나는 명희의 하얀 다리에 악착같이 달라붙는 검은 핏덩이. 그리고 그 핏덩이 안에서 물컥 명희의 발목을 잡는 하얀 손 하나.

찢어질 듯 비명을 지르고 싶은데 이상하게도 목에서는 아무 소리도 나오지 않는다. 다급해진 명희는 발에 힘을 줘 도망치려 하지만 하얀 손의 손톱이 더욱 강하게 그녀의 발목을 파고든다. 공포에 질려 하얗게, 그리고 뻣뻣하게 굳어 가기 직전 명희의 어깨를 흔드는 누군가의 손.

"엄마! 여기서 뭐하는 거야? 자는 거야?"

어느새 낮잠에서 깨어난 수리가 이번엔 엄마 명희의 낮잠을 깨운다. 평소에 낮잠이라고는 모르던 그녀가 아니었던가. 더구나 낮부터 악몽을 꾸다니…. 명희는 자신의 머리와 손으로 접힌 책장을 바로잡으며 흐트러진 머리를 매만진다.

"엄마 얼굴 완전 익었어. 토마토 같애. 안 더웠어?"

걱정하는 말투와 달리 은근히 고소해하는 얼굴이 묻어

나는 수리의 질문인지라 명희는 아무렇지 않은 듯 방금 꾼 악몽을 떨어낸다.

"응. 난 완전 시골 체질인가 봐. 누구처럼 퇴비 냄새 때문에 머리도 안 아프고 쨍쨍 내리쬐는 햇빛에도 하나도 덥지도 않고….."

"치!"

자신을 향한 엄마의 비아냥에 불만이 가득한 얼굴로 조심성 없이 맞은편 의자 위에 아무렇게나 앉는 수리다. 그런데 의자에 앉아 문득 엄마의 얼굴을 바라보던 수리의 얼굴이 곧 심상치 않게 변하며 명희를 부른다.

"엄마!"

"왜애?"

명희가 웃는 얼굴로 수리를 바라본다.

"엄마, 이상해."

그녀는 탁자 너머로 자신을 바라보는 딸의 얼굴이 약간 흐릿해지는 것을 느낀다.

"뭐가?"

"엄마 눈이… 눈이 새빨개."

수리는 보기만 해도 무서운 듯 끝내 말끝을 흐리며 재빨리 엄마의 눈을 외면한다.

"뭐? 어느 쪽이?"

명희는 심상치 않은 딸의 말에 얼른 손을 들어 두 눈두덩이를 확인해 본다.

"두 쪽 다. 무서워."

정말 두려운 얼굴이 되어 자신을 바라보는 수리의 말에 명희는 얼른 스마트폰을 꺼내 얼굴을 확인해 본다. 그런 데 스마트폰 화면 속에는 명희가 아닌 두 눈이 시뻘건 여자가 이쪽을 쳐다보고 있는 것이다. 그녀는 좀 더 가까이, 좀 더 자세히 여자의 얼굴을 확인하기 위해 스마트폰을 눈 쪽으로 바짝 가져다 대본다. 그런데… 화면 안에서 명희를 물끄러미 바라보던 여자가 갑자기 고개를 오른쪽으로 휙 꺾더니 이번에는 똑… 똑… 눈에서 시뻘건 피를 흘리며 명희에게 말을 건다.

"명…희야, 노올자."

'악! 아, 아악…!'

명희의 목구멍 안에서 차마 밖으로 빠져나오지 못한 채 안으로 안으로 명희의 심장과 간, 그리고 폐부와 혈관 하나하나까지 파고드는 끔찍한 비명소리. 수리에게는 들리지 않았지만 명희는 또렷이 들었다. 까마득한 기억 속에 그녀가 늘 들었던 익숙한 소리.

"명…희야, 노올자."

디지털시계의 숫자가 7시 1분에서 2분으로 막 접어들려는 순간, 명희는 서쪽으로 난 커다란 거실 창가를 서성이며 남편의 차가 집 앞 도로 끝에서 나타나기를 기다린다. 집에서 키우는 강아지가 유독 주인의 발자국 소리나 자동차 소리에 민감하듯, 그녀는 이곳으로 이사 온 후 남편의 자동차 소리에 민감해졌다.

부드러운 중형 세단이나 오래된 고물 트럭에서 나는 거칠고 시끄러운 소리와는 사뭇 다른, 남편의 7년 된 투싼에서는 둔탁하면서도 조금은 묵직한, 남편의 바리톤 목소리처럼 마냥 듣기 좋은 저음이 난다는 것을 이곳에 이사하고 처음 알았다. 하루 종일 대화다운 대화를 나눌 상대라고 해봐야 입만 열면 불만투성이에 히스테리인 열두 살 수리밖에 없으니 남편을 기다리는 그녀의 마음은 때론 산타 할아버지의 선물을 기다리는 어린아이의 설렘으로, 때론 오래된 친구를 기다리는 진한 그리움으로, 날이 갈수록 그 절절함과 애틋함이 커질 수밖에 없다.

그런데 오늘 거실 창문 너머로 남편 성수의 차를 기다리며 서성이는 명희의 얼굴에서는 그리움이나 설렘 대신 초조와 불안, 그리고 두려움마저 서려 있는 듯하다. 낮부터 이상하리만치 조용하고 불안해하는 엄마가 영 마음에 안 드는 수리 또한 TV에서 눈을 떼어 시계를 한번 확인해 본다.

"7시 40분. 아빠 늦나 봐. 밥 줘. 배고파."

수리의 웅얼거림에 명희는 얼른 시계의 숫자를 확인한

다. 7시 41분. 수리가 시계의 숫자를 읽고 자신이 수리의 말에 고개를 돌려 시계를 확인하는 순간, 또 1분이 흘렀나 보다. 특별한 일이 생겨 늦으면 늘 전화를 걸어 주던 남편이 전화 한 통 없이 이렇게 7시 30분을 넘는 경우는 거의, 아니 한 번도 없었는데….

무슨 사고라도 당한 것은 아닌지… 명희는 갑자기 흉골 아래 어딘가에 강한 통증을 느낀다. 누군가의 손이 뱃속에 들어와 자신의 장기를 꽉 움켜쥐고 마구 비틀어 짜는 듯하다. 갑작스런 통증에 명희는 식은땀과 함께 허리를 굽히고 입술을 앙다문다. 빨리 이 고통이 거짓말처럼 사라지기를, 어서 누군가 내 장기를 움켜쥐던 손을 풀어 주기를 바라며 끙 신음소리를 참고 있는데, 어느 사이 마당 주차장에 들어선 성수의 차에서 클랙슨 소리가 들린다.

"아빠다."

물 만난 오리마냥 수리가 현관으로 달려나가고도 명희는 한참 동안 가슴 통증에 허리를 펴지 못하고 서서히 호흡을 가라앉히고야 겨우 허리를 펴본다.

"여보! 큰일 났다. 빨리 나와 봐."

평상시에도 결코 조용하달 수는 없는 성격의 소유자지만 오늘따라 자신을 부르는 남편의 목소리가 한 옥타브 이상 올라간 것 같아 명희는 서둘러 마당으로 달려간다. 그런데 요란하게 명희를 불러대던 남편의 모습은 보이지 않고 대신 수리가 심각한 얼굴로 자동차 앞에 서서 자동차의 범퍼를 이리저리 살피며 소리를 지른다.

"아빠! 이거 피 맞지?"

수리가 가리키는 곳으로 반사적으로 눈을 돌리던 명희는 피보다는 검은 진흙에 가까운 무언가를 보고 바로 남편을 찾아 고개를 돌린다.

"무슨 일이야?"

걱정스런 명희의 질문에 자동차의 트렁크 문을 잡고 열까 말까 망설이며 아내와 딸을 바라보던 성수는 '후!' 깊은 한숨을 쉬더니 명희에게만 뒤쪽으로 가까이 오라고 눈짓을 보낸다.

"나도! 나도 볼래."

남편에게 다가가기를 망설이는 명희 대신 얼른 자동차 뒤쪽으로 몸을 돌려 아빠를 향해 달려가려는 수리다.

"안 돼!"

대한민국 공식 딸바보답지 않게 강하게 제지하는 아빠의 목소리에 수리가 잠시 멈칫하는 사이, 성수는 다시금 명희에게 수리를 안으로 들어가게 힘 좀 써달라는 무언의 눈짓을 보낸다.

"뭔데… 그래?"

명희는 평상시답지 않게 심각한 성수의 반응에 알 수 없는 두려움으로 반소매 팔 아래에 소름이 돋는 것을 느낀다. 잠시 후, 자신의 얼굴을 따라 심각한 표정이 된 아내와 딸의 눈치를 살피던 성수는 마침내 입을 연다. 무슨 일이든 정확한 사태를 알지 않고는 결코 들어갈 수 없다는 듯 팔짱을 낀 채 다부진 얼굴로 아빠를 노려보는 수리의 모습에 항복을 한 것이리라.

"교통사고. 뒷박고개를 넘어오는데 이 녀석이 갑자기 차로 뛰어들잖아."

"뭐가?"

수리의 질문과 동시에 명희의 확인이 뒤따른다.

"죽었어?"

두 여자의 연이은 질문에 성수는 할 수 없이 무거운 입을 연다.

"노루 아니면 고라니 새낀데… 즉사했어. 개울에서 물마시고 산으로 가려고 했나 봐. 뒤에 차가 없었기 망정이지 나까지 추락할 뻔했다니까. 갑자기 뛰어나와서 차에 부딪치는데… 처음엔 사람인 줄 알고 깜짝 놀랐잖아. 브레이크 밟고 핸들이 아주 살짝 흔들렸는데… 식겁했잖아. 수리야, 아빠 확 늙은 거 같지 않냐? 들어가서 얼음 넣고 냉수 한 잔만 만들어 와."

수리가 얼음물을 가지러 집으로 들어가자 성수는 아내 명희에게 부탁을 한다.

"당신은 차고에서 삽 좀 갖다 줘. 뒷산에 묻어 주게."

"…"

차고로 들어가며 아까 수리가 쳐다봤던 범퍼에 묻은 검은 진흙 비슷한 것을 힐끗 쳐다보던 명희는 비로소 그것이 검은 진흙이 아니라 검게 말라 버린 고라니의 피임을 깨닫고 다시 한 번 온몸에 소름을 돋는다.

남편의 자유분방한 성격과 달리 차고에 일목요연하게 진열된 연장들 틈에서 초조하게 삽을 찾는 명희의 눈에 전기드릴이며 전동톱, 쇠스랑, 괭이 등은 보이는데 삽이 보이지 않는다.

'삽이 어딨지? 삽이….'

명희는 낮부터 아팠던 눈을 찡그리며 어두운 차고 구석구석을 돌아보고 또 돌아보며 삽을 찾는다.

성격 급한 남편의 입에서 '여보!' 소리가 나오기 직전, 개 사료(한 달 전에 죽은 진돗개 하루의)와 텃밭에 쓸 비료 등을 쌓아 두는 커다란 플라스틱 통 뒤에서 숨바꼭질하듯 얼굴을 숨기고 누워 있는 삽을 발견하고 명희는 구석으로 다가간다. 그런데 미처 발견하지 못했던 거미줄이 그녀의 눈과 입안으로 감겨 들어와 그녀의 숨을 훅 막히게 한다. 그녀에게는 거미줄이 거미보다 더 무섭고 끔찍하다. 겨우 거미줄을 헤치고 차고에서 삽을 들고 나오자 성수는 큰 인심이라도 쓰듯 명희에게 살갑게 말한다.

"당신도 들어가. 곧 저녁 먹어야 되는데 밥맛 없겠다."

19

물론 명희는 트렁크에 누워 있는 것이 노루든 고라니든, 어미든 새끼든, 그 어떤 사체도 보고 싶지 않다. 그러나 남편 성수가 두 여자 앞에서는 늘 강한 척, 남자인 척하지만 사실 누구보다 여리고 겁이 많은 사람이란 것을 알기에, 그녀는 남편이 트렁크를 열고 누리끼리한 짐승의 사체를 끌어내는 것을 끝까지 지켜보기로 한다.

고라니 새끼라더니 끙끙대며 끌어내는 품이 상당히 묵직하고 커다란 동물이 분명하다. 두 손으로 끌어내기에도 버거웠던지 성수는 그 묵직한 동물을 바닥에, 명희의 발바로 아래에 던지듯 부려 놓는다.

이제 두 번 다시 움직일 리 없는 동물의 사체지만 명희는 왠지 눈을 뗄 수가 없다. 죽어서 누워 있는 동물에게서 검은 연기나 방사선 같은 기운이 흘러나와 마치 명희와 성수에게 독기를 발산하고 있는 듯한 느낌이 든다. 명희와 성수가 서 있는, 산과 들로 둘러싸인 한가로운 전원 풍경과는 너무나 이질적인 죽음의 정물화인 것이다.

보이는 무게보다 상당히 힘들게 끙끙대며 쓰레기봉투를 어깨에 짊어진 성수는 당연하다는 듯 아내에게는 삽을 요구한다.

"삽 좀…. 같이 갈까?"

밥맛까지 운운하며 자신을 안으로 들어가게 했던 신사

다운 멘트는 이미 까맣게 잊어버린 듯한 성수의 와이프보이다운 행동에 명희는 슬그머니 웃음이 나온다.

"내가 들고 갈게. 앞장서."

명희는 피식피식 삐져나오는 웃음을 애써 참으며 삽을 들고 남편 뒤에 선다. 그런데 남편의 사체 수습에 흔쾌히 동참하기로 한 아내의 얼굴을 쳐다보는 성수의 얼굴이 이상해진다.

"당신….."

"…?"

"눈이 왜 그래?"

남편의 물음과 동시에 명희의 두 눈은 다시금 찢어질 듯 아파 온다. 마치 누군가 굵은 바늘로 명희의 눈알을 꾹꾹 찔러 대는 듯, 아니면 두 눈에 염산을 들이붓는 듯, 순간적인 고통에 명희는 비명을 지를 것만 같다. 남편이 바라보는 시선을 따라 자신의 눈을 확인하기 위해 비명을 억누르며 간신히 자동차 창문을 바라보는데… 시뻘게진 눈이 되어 자신을 바라보는 그녀의 모습이 보이는가 싶더니… 또 다른 시선이 명희의 모습 너머 건너편 유리창으로 그녀를 물끄러미 바라본다. 두 개의 시뻘건 눈알이 조용히, 그녀를 응시하고 있는 것이 분명하다.

결국 고라니로 추정되는 것의 사체는 남편 성수가 혼

자 물으러 가고 명희는 서둘러 늦은 저녁을 준비하기로 했다. 짜장은 색깔부터가 비호감이라며 중국집에서 먹는 해물쟁반짜장이 아니면 강하게 거부하면서도 카레라이스라면 오징어를 넣든 참치를 넣든 무조건 좋아하는 부녀를 위해 명희는 양파와 당근, 감자를 차례로 썰고 올리브유에 돼지고기를 살짝 볶는다.

살짝 볶아 기름이 좌르르 흐르는 돼지고기 위에 도마에 가지런히 준비된 양파와 감자, 당근을 넣고 역시나 기름이 돌게 자르르 볶아 준다. 지글지글 소리와 함께 야채와 고기 모두가 겉옷을 단단히 여밀 즈음 냄비에 자작자작하게 물을 붓는다. 중간 정도였던 가스 불을 강하게 돌리고, 뒤돌아 바로 카레라이스 가루를 물에 개어 넣고 나서야 비로소 한숨을 돌린다. 그러고는 습관처럼 전기밥솥의 타이머가 12분을 남긴 것을 확인하고 천천히 주방 창으로 정원을 내려다본다.

어둑어둑해진 마당 한가운데서 정원 등을 환하게 켜고 배드민턴을 치는 성수와 수리의 모습이 마치 영화 속 연인들처럼, 팝 아트 그림 속의 만화 캐릭터들처럼 그녀에게는 멀게만 느껴진다. 한 사람 한 사람은 모르겠는데, 성수와 수리 두 사람의 모습을 한 화면에 담고 보면 전혀 현실적이지 않고 이질감이 느껴질 때가 있다.

3년 동안 죽자 살자 사랑해서 결혼까지 하고 매일 밤

한 침대 한 이불 아래 살을 맞대고 자는 내 남자가 분명한데…. 수리 또한 9달 2주 동안 내 안에서 자랐고 죽을 둥 살 둥 낳아 물고 빨고 키워 낸 내 아이가 맞는데…. 가끔은 그 둘의 조합이 너무나 낯설다. 두 사람이 함께 떠들고 장난치는 모습을 보면 왠지 나만이 있지 않아야 할 곳에서 그들을 방해하고 있는 것은 아닌지… 나란 인간이, 엄마라는 이름의 내 존재가, 애초에 이곳, 그들에게 존재하는 것이 아닌 누군가의 상상 속에 있는 것은 아닌지… 공허함도 아니고 외로움도 아닌 묘한 감정에 무턱대고 사로잡힐 때가 있다.

남편은 그것이 멋지고 잘생긴 남자 하나를 사이에 두고 딸과 경쟁을 해야만 하는 엄마의 무의식적인 질투심에서 유발된 것이라며 더 늦기 전에 아들 하나를 낳으면 사라질 병이라고 하지만, 질투심이라는 명료하고 단순한 감정의 바운더리를 넘어서는 무언가가 자신의 무의식 가장 구석에 웅크리고 있음을 그녀는 아직까지 알아채지 못한다. 그저 사이좋은 부녀의 모습을 지켜보는, 유리창에 비친 자신의 모습에서 언젠가 누군가의 모습을 본 듯한 기분 나쁜 기시감에 사로잡혀 머리가 지끈거릴 뿐이다. 화장을 안 해선지 오늘따라 유난히 하얗기만 한 자신의 유령 같은 얼굴을 지우기 위해 명희는 서둘러 창문을 열고 사이좋은 부녀에게 소리를 지른다.

"식사들 하세요. 둘 다 손 닦고… 진드기 있을지 모르니까 발도 씻고 들어와."

딸 수리가 끊임없이 늘어놓던 수다와 애교를 내일로 미루고 자기만의 시간을 위해 2층 방으로 슬그머니 퇴장을 하고, 설거지 및 일체의 집 안일을 종료한 아내가 냉동고에서 살짝 얼린 맥주를 간단한 안줏거리와 함께 거실 탁자로 내오는 이 시간이 성수에게는 하루 중 가장 행복하고 평온한 시간이다. 더구나 예상치 못했던 교통사고와 그에 따른 살생의 흥분이 채 가시지 않는 오늘 같은 날은 특히 더 맥주 한 모금이 간절했다. 마치 8시 홈드라마의 한 장면처럼, 반드시 해피엔딩으로 끝나는 영화 속 여주인공처럼 그림같이 앉아 육포를 먹기 좋게 찢어 주는, 아직까지도 내내 아름다운 아내를 보며 성수는 괜히 어리광이 부리고 싶어진다.

"아까 그놈이 차로 뛰어들 때 범퍼에 묵직한 뭔가가 확 부딪히는 그 느낌이 영 가시지가 않네."

"많이 놀랐겠네."

생각보다 시원치 않은 아내의 반응에 성수는 문득 어린아이처럼 심술이 난다.

"놀랐지, 그럼. 그것도 일종의 살인… 살생인가? 암튼 한 생명을 이 손으로 죽이고 묻었는데…. 오늘 그놈이 내

꿈에 나타나서 안전 운전, 감속 운행… 이러고 덤비면 어쩔 거냐고. 당신이 전화로 일찍 오라고 해서 서두르다 그런 거 아니야."

성수의 트집으로 인해 명희는 애써 기억의 끄트머리로 밀어냈던 쓰레기봉투에 담겼던 누런 사체와 그 사체에서 흘러나온 것이 분명한 검붉은 피를 떠올리고 만다.

"아까 수리가 부탁한다는 건 뭐예요?"

검붉은 피의 잔상에서 빠져나오려고 명희는 아까 식탁에서부터 내내 신경이 쓰였던 부녀간의 은밀한 밀담 쪽으로 방향을 돌린다. 예리하고 집요한 명희의 눈빛에 순간 당황한 성수는 목이 마른 듯 맥주 캔을 연신 들이켜며 어떻게 하면 아내의 심기를 상하지 않게 이야기를 시작할까… 열심히 궁리를 한다.

"대충 얼버무리지 말고 정확하게 얘기해요. 학교 문제죠?"

딸과 자신의 생각은 물론 감정까지 언제나 예리하게 감지하는 데다 때에 따라서는 먹이를 쫓는 독수리마냥 확실히 몰아붙이는 아내의 성격을 익히 아는지라 성수는 할 수 없이 머리 굴리기를 멈추고 수리와 함께 짜낸 〈하수리 학교 보내기 프로젝트〉의 대안을 고백한다.

"그게… 수리 입장에서 보면 그럴 만도 하지. 당신도 생

25

각을 좀 해봐. 친구들은 다 학교 가서 재잘거리고 노는데 병원에서 퇴원해서 바로 이 시골구석에서…."

"내가 오자고 한 거예요? 당신이 전원생활하고 싶다고 했잖아요. 수리 요양에도 좋겠다고."

역시 수리의 예상대로 아내 명희에게는 빈틈이 없다.

"그렇지. 지 때문에 온 거지. 그건 자기도 잘 아는데…."

수리의 각본대로 성수는 일단 아내의 말에 무조건 동조하며 불쌍한 표정으로 동정심을 유발해 본다. 그러나 아내는 자신의 얼굴 따위는 안중에도 없다는 듯 찢겨진 육포를 다시 한 번 잘게 잘게 쪼개며 인상을 쓴다.

"2학기 시작하자마자 전학 수속 밟고 학교 가면 돼요."

"그러니까… 수리는 그게 싫다는 거야."

"…?"

이미 차갑다 못해 투명하게 변해 버린 아내의 얼굴을 보는 것이 무섭지만 그래도 딸과의 약속을 지키기 위해 성수는 결정적인 말을 뱉어 버리고 만다.

"여기 학교는 싫대."

"그럼 어떡해? 다시 이사 가재요?"

"아니. 나 출근할 때 지도 같이 학교 갔다가 학원 돌고 나 퇴근할 때 같이 들어오면 되지 않냐고. 괜히 전학 와서 안 그래도 낯가림 심한 아이, 애들한테 시달림 당하느니 학원도 서울이 낫고…. 우리 딸 꽤 논리적이지 않냐?"

"그럼 나는?"

명희는 자신의 몸과 함께 머리까지 냉랭하다 못해 빠르게 얼어 버리는 것만 같다.

"당신이 왜?"

"하루 종일, 이 시골에, 나 혼자 있으라고?"

성수는 그동안 한 번도 느끼지 못했던 강렬한 적의가 아내에게서 뿜어져 나오는 것을 느끼고 깜짝 놀란다. 서울 생활을 접고 전원으로 이사를 하면 어떻겠냐고 슬그머니 제의를 했을 때도, 서둘러 오래된 목조 주택을 사들였을 때도, 앞뒤 안 재고 이사 온 집의 난방이 가스가 아닌 기름보일러라는 사실을 알았을 때도 불평 어린 잔소리나 원망 따위는 한 번도 밖으로 내지 않았던 아내인지라 그저 아내 또한 전원에서의 새로운 삶에 만족하나 보다 생각했었다.

그런데 아니었나 보다. 그동안 아내는 쭉 낯선 곳에서의 외로움과 무서움을 애써 참으며 자신과 딸에게 스위트홈을 만들어 주려고 했나 보다. 성수는 갑자기 밀물처럼 밀려들어 오는 아내에 대한 미안함과 사랑스러움에 명희의 어깨를 부드럽게 감싸 안는다.

"그건 안 되지. 혼자 있다 어떤 놈이 채가면 어쩌라고. 좀 더 생각해 보자. 당신도 수리도 나도 좋은 쪽으로. 내일 수리 병원 가는 김에 당신도 안과에 들러. 눈병인지 뭔지 양쪽 다 빨개."

"내일 아침까지 좀 보고요."

오른손을 들어 두 눈덩이를 치료라도 하려는 듯 차례로 어루만지는 아내를 성수는 걱정 어린 시선으로 바라본다.

"수리한테만 잔소리하지 말고 당신 몸도 챙겨. 당신이 우리한테 얼마나 소중한 여잔지 몰라? 내일 꼭 안과 가라."

언제 들어도 따뜻하고 기분 좋은 남편의 걱정 어린 잔소리에 명희는 얼굴이 저절로 밝아진다.

"수리 친구 만나서 영화 볼 때 당신도 백화점 가서 카드 팍팍 긁고 그래. 나 퇴근할 때까지 기다렸다가 간만에 서울에서 외식도 하자."

"이번 달 생활비 벌써 얼마 나갔는지 알고나 그래요?"

"몰라, 몰라. 다음 달에 좀 덜 먹으면 되지."

늘 머릿속으로 계획과 계산을 먼저 한 후에 무슨 일이든 하려고 드는 자신과는 180도 다른, 그래서 자칫 답답할 뻔한 자신의 삶에 환기구가 되어 주는 남편에게, 그리고 남편을 만나게 해준 운명의 여신에게 명희는 조용히 감사한다.

"뉴스나 봐요. 난 샤워할게요."

"오늘 우리 뜨거운 밤이야?"

리모컨을 들어 TV 채널을 돌리며 성수는 무심하게, 그러나 짓궂게 명희를 돌려 세운다. 그런데 남편에게 일주일에 두 번은 안 된다며 단호하게 거절의 말을 꺼내려던 명희는 남편이 막 틀어 놓은 뉴스 화면에 그대로 눈과 몸을 고정시킨다.

검게 그을렸지만 왠지 눈에 익은 오래된 벽돌 건물의 모습과 건물 앞에 서서 화재 소식을 알리는 앳되게 생긴 여자 기자의 멘트에 그녀의 얼굴은 점점 밀랍 인형이 되어 간다.

"수십 명의 사상자를 낸 충주정신병원 화재 사고에 대해 경찰은 목격자의 진술 및 폐쇄병동 내의 CCTV를 분석한 결과, 정신분열증을 앓고 있는 한 환자의 방화로 추정하고 있습니다. 이번 사건은 폐쇄병동의 구조상 희생자의 수가 시간이 지날수록 늘어날 것으로 예상되며… 경찰에선 화재 원인과 범행 동기 외에 병원의 불법적인 구조 변경 및 용도 변경에 관해서도 조사할 예정이라고…."

충주… 충주… 정신병원. 충주… 정신…병원. 그 여자다. 그 여자가 있는 곳이다. 명희는 9시 뉴스 화면 속에서, 예전에는 아름다운 붉은 벽돌이었지만 지금은 불에 그슬려 검은 벽돌이 된 충주정신병원에 눈을 고정시킨 채 점점 빨갛게 달아올라 불에 완전히 탈 것만 같은 눈을 병적으로 마구 비벼 댄다. 어쩌면 그 아이가 돌아올지도 모른다. 그 아이가….

충주정신병원

현재 시간 오전 8시 40분.

지구가 멸망한 것이 아니라면 분명 이 시간쯤엔 해가 동쪽 하늘 언저리에 자리 잡고 부지런히 제 할 일을 하고 있어야 할 텐데… 새벽부터 두껍게 자리를 차지했을 호반 도시 특유의 안개는 아직까지도 하늘과 땅의 경계선은 물론 한 치 앞도 안 보이게 자기 영역을 확보하고 있다. 맞은편 산이며 호수, 그리고 불에 타다 만 검게 그을린 병원 건물의 깊숙한 내부까지… 대기를 가득 채운 채 맹렬히 공격을 해대는 안개 덕분에 지금이 새벽인지 저녁인지 도통 감을 잡을 수가 없다.

이제 막 오십 중반에 들어섰는데도 하얗게 센 머리와 구부정한 허리 탓에 넉넉잡아 육십은 되어 보이는 강필호 형사는 야전시계 분침이 42분을 가리키는 것을 보며 천천히 병원 안으로 들어선다.

그러나 병원 입구에 들어서자마자 매캐한 연기와 아직까지 건물 구석구석에 안개와 함께 남아 있는 유독 가스 때문에 인상을 찌푸리며 바로 손수건을 꺼내 입을 막는다.

이럴 줄 알았으면 박 순경이 챙겨 주는 방진 마스크를 받아 오는 건데… 아주 잠깐 후회를 해보지만 이내 머리를 젓는다. 그까짓 연기와 유독 가스쯤… 화재로 무수히 많은 사람들이 죽은 마당에 나랏밥 처먹는 경찰이란 놈이 내 한 몸 챙기겠다고 요란하게 마스크를 쓰고 행여나 비싼 잠바에 재라도 묻을까 잠바를 뒤집어 들고 현장을 누비고 다니는 꼬락서니라니… 생각만 해도 절로 혀가 차진다.

이래서 모두들 그에게 '강 형사님하고는 세대 차이가 난다, 아날로그 세대다.'라고 하는 것이리라. 그럼에도 불구하고 강 형사는 여전히 터치스크린의 스마트폰보다는 버튼식 핸드폰이, 500킬로미터 상공의 내비게이션보다는 국토지리정보원에서 제공한 지도가, 미국 CSI에 등장하는 과학수사보다는 수사반장 최불암 식의 발품 팔기 수사가 입맛에 맞다.

정년까지 길어야 5~6년 남았을 뿐인데 굳이 지금까지 해왔던 방식을 버리고 넷북이며 데이터베이스, 과학수사니 스마트폰 등 자신과 어울리지도 않는 것들과 친해질 필요가 무엇인가. 귀찮고 성가신 것도 문제지만 무엇보다 강 형사는 그 모든 것들을 익히려고 발버둥 칠, 그러면서도 절대 기준치를 넘기지 못할 자신의 모습을 상상하면 멋쩍기 그지없다.

어쩌면 그래서 못하는 것이 아니라 마치 싫어서 안 하는 것으로 보이도록 주변 사람들을 속이고 있는 것이리라. 그래도 30년 이상의 짬밥과 경력을 가진 형사로서 잠복수사와 대질신문, 알리바이와 참고인, 주변인 조사가 혈흔이니 DNA보다는 명백히 한 수 위라고 확신한다. 증거와 추리, 논리를 기본으로 해야 할, 그래서 처음부터 끝까지 과학적이어야 할 수사에 웬 비과학적인 망언이냐고 할지 모르지만 강 형사는 자신의 육감 내지는 예지력을 믿는다.

죽은 사람들의 인적사항과 상흔, 탐문수사 시 주변인들의 몸짓과 민감하게 흔들리는 표정만 봐도 대충 어떻게 된 사건인지 시나리오가 그려지는 것이다. 그리고 그것은 언제나 거의 97퍼센트 이상의 적중률을 보였다. 민간인들이나 지금 막 경찰대학을 졸업한 따끈따끈한 후배들에게는 도저히 말로 설명이 안 되는… 그저 이 바닥에서 칼침 몇 번 막아내고 응급실도 적당하다 싶게 갔다 온 베테랑 형사들만이 알 수 있는… 너덜너덜하고 피폐해진 정신과 육신에게 던져 주는 보너스나 덤 같은 것이다.

화재 사건은 여타의 사건과 달리 비교적 심플하고 라이

트한 사건 가운데 하나다. 그래서 강력사건 진행 중에 구역 내 화재가 발생하면 쉬는 시간을 얻는 기분으로 화재 현장 한 번 돌고, 관계자 소환해 조서 작성하고, 방화가 의심될 시 CCTV나 목격자를 확보해 범인을 잡아 검찰에 넘기면 바로 종결이다.

그런데 이번 충주정신병원 화재 사건은 사상자도 많거니와 병원 안팎의 비리가 너무 많아 연일 뉴스를 타는 통에 사건 자체는 심플한 데 비해 결과물을 만들어내야 하는 형사들에게는 꽤나 무거울 수밖에 없는 사건이 되어버렸다. 충주경찰서장이 다루기 편하고 싹싹한 후배 수사과장들 대신 경찰대학 선배인 강 형사에게 사건을 맡긴 것은 그래서일 것이다.

충주정신병원은 1987년에 세워진 5층짜리 적벽돌 건물이다. 27년 전이면 그가 서울 종로경찰서에서 천안 서북경찰서로 이동해 텃세 심한 선배들 사이를 기웃거리며 좀도둑과 강도, 강간치사와 성폭행의 차이에 대해 강의를 받던 때이니… 불에 탄 건물이나 현장을 돌아다니는 형사 모두 오래되기도 했다. 전날, 병원 간이침대에서 밤새 뒤척인 탓인지 갑자기 밀려오는 피로감에 강 형사는 이마에 저절로 주름이 잡힌다.

병원은 모두 세 개의 동으로 되어 있는데, 맨 앞 신축 건물은 유리와 철재 골조로만 이루어진 3층 건물로, 1층

엔 원무과와 의사들의 진료실, 2층에는 각종 검사실과 약물치료실, 3층에는 원장실과 의사들의 휴게실, 그리고 강당이 자리하고 있다.

신축 건물의 오른쪽 옆으로는 역시나 최근에 지어진 것으로 보이는 2층 컨테이너 박스형 건물이 있다. 1층에는 매점과 식당이 있고, 2층에는 피부과 의사도 아닌 정신과 의사들과 무면허 피부관리사들이 운영하는 피부과가 자리 잡고 있다. 들리는 말로는 그곳에서 레이저 박피나 토닝 등 각종 피부과 시술이 성행 중이었다고 한다. 그리고 두 건물의 뒤로 80미터 정도 언덕을 올라가면 산그늘 속에 보일 듯 말 듯 숨어 엎드려 있는 적벽돌 5층 건물이 보이는데, 그곳이 바로 이번 대형 참사로 수십 명이 죽은, 문제의 정신과 병동이다.

1층 로비에 들어서면서부터 마신 매캐한 유독 가스 탓인지, 아니면 지난밤 잠을 설친 탓인지 커다란 덩치에 어울리지도 않게 갑작스런 두통이 오른쪽 눈과 관자놀이부터 머리 전체를 욱신욱신 주무른다.

"후!"

그는 깊은 호흡으로 어쩌면 더 많은 유독 가스를 삼키는 줄도 모르고 천천히 형체도 남지 않은 대형 TV가 걸렸을 1층의 중앙 휴게실을 지나 2층으로 올라가 본다.

건물 정중앙에 위치한 엘리베이터와 그 옆에 바로 인접

해 있는 이 비상계단으로 얼마나 많은 환자들이 밖으로 나오고 싶었을까…. 그러나 그들에게는 이 비상계단이 전혀 쓸모가 없었을 것이다. 한 명도 이 계단으로 내려오지 못했으니까. 단 한 명도….

"정신병의 특성상 어쩔 수 없잖습니까?"

무테안경 너머로 자신을 조롱하듯 쳐다보는 병원장을 강 형사는 지그시 노려본다.

"아니, 세상에 어느 정신병원이 미친 사람들이 밤새 병원 안팎을 돌아다니게 문을 열어 준답니까? 안 그렇습니까, 형사님?"

타인에게 동의를 강요하는 타입은 겉으로는 강해 보이지만 속으로는 나약한 인간 유형인 경우가 대부분이다. 육십이 넘은 나이에 어울리지 않게 갈색으로 염색한 머리며… 여자보다 고운, 햇빛이라곤 생전 받아 본 적 없는 듯한 투명한 피부, 그리고 시력 교정 차원이 아닌 멋으로 낀 것이 분명한 명품 무테안경까지…. 말없이 자신의 여기저기를 스캔하는 강 형사의 날카로운 시선에 안 그래도 투명한 병원장의 얼굴이 더욱 투명한 기름종이처럼 얇아진다.

"화재 소식은 언제 들으셨습니까?"

강 형사가 처음으로 던진 질문에 병원장은 냉철한 얼

굴과 달리 말까지 더듬는다.

"그게, 그러니까… 내가 좀 잠이 깊게 드는 편인데…
직원 중에 하나가 전화가…."

뒤에 줄줄이 기다리고 있는 병원 관계자들의 대기 시
간을 줄이기 위해 강 형사는 미안하지만 처음부터 강하게
몰아붙이기로 한다.

"그 직원이 원무과장 이영숙 씨죠?"

"…네."

투명에 가까웠던 병원장의 얼굴이 점점 붉으락푸르락
불투명에 가까워진다. 자신의 사생활을 이미 형사까지
파악하고 있다는 사실이 불쾌하고 떨떠름할 뿐이지, 결
코 죄책감이 드는 얼굴 표정은 아니기에 강 형사 또한 잠
깐 동안 미안했던 감정을 밀어 넣고 계속 몰아붙이기로
한다.

"전화가 아니라 직접 들으셨죠? 이영숙 씨랑 집에 같이
있었으니까. 부인은 따로 서울에 사시고."

"…."

"병원 식구들도 이영숙 씨를 새끼 사모님으로 인정하
던데…. 뭐, 불륜 이런 건 관심 없습니다만…. 70명이나
되는 환자에 야간 당직이 간호조무사 1명, 간호사 1명,
총 2명이네요?"

자신보다 한참 하위 등급으로 생각했던 일개 형사 나부

랭이가 자신의 사생활을 두고 왈가왈부하는 것이 불쾌한지 영원히 입을 다물 것 같던 병원장은 취조실 안의 화제가 자신의 사생활이 아닌 병원 운영 문제로 바뀌자 다시 한 번 비굴한 얼굴로 돌변해 변명을 늘어놓기 시작한다.

"그게 원래는 층마다 야간 당직 조무사와 간호사가 1명씩 있어야 하는데, 하필이면 간호사들이 한꺼번에 그만두는 바람에…."

이미 예상했던 답변이다. 강 형사는 점점 졸아드는 눈꺼풀과 쌓여만 가는 피로, 그리고 병원에서 자신을 기다리고 있을 아내를 위한 시간을 늘리기 위해 병원장의 기나긴 변명의 말을 가차 없이 잘라 버린다.

"간호사들이 단체로 그만둔 게 석 달도 더 전인데, 석 달 동안 한 명도 충원이 안 된 겁니까? 안 한 겁니까?"

"…했습니다. 했는데…."

하긴 했는데 사실혼 관계에 있는, 그리고 이제는 병원 운영 전반에 걸쳐 원장을 능가하는 파워를 가진 원무과장 이영숙의 부탁으로 간호사나 간호조무사가 아닌 젊은 여자 마사지사들을 고용했다는 뒷말은 차마 자기 입으로 하지 못하는 것 같아 강 형사가 대신 도와주기로 한다.

"간호사가 아니라 마사지사가 충원됐죠. 정신과 병동 대신 피부과에."

"…."

강 형사가 서둘러 조서를 작성하려고 자신을 외면하고 타이프를 치는 것이 변명을 위한 시간을 주는 것이라 생각했는지 병원장은 다시 필요도 없는 이야기를 덧붙인다.

"벼룩시장, 도청 홈페이지 구인란에 올리고… 할 수 있는 건 다 했어요. 근데 워낙 시골이라 일단 와 보면 다들 안 하려고 합니다. 일반 병동도 아니고 정신병동이라 제대로 된 간호사 구하기가 하늘의 별 따기였어요. 원래 일이 그렇잖아요. 안 되려면 뭘 해도 안 된다고. 왜 하필 번개가 거기 떨어지냐고. 나도 억울한 피해자입니다."

"누가 그래요?"

충주정신병원 화재 두 번째 참고인 조사.

원무과장 이영숙. 여자, 45세. 비전문가에 문외한이 봐도 여러 번에 걸쳐 광범위하게 손을 본 표가 나는 얼굴이 강 형사를 사납게 노려본다.

"이영숙 씨가 실세 아닙니까?"

사십대 중반의 성형 미인을 마주 보는 강 형사는 항상 그렇듯 남자보다는 여자가 더 힘에 부친다. 머리에 든 것이 많아 생각도 걱정도 많은 병원장보다 이렇게 단순하고 원색적인 여자를 취조하는 것이 때에 따라서는 몇 갑절 힘이 든다.

"제 제안으로 피부과를 개원해서 수익을 많이 창출한

건 사실이에요. 하지만 일개 원무과장이 무슨 힘이 있어요? 소방안전, 병원 건물 관리나 의사, 간호사 관리는 전적으로 원장님 소관이에요. 일개 직원일 뿐인 제가 여기서 이렇게 조사를 받을 이유가 없죠."

날카로운 눈매 대신 입꼬리를 살짝 올리며 눈웃음을 치는 여자의 얼굴을 물끄러미 바라보던 강 형사는 여자가 어떻게 병원장은 물론 피부과에 온 무수한 여자들의 지갑을 열게 만들었는지 알 것 같다. 크지도 작지도 않은 눈이 반달로 접히는 순간, 마냥 순진해 보이는 보조개가 나타나며 마치 '나를 믿어 주세요. 나는 당신의 편입니다.'라고 말하는 듯 친밀하게 다가오는 얼굴이다.

병동의 인력 배치 및 의료진 관리는 전적으로 원무과장 이영숙의 소관이었다는 병원장과 의사들의 증언을 믿기에 강 형사는 재차 여자를 추궁한다.

"이영숙 씨가 간호조무사 면접에 온 여자들을 죄 마사지사로 바꿨다던데. 그래서 정신병동에는 간호사는 물론 조무사도 턱없이 부족했고. 아니에요?"

강도 높은 강 형사의 추궁에도 여자는 전혀 꿀리는 기색 없이 여유 있게 웃어넘기며 숏커트를 한 머리카락을 넘긴다. 아무래도 최근에 어깨 너머로 늘어뜨리던 긴 머리를 자른 모양이다.

'이 여자는 긴장하거나 초조할 때면 머리를 넘기며 시

간을 버는 습관이 있다.'

결코 조서에는 작성하지 않을 여자의 특기 사항 한두 개를 자신의 머릿속 수첩 한구석에 적어 놓는다. 머리를 만지며 충분한 시간을 번 듯 여자는 다시 마른 입술에 침을 묻히고는 입을 연다.

"참, 말들 만들어 내는 데는 어이가 없네요. 간호조무사 하겠다고 왔다가 정신과 병동 한번 돌아보면 안 하겠다고 가는데… 그런 애들 붙잡아 피부과에서라도 일해 볼래, 하고 잡은 거죠. 안 그래도 병동에 일할 사람이 없어서 난린데 아무려면 제가 조무사 하겠다는 애들을 마사지사로 뺏겠어요?"

결국 화재 사건의 모든 책임은 이 여자가 아니라 병원장이 질 수밖에 없다. 그래도 사건의 총체적인 실체는 정확히 파악해야 하기에 강 형사는 맞은편 의자에 다리를 꼬고 앉아 강 형사 얼굴의 무수한 점들과 거뭇거뭇한 기미들을 안타깝게 쳐다보는 여자를 조금 더 세게 몰아붙이기로 한다.

"피부과에서 나온 돈은 전적으로 이영숙 씨가 관리하니까, 정신병동은 아예 이참에 없애려고 한 거 아닌가?"

여자는 강 형사의 말에 단호하게 고개를 젓고는 예의 그 순진한 얼굴을 강 형사 쪽으로 바짝 들이밀고 조용히, 그러나 나긋나긋 비밀 이야기를 하듯 말문을 연다.

"황금알을 낳는 거위 아시죠? 피부과가 아무리 문전성시에 성업을 해도요, 정신과는 절대 못 따라가요. 정신과는 별 관리도 안 하면서 다달이 어마어마한 황금이 나오거든요. 무슨 말인지 아시죠? 그 별다른 관리를 전혀 안 한 건, 물론 제가 아니라 욕심만 많은 우리 원장님이죠. 손에 물 한 방울 안 묻히고 황금만 따박따박 챙겨 가는 우리 서울 사모님이랑."

을씨년스럽기만 한 비좁은 계단을 따라 최초의 발화 지점인 3층으로 올라간 강 형사는 먼저 환자들이 수용되었던 병실들을 하나하나 점검해 보기로 한다. 중앙 계단을 오르자마자 오른쪽과 왼쪽 병실로 가려면 먼저 계단 바로 앞에 설치된 쇠창살 메인 출입구를 지나가야 한다. 화재 당시 이곳은 자물쇠로 굳게 잠겨 있었다. 매일 밤 10시면 야간 당직자가 각 층의 주 출입구를 잠그는 것으로 정신병동의 밤이 시작된다고 한다.

자물쇠가 달린 문은 이미 절단기로 잘려져 있어 강 형사는 살짝 열린 문을 밀고 안으로 들어갈 수가 있었다. 오른쪽 계단참부터 306, 305, 304, 303, 302, 301호가 서로 마주 보며 복도 끝까지 늘어서 있다. 복도 끝으로는 작은 유리창과는 어울리지 않게 견고한 방범창이 달려 있다. 화재로 유리란 유리는 모두 깨지고 더 이상 창문을 열고 뛰어내릴 환자도 없는데도 검은 쇠창살만이 건물 안에서 유일하게 제 할 일을 하고 있는 듯하다.

맨 처음 구조를 나왔던 소방대원의 증언으로는 한 방에 한두 명은 침대에 결박된 상태였다고 하니… 만약 비상계단을 열어 줄 간호 인력이 충분했어도 환자들 모두를 대피시키기는 어려웠으리라. 그래서 어떤 환자는 침대에 결박된 채, 어떤 환자는 자물쇠로 굳게 닫힌 주 출입문에 매달려 유독 가스와 연기에 질식해 들어갔을 것이다. 그리고 의식을 모두 잃은 후, 그들 모두 서서히… 형체도 알아볼 수 없게 뼈까지 타 들어갔다.

흐느적거리며 흘러내리는 살점은 물론 뼈까지 검게 타 들어가는 그네들의 모습과 그들이 내지르는 짐승 같은 비명소리가 들리는 것 같아 서둘러 걸음을 옮기던 강 형사는 복도 끝에 위치한 폐쇄회로를 눈여겨본다.

병원장의 주장대로 단순 누전에 의한 화재라면 최초 발화 지점이 복잡한 배선이 늘어진 천장 부근이어야 하는데, 불길이 지나간 흔적을 분석해 보면 위쪽이 아닌 아래쪽에서 불길이 올랐다. 단순 누전이 아닌 누군가에 의한 방화 또한 의심해 볼 만한 문제라는 데 한익훈 충주소방서장과 강 형사는 합의를 보았다.

서둘러 복도 끝에 장착된 CCTV를 분석팀에 넘긴 결과, 중앙 주 출입구가 잠긴 10시 이후 몇 명의 환자들이 3층 복도와 화장실, 그리고 최초의 발화 지점인 세탁실 앞을 지나갔다는 게 밝혀졌다. 하지만 안타깝게도 화장실 맞은편 세탁실 문이 CCTV의 사각지대에 들어가는 자리라 정확한 상황을 파악하기가 어려웠다.

강 형사는 병동과 환자 모두에게 익숙한 최고참 8년차 간호사 한 명을 참고인으로 소환해, 사고 당일 오후 8시부터 화재 신고가 접수된 11시, 그리고 환자들의 절규와 몸부림이 서서히 침묵의 공동묘지로 바뀌어 가는 새벽 2시까지의 모습을 함께 지켜보았다.

"후…."

어제까지만 해도 자신의 돌봄을 받던 환자들이 비록 침묵의 화면 안이긴 하지만, 하염없이 타 들어가는 모습을 보니… 꽤나 넉넉해 보이는 풍채와 안정적인 인상을 가진 중년의 간호사는 소리 없는 눈물을 흘리며 죄책감과 안타까움이 진하게 묻어나는 깊은 한숨을 내쉰다.

여자의 한숨을 끝으로 강 형사는 테이프를 맨 앞으로 돌려 오후 8시부터 다시 한 번 플레이를 시키며 되도록 가볍게 말을 꺼낸다.

"힘드시겠지만 다시 한 번 찬찬히 보시면서 제가 지목하는 환자들에 대한 특기 사항을 좀 말씀해 주십시오."

"특기 사항이라면… 어떤 걸 말씀하시는 거죠?"

변명과 회피에 능했던 앞선 참고인들과 달리 반성과 참회의 감정이 묻어나는 유일한 참고인이다. CCTV를 본 후 부쩍 삶의 피로감과 무기력증이 더해지는 여자의 얼굴에서 자신의 모습을 발견한 강 형사는 사건 발생 이후 처음으로 부드러운 목소리로 변한다.

"유달리 폭력성이 강했다거나, 라이터 등의 화기를 소지하고 있는 환자, 전에 방화 경력이 있었던 환자 말입니다."

"라이터 같은 건… 저희 간호사나 조무사들이 수시로 소지품 검사를 하니까 없을 거 같은데…. 하긴 가끔 면회 끝나고 온 환자들한테서 담배며 사탕 같은 게 나오니까 백 퍼센트 장담은 못하겠네요. 방화 경력도 저희는 잘 몰라요. 의사 선생님한테 말씀하셔서 의료 기록이나 상담 일지를 찾아봐야 할 거예요."

화면 안에서 왔다 갔다 바쁘게 움직이는 환자들에게서 차마 공허한 눈을 떼지 못하고 있다가 여자는 갑자기 화면 안의 한 환자를 가리키며 울컥해 버린다.

"상원이는 다음 주에 퇴원할 애였는데…. 이제 겨우 스무 살이 넘은 애거든요. 책도 많이 읽고 똑똑한 애였는데…."

강 형사는 여자의 애처로운 시선을 따라, 화장실에서

책인지 잡지인지 모를 뭔가를 들고 나오는 남자 환자를 물끄러미 바라본다. CCTV 안의 상원이는 스무 살이 넘은 애인지, 책을 많이 읽는 아이인지, 다음 주에 퇴원을 앞둔 정신이 온전한 아이인지 알 길이 없다. 그저 몇 시간 후 3층 주 출입문의 자물쇠를 흔들다 연기에 질식되고 서서히 새까맣게 타 들어간다는 것만 알 수 있을 뿐….

어둡고 퍽퍽한 침묵의 터널로 들어서려는 백의의 천사를 터널 밖 취조실로 끌어내기 위해 강 형사는 306호에서 나오는 문제의 여자 환자에 대해 질문을 한다.

"이 여자, 306호 환자 맞죠?"

백의의 천사는 손수건 끝으로 눈물을 찍어내며 말없이 고개를 끄덕인다.

"이 여자가 지금 어디로 가는 것 같습니까?"

약간은 날카로워진 강 형사의 질문에 다시 중년의 간호사로 돌아온 여자는 눈물이 맺힌 눈을 애써 깜박이며 화면을 유심히 바라보고 강 형사가 예상한 대로 입을 열어 준다.

"세탁실 같은데요?"

"확실합니까?"

약간은 위협적으로 들릴 정도로 날카롭게 그녀의 판단을 재차 확인하는 강 형사의 태도에 여자는 다시 한 번 화면 안의 여자를 바라본다. 강 형사가 간호사를 위해 화면을 정지시키자, 간호사는 화면 속 여자 환자의 손에 둘둘 말린 시트를 가리킨다.

"아마 침대 시트일 거예요. 복용하는 약 때문에 가끔씩 컨트롤이 안 돼서 이틀에 한 번은 시트를 갈거든요."

강 형사는 정지된 CCTV 화면 아래에 찍힌 시각을 수 첩에 기록하는 동시에 간호사에게 306호 환자의 이름을 묻는다.

"환자 이름이…?"

"주명선 환자요. 13년째 장기 입원 중인 환잔데, 전혀 폭력적이거나 힘들게 하는 환자가 아니었어요. 있는 듯 없는 듯 늘 얌전했는데…."

"나이는?"

306호. 주명선. 나이 36세. 화재 발생 시각(CCTV 추정) 10시 10분에서 25분 전인 9시 45분, 최초의 발화 지 점인 세탁실을 출입한 것으로 추정.

이것이 강 형사의 아날로그 수첩에 기록된 방화 추정 인물(그것이 고의든 실수든 간에)에 대한 특기 사항이다. 그 러나 방화범도 피해자도 모두 굳게 닫힌 주 출입문 아래 에서 새까맣게 타 들어갔으니…. 그녀가 방화범이든 아니 든 이미 고인이 되어 국립과학수사연구소의 시체안치실 에 누워 있는 그녀에게는 하등의 상관도 없을 것이다. 단 지 충주경찰서장의 수사 경과 발표나 충주정신병원 병원장의 책임 회피와 변명에 약간의 도움을 줄 뿐.

뭉크의 절규를 연상시키는 화재 현장을 둘러보던 강 형사는 가슴속 깊은 곳에서부터 명화 속 남자처럼 소리 없는 비명을 지를 것만 같다. 흑백 영화를 보는 듯 검게 그을린 잿빛 풍경화를 배경으로, 건물의 천장과 바닥, 서쪽과 동쪽 사방에서 풍겨 오는 특유의 시체 타는 냄새가 마치 4D 영화 상영관에 앉아 있는 것처럼 강 형사의 오감을 덮쳐 온다.

남해가 고향인 한 후배 형사는 시체 타는 냄새가 전어나 마른 오징어가 타는 냄새와 상당히 비슷하다고 말하곤 했다. 그래서 자신은 전어는 물론 오징어를 입에도 대지 못한다고…. 그래서인지 그는 토막 난 시체 몇 구와 교통사고 현장에서 머리가 으깨져 즉사한 소녀의 시체를 수습한 후, 어느 날 홀연히 자취를 감추었다. 그리고 얼마 후 고향인 남해에서 전어 한 박스를 택배로 보내 주었다.

경찰 옷 대신 방수복을 입고 범인 대신 물고기를 잡는다고… 그리고 이제는 전어든 마른 오징어든 마음대로 먹을 수가 있다고…. 만약 그 후배가 지금 이 현장에 있다면 다시는 마른 오징어니 전어 타령은 하지 않을 것이다.

사람의 육체가 불에 탄 냄새는, 그것도 이렇게 대량으로 탄 냄새는 전어도 마른 오징어도 아닌 그야말로 사람이 탄 냄새가 난다. 온몸의 진득진득한 기름덩이와 살덩어리들, 몸을 채우던 체액과 피는 물론 오줌이나 배설물, 머리카락과 뼈까지 타 들어간 그 고약하다 못해 역겨운 냄새라니….

며칠째 계속되는 야근 때문인지, 불편한 병원 침대에서 잠을 설쳐선지, 그것도 아니면 주위를 매캐하게 에워싸는 죽음의 냄새 때문인지 강 형사는 또다시 지독한 두통에 시달린다. 그는 서둘러 최초의 발화 지점인 세탁실과 텅 빈 병실들, 복도를 하나하나 점검하며 죽음의 그림과 냄새 뒤에 숨겨진 죽음의 배후를 추적해 본다.

방화범이 존재하든 안 하든 결국 이 모든 사태의 책임은 인력 부족, 소방시설 미비, 안전 불감증 등으로 판정될 것이다. 그리고 강 형사의 조서에는 사소한 화재나 사고에도 병원 시설 자체가 치명적인 살인자가 될 수밖에 없는 구조였다는 결론으로 꾸며질 것이다.

화재 등의 비상 상황에 대비해 늘 열어 놓아야 할 병원 비상구는 당시 굳게 잠겨 있었다. 출입문을 자물쇠로 잠가 버려 환자들의 대피는 물론 구조대원들의 신속한 진입도 어려웠다. 병실마다 비치된 소화기 대부분도 잠긴 캐비닛 안에 들어 있어 무용지물이었다.

이런 숱한 결함에도 불구하고 충주정신병원은 지난 2년 6개월간 받은 정기 소방점검에서 모두 이상 없음 판정을 받았다. 소방점검을 대행한 업체가 부실한 점검을 한 혐의가 짙다.

시커멓게 그을린 정신병동의 창 아래로 같은 병원 건물이라고는 상상조차 되지 않는, 유리로 만들어진 초현대식 신관을 바라보며 강 형사는 문득 병원장과 병원장의 세컨드 이영숙 원무과장, 그리고 서류상 병원의 대표인 병원장의 아내, 세 남녀가 법정이나 유치장에 나란히 앉아 있는 모습을 상상해 본다. 최소한 업무상 과실치사 혐의를 벗어날 수는 없을 것이다. 누군가는 27명의 목숨에 대한 책임을 져야만 할 것이다.

강 형사는 복도에 먼지처럼 쌓인 회색 잿가루를 날리며 천천히 복도를 걸어 방화범으로 의심되는 주명선 환자가 지난 13년간 살았던 306호로 들어간다. 다섯 평이 한참 모자란 4인실 병동에는 이제는 새까맣게 타서 형체만 남은 철제 침대 네 개가 질서 없이 먼저 간 주인들 대신 자리를 잡고 있다. 베니어판으로 짜여진 옷장과 탁자는 이미 흔적도 없이 재가 되고 먼지가 되었을 것이다. 흉물스런 침대 외에는 그 어디에도 이곳이 사람이 살았던 곳이라는 증거가 남아 있지 않다.

이 좁은 방에서 네 명의 여자들이 평생을 살았다. 한 인간이 13년 동안 이 방 안에서만 갇혀서 살았다는 사실에 강 형사는 저절로 한숨이 나온다. 벌써 반 년째 병원에 누워 있는 아내를 위해 그는 요즘 요양병원을 알아보는 중이다. 평소 아팠던 무릎을 치료하기 위해 비교적 간단한 외과 수술을 받으러 들어갔던 병원에서 아내는 뼈가 붙지 않는다는 알 듯 모를 듯한 진단을 받고 6개월째 병원 생활을 하는 중이다. 뼈를 굳히기 위해 절대 움직이지 말라는 의사의 지시대로 아내는 삼시 세끼는 물론 대소변까지 침대 위에서 해결해야만 한다. 굳지 않는 뼈도 문제지만 이제는 운동 부족으로 인해 나머지 뼈들도 약해질 대로 약해져 혼자서는 도저히 거동을 못하는 중환자가 되어 버렸다.

낮 시간은 간병인이, 밤 시간은 되도록 그가 아내의 곁을 지키며 간병을 한 지 6개월이 넘어가자, 주변에서는 요양병원을 권하고 있다. 강 형사보다 다섯 살 많은 아내지만 아직까지 요양병원에 갈 정도는 아니라는 생각에 본인은 물론 강 형사도 망설이던 참인데, 병원 관계자들은 비교적 시설이 좋은 근교 요양병원의 팸플릿까지 보여 주며 요양병원이 일반 병원과 별반 차이가 없다고 설득하는 중이다.

어쩌면 아내 또한 10년이 될지 20년이 될지 모르는 여생을 이런 네 평 남짓한 하얀 방에서, 자신의 소유물이라고는 달랑 침대 하나에 옷장 하나뿐인 곳에서, 생판 모르는 남들과 지내다가 죽을지도 모르겠구나… 생각하니 강

한 거부감이 든다. 비록 요양병원에 비해 지금 병원이 더 좁고 불편할망정 병원은 언젠가 쾌유해서 퇴원하리라는 희망으로 버틸 수 있었다. 하지만 요양병원으로 가라 함은 영원히 아내를 유폐하려는 것이 아닌가. 어제까지만 해도 시설 좋은 요양병원이라 생각했던 곳이 사실은 비교적 시설이 잘 된 감옥일 뿐이라는 생각이 든다.

주명선 또한 이 감옥 같은 방에서 지난 13년간 각종 부작용을 일으키는 약물들을 주입받고 먹으며 정신분열증과 광장공포증을 다스렸다. 그리고 6월 12일 수요일 오후 9시 45분, 배설물로 축축해진 자신의 시트를 걷어 가지고 최초의 발화 지점인 3층 복도 끝에 위치한 세탁실로 갔을 것이다. 세탁실에서 무슨 일이 생겼는지, 무엇으로 불을 냈는지는 모르겠지만, 그녀가 그곳에서 나온 지 25분 후인 10시 10분부터 세탁실에서 연기가 새어 나오기 시작했다.

그리고 최초의 불길이 3층은 물론 각 층으로 번져, 온 병원 안이 한순간에 아비규환으로 변해 버렸다. 잠시 후, 신관의 야간 수위가 나이트 뉴스를 보기 전에 잠시 담배를 피우기 위해 나왔다가 열기와 연기를 보고 119에 신고를 한 지 정확히 47분 후에 소방대가 이곳에 도착한다. 그러나 소방대원들의 눈앞에 펼쳐진 것은 이미 화마가 삼켜 버린 거대한 괴물이었다.

이제는 주인도, 할 일도 잃어버린 306호 병실에서 나가려던 강 형사의 눈에 거무스름한 물체가 눈에 띈다. 그는 천천히 장갑을 끼고 철제 침대 아래서 그 검은 물체를 끄집어내서 회색 재를 털어낸다.

그것은 분명 어릴 적 그의 어머니가 사주셨던 사탕 캔이었다. 각각의 색마다 아주 약간씩 다른 맛을 냈던 무지개 알사탕. 그는 불에 타서 반쯤은 눌어붙은 뚜껑을 조심스레 열어 본다. 색색깔의 무지개 알사탕 대신 그 안에는 빛바랜 사진 한 장이 덩그러니 놓여 있었다. 모두를 불태워 버린 화마의 현장에서 유일하게 제 모습을 온전히 유지할 수 있었던 것은 철로 만들어진 조그마한 사탕 통 때문이었다.

거대한 화마 속 유일한 생존체 안에는 예닐곱 살 정도 되어 보이는 소녀 둘이 담겨져 있었다. 아마도 소꿉놀이를 하는 듯하다. 부실한 살림살이에 나뭇잎이며 꽃잎 등을 담아 숟가락으로 서로에게 먹여 주는 모습이다. 그런데 묘한 것은 분명 즐거워야 할 소꿉놀이 중인 소녀들의 모습이 별로 즐거워 보이지 않는다는 것이다. 마치 억지로 놀이를 하듯 한 소녀의 눈에는 눈물이 그렁그렁하고, 다른 한 소녀는 무표정한 얼굴로 카메라를 쳐다보고 있다.

서로 다른 옷에 다른 표정을 짓고 있어 처음에는 인식하지 못했는데, 소녀들의 얼굴을 찬찬히 들여다보니 마치 쌍둥이처럼 얼굴 생김새가 똑같다. 강 형사는 카메라 쪽을 올려다보는 소녀들의 기묘한 표정을 세심히 들여다본다. 울 듯 말 듯한 소녀의 얼굴과 무표정한 소녀의 얼굴에서 카메라를 든 사람에게 내뿜는 강렬한 저항감을 느낀다. 그리고 그는 소녀들의 감정을 그대로 전이 받는다. 카메라를 든 사람에 대한 두려움을 뛰어넘는 절대 공포.

소녀들의 시선 끝, 카메라 너머에 있는 그 누군가로부터 느껴지는 절대 공포에 온몸에 소름이 돋는 순간, 복도 끝에서부터 누군가 병실 쪽으로 다가오는 소리가 들린다.

또각, 지익… 또각, 지익… 또각, 또각.

화재 이후 누적된 피로 때문일까, 불면증으로 인한 수면 부족 때문일까, 그것도 아니면 화마 속에 죽어 간 귀신의 혼이 그의 주변을 가득 에워싸고 있기 때문일까… 강 형사는 자신의 환청인지 진짜인지 구별이 가지 않는 발자국 소리에 덩치에 어울리지 않게 두려움 비슷한 감정을 순간 느낀다.

또각, 지익… 또각, 지익….

규칙적인 발자국 소리가 문득 306호 방 앞에서 멈춘다.

"여기 계셨어요?"

"휴!"

방진 마스크로 얼굴을 가린 김 경사다.

"현장에 오면서 옷이 그게 뭐냐?"

요즘 유행하는 폭이 좁은 양복바지에 조끼까지 덧댄 댄

디 스타일의 양복을 차려입은 김 경사는 형사라기보다 연예인 매니저에 가까운 빼질빼질한 인상이다. '그런 기생오라비 같은 복장으로 무슨 현장검증을 한다는 거야?'라는 말이 튀어나오려는 것을 간신히 참고 강 형사는 캔디 통을 증거물 비닐봉지에 수거한다.

"오늘 저녁에 둘째 놈 돌잔치가 있어서요. 하필이면 이런 비상시국에…. 한 주 연기하려고 했는데 안 된다네요. 강 형사님도 잠깐 식사만 하고 가세요."

"가야지."

언제나 느끼는 거지만 결혼식이나 돌잔치 같은 행사들이 왠지 장례식보다 익숙지가 않은 강 형사는 마지못해 대답을 해놓고 바로 후회한다.

'병원에 있는 아내 핑계를 댈 것을….'

처음에는 아내의 수술과 그에 따른 장기 입원을 걱정해주던 동료들도 이제는 모두 잊어버렸는지 아는 체를 하지 않는다. 강 형사 또한 굳이 아내의 장기 입원 이야기는 꺼내지 않는 편이다. 그의 후회와 망설임에 벌이라도 주듯 주머니 속에서 핸드폰 진동이 요란하게 울려대고, 그는 '따님'이란 발신자 표시 앞에서 잠시 전화 받기를 망설인다.

"여보세요."

"저, 진아예요. 오늘 충주 내려가요. 병원에 몇 시쯤 올 수 있으세요?"

"글쎄⋯ 일이 끝나 봐야 알겠는데⋯."

306호 병실을 둘러보던 김 경사는 강 형사의 핸드폰 너머로 들려오는 젊은 여자의 목소리에 통화 중인 강 형사를 힐끔거린다.

"엄마 문제로 의논할 일도 있고, 이따 병원에서 봬요. 저 늦어도 9시에는 가야 하니까 그 전에 꼭 오세요."

"알았다."

무뚝뚝하게 전화를 끊는 강 형사를 보고 김 경사는 얼른 발신자를 확인하려 든다.

"서울 사는 따님인가 봐요?"

선배나 동료, 후배들 사이에서 전설처럼 전해지는 그의 가족사에 호기심을 보이는 김 경사의 태도가 오늘은 왠지 더 신경에 거슬린다. 김 경사의 호기심과 관심에 복수라도 하듯 그는 김 경사의 약점을 건드린다.

"피해자 가족 중에 아직까지 연락 안 된 보호자는 확인했어?"

강 형사의 돌발 질문에 김 경사는 급격히 얼굴이 굳는다.

"그게⋯ 다 찾아서 연락했는데⋯ 아직 한 사람만 안 되네요."

"오늘 중으로 해결해서 올려."

강 형사의 단호한 지시에 김 경사는 아주 곤란한 표정

을 지으며 병실을 나서는 강 형사를 붙잡는다.

"내일까지 하면 안 될까요? 서울까지 갔다 와야 돼서…. 아빠 없이 돌잔치 하기도 그렇고…."

문득 어릴 적 딸의 얼굴이 떠오른 강 형사는 자기도 모르게 서울행 출장을 자처하는 말을 내뱉는다.

"이름이 뭐야?"

"네?"

"환자 이름, 보호자 이름, 서울 주소…."

"선배님이 직접 가시려구요?"

반색을 하며 바라보는 김 경사에게 그는 수첩을 열고 메모할 준비를 하는 것으로 대답을 대신한다.

"주명선이요. 보호자는 주명희. 이름으로 봐서 자매인가 봐요. 서울시 노원구 상계동 주공아파트…."

'주명선?'

강 형사는 얼른 증거물 봉투 속에서 사탕 통을 꺼내 안에 든 사진을 살펴본다. 두 소녀 중 한 명은 분명 방화범으로 추정되는 주명선일 것이다. 그렇다면 사진 속 소녀들 중 나머지 한 명은 누구인가?

낯선 방문객

　　　　　　　상대에 대한 지나친 배려는 때로 불편함이나 후회를 불러올 수도 있다는 만고의 진리를 다시 한 번 느끼게 해준 외출이었다고 명희는 생각했다. 오랜만에 서울로 입성하는 아내와 딸을 위해 성수는 하루 종일 최고의 맛집을 찾느라 분주했다. 그리고 인터넷 블로그와 미식가로 소문난 회사 사람들의 엇갈리는 조언을 거르고 걸러, 평소 아내가 좋아하는 초밥을 먹기 위해 강남 모처의 유명한 일식집을 예약해 두었다.

　그러나 평소 남편이 날생선이나 비린내 나는 음식을 별로 좋아하지 않는다는 것을 잘 아는 명희가 아니던가. 거꾸로 남편을 배려해 서울 살 때 평소 단골로 가던 회사 앞 〈이모네 양곱창〉으로 가야지, 출발 전부터 마음먹었던 명희가 극구 남편의 일식집행 주장을 반대했다.

　두 사람이 서로를 배려하는 마음으로 회사 앞 카페에

서서 초밥이냐 곱창이냐를 두고 설왕설래하는 사이, 수리는 최근 심장 수술로 인해 몸보신이 가장 필요한 사람이 오늘의 메뉴를 정해야 한다며 나섰고, 결국 세 식구는 최근 심장 수술을 받은 엄청 중요한 사람의 제안에 따라 동대문에 위치한 모 쇼핑센터의 푸드 코트로 향하게 되었다. 그리고 그곳에서 초밥도 아니요 곱창도 아닌 정체불명의 퓨전 음식을 받게 된다. 떡볶이는 떡볶이대로, 돈가스는 돈가스대로, 오므라이스는 오므라이스대로, 우동은 우동대로 뭐 하나 건질 것이 없는 그야말로 국적 불명, 원산지 불명, 요리사 불명의, 다시는 먹고 싶지 않은 음식들이었다.

조금만 상대를 배려하는 마음이 적었더라면 좋았을 것을…. 명희는 오늘 저녁에 먹었을 수도 있었던 초밥과 일식집의 조용한 분위기를 생각하며 시끄러운 푸드 코트에서 억지로 돈가스에 곁들여 나온 샐러드를 뒤적거렸다. 성수 또한 곱창 생각에 입맛을 다시며 억지로 돈가스를 우동 국물과 함께 밀어 넣었다.

정체불명의 음식들 앞에서 엄마 아빠의 기분이 더할 수 없을 정도로 가라앉은 것도 모르고 수리는 대충 접시 위의 음식들을 건너뛰고 바로 낮에 봐두었던 원피스며 청바지를 보러 가자고 조른다. 63빌딩이나 남산타워 스카이라운지에 버금가는 야경에, 엄청 맛있어 보이는 음식들이 다양하게 (아빠 취향, 엄마 취향이 모두 공존한다고) 있었다는 말을 믿었던 게 실수였다. 수리 녀석의 목적은 분위기 좋은 야경도, 다양한 선택이 따르는 맛있는 음식도 아니었다. 수리는 단지 자신이 마음에 들어 하던 옷을 사줄 누군가의 지갑이 필요했던 것이다.

매번 당하고 속으면서도 하나밖에 없는 외동딸이라 알고도 속고 당하고도 넘어가 주는 부부였다. 그런데 오늘은 왠지 딸에게 화가 나는 명희다. 차라리 낮에 봐둔 옷이 있다고 사달라고 했으면 초밥을 먹든 곱창을 먹든 하고 사줬을 텐데…. 오랜만의 서울행이자 가족 외식이라 남편이나 자신이나 내심 기대를 하고 나왔는데 집밥보다도 못한 걸 먹게 하다니…. 철없는 딸이나 철없는 딸에게 속은 자신과 남편이나 모두 한심하기 그지없다.

결국 수리는 자신이 원하던 원피스와 청바지에 덤으로 운동화까지 사 신고 행복에 미어터지는 얼굴이 되었다. 그런데 양손 가득 쇼핑백을 들고 기쁨에 겨운 미소를 짓는 수리의 행복은 부부에게도 바로 전염되어 맛없는 돈가스나 오므라이스 따윈 어느새 깡그리 잊어버리고 만다. 자신들이 어느덧 자신의 행복이나 바람보다는 딸의 행복과 바람에 좌지우지되는 나이가 된 것은 아닌지…. 명희는 에스컬레이터 너머로 희끗희끗해지기 시작하는 남편

의 머리와 미간 주름이 한결 짙어진 자신의 얼굴을 보며
약간은 서글픈 생각이 든다.

"당신 눈은?"

주차타워에서 나오자마자 신호등에 걸린 차 안에서 성
수는 아내의 안부를 묻는다.

"참 일찍도 묻는다."

남편의 늦은 관심에 명희는 일부러 화난 표정을 지어
보인다.

"그런가? 쏴리!"

"결막염이나 눈병은 아니고, 요즘 좀 피곤해서 그런 거
같아요. 파란불!"

자칭 성수 전용 내비게이션인 명희는 매의 눈으로 전방
을 주시하며 대화를 이어 간다. 아내의 지시에 따라 천천
히 좌회전을 하며 성수는 새삼 아내의 입맛에 맞지 않는
음식을 먹었던 오늘 저녁을 후회한다.

"이사하느라고 힘들었지 뭐. 이제 좀 쉬엄쉬엄 해."

"아빠, 엄마만 힘든 게 아니거든요! 그리고 이사야 이
삿짐센터가 했지 엄마가 했나? 청소도 죄 아빠랑 내가 했
는데…. 엄만 여기서 더 쉬면 치매 걸려."

"뭐야?"

명희가 수리를 노려보기 위해 왼쪽으로 고개를 돌리자

마자 성수가 운전하던 오른손을 들어 뒤쪽 허공을 때리는 시늉을 한다.

"떽! 니가 밤낮으로 우리를 위해 희생하시는 엄마의 노고를 알아?"

누가 들어도 표 나게 성의 없는 남편의 야단에 명희는 다시 한 번 수리를 돌아보며 경고를 한다.

"한 번만 더 엄마한테 버릇없이 그래 봐. 얘 이거, 다 당신이 망쳐 놓은 거야."

"흥! 칫! 펫! 아빠, 동건이 알지?"

자신이 조금만 불리하다 싶으면 얼른 화제를 바꾸는 것까지 아빠를 쏙 빼닮은 딸의 모습에 명희는 슬그머니 웃음이 나온다.

"알지. 장동건보다 잘생긴 하수리의 남자 차동건."

"그냥 친구라니까. 근데 걔 진짜 웃긴다. 예전에 수학 학원 앞에서 나보고 웃는 게 이쁘다는 둥, 눈웃음 살살 치면서 꼬리쳐 놓고, 나 없는 사이에 소영이랑 좀 이상해."

명희는 속으로 고개를 끄덕인다.

'그래서 오늘 수리 기분이 별로였구나.'

자신과 달리 눈치가 영단인 남편은 백미러로 딸의 얼굴을 힐끗 보며 무심히 묻는다.

"뭐가?"

"아니, 커플도 아닌 것들이 운동화는 왜 맞춰서 신고… 그리고 뭐가 좋다고 서로 얼굴만 보면 웃는 거야. 웃긴 말도 아닌데, 지들끼리 꺄르르… 오늘 진짜 재수 없었다니까. 아빠, 이게 웃겨? 우리 반에 승민이라는 남자애가 있는데 걔가 작년에 자전거 타다가 교통사고로 오랫동안 의식불명이다가 깨어났거든. 그런데…."

복잡한 시내를 지나치자마자 수리의 폭풍수다가 시작된다.

"아빠는 그런 남자는 아니라고 봐. 모름지기 남자라면 정몽주처럼은 아니라도 님 향한 일편단심이 쬐금은 있어야지, 석 달도 못 돼서 바뀌는 그런 놈은 앞에 갖다 줘도 니가 버려야지. 엄마한테 물어봐. 아빠가 얼마나 일편단심을 가진 남잔지. 여보, 증언!"

부녀 사이의 끝이 없는 수다에 끼고 싶지 않은 명희는 되도록 간단하고 명료하게 대답을 해준다.

"인정.

방금 전 득템했던 옷 때문에 행복에 겨워했던 얼굴은 온데간데없이 사라지고 세상에서 가장 불행한 얼굴이 된 수리는 성수와 명희의 귀에 대고 크게 중얼거린다.

"요즘 사랑은 움직이는 거거든요. 그리고 동건이만 아니라 다른 애들도 오랜만에 만나니까 서먹하고 할 얘기도 없고 멀어진 거 같았다구."

"다시 만나면 금방 친해져. 아빠 닮아서 성격도 좋으면서 뭐가 걱정이야?"

일일이 대꾸할 필요도 없어 보이는 딸의 고민 아닌 고민에 남편은 일일이 성심성의껏 대꾸를 해준다. 그런 남편의 모습을 보며 명희는 남편에 대한 사랑을 넘어서 그를 향한 무한한 존경을 느낀다. 아내와 자식에게 늘 한결같이 자상한 남자, 그런 남자의 아내가 된 명희 자신은 얼마나 행복하고 운이 좋은 여자인가.

"그러니까 나 빨리 학교 갈래. 이러다 내 존재감이 다 없어질 것 같단 말이야. 오늘 의사 선생님도 무리하지만 않으면 학교 가도 된다고 했단 말이야. 엄마, 분명히 들었지?'"

"뒤에 말은 왜 빼?"

"뭐어?"

괜히 딸에게 말꼬리 하나라도 잡히지 않으려고 명희는 되도록 의사 선생님의 말을 토씨 하나 틀리지 않고 그대로 전하려고 천천히 생각하며 뱉는다.

"그런데 하버드대나 서울대 갈 거 아니라면 이왕이면 천천히 다음 검사 결과 보고 가자고 하셨잖아."

수리는 엄마의 말이 떨어지기가 무섭게 바로 성질을 부린다.

"나 갈 거거든. 서울대 아니라 하버드대 갈 거니까 내일 당장 학교 간다고."

두 여자의 침 튀기는 공방 사이에서 이러지도 저러지도 못하고 묵묵부답 운전대만 잡고 있던 성수가 결국 아내의 편을 들기 위해 입을 열려는 순간, 명희가 수리 쪽으로 고개를 돌려 마지막 쐐기를 박는다.

"엄마 아빠는 병원 들락거리는 하버드 서울대생보다 고졸이라도 좋으니까 건강한 딸을 원해. 그래서 안 돼."

"엄만 도대체 왜 방해만 하는 거야? 다른 엄마들은 학교에 학원, 과외까지 난린데…. 내 인생 망치면 엄마가 책임질 거야? 내가 진짜 고졸이면 좋겠어? 나 진짜 막 산다. 학교도 안 가고 맨날 집에서 스마트폰에 텔레비전만 보고…."

귀에 팍팍 꽂혀 들어오는 날카로운 목소리라고 어릴 적부터 선생님들의 지적을 자주 받았던 수리의 음성을 들으며 명희는 조수석 등받이에 기대어 편안히 눈을 감는다.

마치 자주 듣는 음악처럼 익숙해진 딸의 목소리…. 그런데 수리의 날카롭고 째지는 목소리 너머로 가늘고 떨리는, 어딘지 모르게 익숙한 목소리 하나가 명희의 귀를 비집고 들어온다.

"명…희야, 노올자."

식은땀을 흘리며 자리에서 일어난 명희는 주위를 둘러

본다. 그리고 자신이 아직도 차 안에, 조수석 의자에 몸을 붙이고 있음을 겨우 확인하고 한숨을 돌린다. 그런데 차 안에는 남편도 수리도 없다. 두리번거리며 성수와 딸을 찾던 명희는 길 맞은편 아이스크림 가게에 들어가 있는 두 사람을 발견한다.

아마도 학교 때문에, 아니면 엄마 때문에 딱딱하게 굳어 있을 딸아이의 기분을 달콤한 아이스크림으로 녹여 내려는 속셈일 것이다. 마치 이제 막 사랑에 빠진 연인들처럼, 다정하게 진열창에 머리를 맞대고 이것저것 아이스크림을 고르는 부녀를 보며 명희는 저절로 엄마 미소가 지어진다. 그리고 어쩌면 가까운 시일 내에 자신이 딸에게 져줘야 할지도 모른다는 생각이 든다.

더없이 다정한 부녀의 모습에서 눈을 떼고 창문 옆의 거리로 시선을 돌리는 순간, 명희는 낯선 두 개의 눈동자와 눈이 마주친다. 지나가다 얼핏 스치듯 서로의 눈이 마주친 것이 아니라, 오랫동안 자신을 쳐다보았기에 순간적으로 자신의 눈과 마주친 느낌이랄까…. 아이스크림 가게와 대각선으로 맞은편, 그러니까 명희의 차 바로 옆, 농협 무인 현금인출기 앞에 서서 차와 차 안의 자신을 물끄러미 바라보는 남자.

남자는 차 안의 명희 또한 자신을 쳐다보는 것을 눈치채고도 아주 여유롭게, 입꼬리를 올리는 미소까지 지으며 천천히 시선을 돌린다. 그러고는 명희의 시선까지 끌고 그대로 보란 듯이 맞은편 아이스크림 가게를 쳐다본다. 아이스크림 쇼핑백을 들고 가게에서 나오는 성수와 수리를 천천히 음미하듯 바라보는 남자의 시선이 왠지 불길하고 불안해진 명희는 창문을 내려 그들에게 차로 돌아오지 말라고 소리 지르고 싶은 충동을 느낀다. 그러나 길을 건너는 수리와 성수에게서 시선을 돌려 다시 한 번 남자를 찾던 명희는 텅 빈 무인 인출기만을 보게 된다. 순식간에 거짓말처럼 사라진 남자의 흔적을 찾기 위해 명희는 열심히 눈으로 거리를 헤집는다.

"일어났어?"

"엄마, 엄마가 좋아하는 월넛하고 체리 주빌레 샀어."

"어… 고마워."

"자, 갑니다."

성수가 천천히 차를 빼자 명희는 사이드미러로 아까 남자가 있던 무인 인출기 쪽을 살핀다. 역시나 과일 파는 행상 아줌마 말고는 아무도 없다. 명희가 마음속으로 안도의 한숨을 쉬고 다시 등받이에 몸을 기대려는데 갑자기 '끼익!' 성수가 급브레이크를 밟는 통에 몸이 앞쪽으로 확 쏠린다.

"아빠아!"

하필이면 뒷좌석 가운데 앉아 있던 수리가 운전석과 조

수석 사이의 기어 부분에 머리를 박고는 히스테릭하게 소리를 지른다.

"안 다쳤어? 갑자기 사람이 뛰어들어서….

고개를 들어 보니 남편의 말대로 오십대가 넘어 보이는 검은 옷 차림의 남자가 길을 건너려는지 차 앞을 지나간다. 아까 무인 인출기에서 끈적끈적한 시선으로 자신을 바라보던 남자. 그런데 이번에도 역시 그는 갑자기 차에 끼어든 사람답지 않게 느릿느릿한 걸음으로, 마치 자신의 모습을 똑똑히 보고 기억하란 듯이 천천히 길을 건넌다.

"올해로 삼재 나갔다더니 왜 이러는 거야?"

성수는 지나치다 싶게 주위를 두리번거리며 다시 천천히 차를 움직인다. 삼재… 성수보다 두 살 어린 명희는 올해가 자신의 삼재의 시작이라는 것을 기억한다.

병원에서는 괜찮던 눈이 무인 자동인출기 남자 이후 다시 아파 온다. 거울을 보니 다시 붉게 충혈되려는 조짐이 보이기 시작한다. 명희는 서둘러 화장대 위에 놓인 핸드백에서 약봉지를 찾아 안약부터 꺼낸다.

엄지손가락 크기의 작은 약상자 곁에는 아침, 저녁, 2~3방울씩이라고 쓰여 있다. 화장대 거울을 보며 그녀는 아직까지는 심하지 않은 오른쪽 눈부터 안약을 주입한다. 한 방울, 두 방울… 떨어뜨리고 바로 깜빡깜빡하며 안약 눈물을 눈 밖으로 흘려보낸다. 오른쪽보다 심하게 붉은 왼쪽 눈에도 한두 방울을 주입하고 바로 침대로 가서 눕는다.

하루 종일 병원이며 쇼핑센터, 백화점, 영화관 등 남편의 퇴근 시간까지 서울 바닥을 헤집고 다녀선지 침대에 몸을 누이자마자 엄청난 피로가 한꺼번에 밀려온다. 마치 커다란 파도가 자신의 몸을 휩쓸고 지나간 뒤 또다시 휩쓸고… 휩쓸고… 끝도 없이 밀려오는 집채만 한 파도에 압사 내지 익사를 당할 것 같은 기분이다.

명희의 의식이 얕은 잠으로 막 빨려 들어가려는 즈음 성수의 목소리가 그 사이를 비집고 들어온다.

"여보! 쥐포 구울까? 맥주 한잔할래?"

저녁 식사 후에 먹은 약 기운 탓인지 명희는 침대 밑바닥으로 온몸이 끌려 당겨지는 듯 몸을 일으켜 세울 수가 없다. 그런데도 입은 자동응답기처럼 저절로 돌아가며 남편 성수의 말에 몸보다 먼저 반응한다.

"안약 좀 넣고 갈게요."

"오케이."

성수는 어느 누가 들어도 기분이 좋아질 수밖에 없는 시원스런 목소리로 대답을 하고는 냉장고에서 맥주 캔 세 개를 꺼내 냉동고에 집어넣는다. 아내는 얼음 샤베트가 살짝 낀 맥주를 좋아한다. 연애 시절 먹는 것을 즐거하는 자신과 달리 어떤 맛집에 갔다놔도 그럭저럭 먹는다거나 그저 그런 표정을 짓던 아내였다.

그런데 친구 녀석의 여동생이 준 공짜 쿠폰으로 간 패밀리 레스토랑의 얼음 맥주잔 앞에서 아내가 처음으로 슬그머니 미소 짓는 것을 보았다. 양파 튀김과 얼음 샤베트가 살살 흘러내리는 잔을 보며 처음으로 얼음맥주가 좋다고 말해 주었다. 그날 이후, 성수의 기억장치 속에는 아내의 선호 식품 1위에 얼음맥주가 자리했고, 결혼 후 맥주를 미리 냉동고에 얼려 두는 일은 성수가 도맡아 하는 일 중 하나였다.

잘 달궈진 프라이팬에 일단 쥐포부터 올리고 성수는 기름을 넣을까 말까를 고민한다. 기름기 있는 음식을 싫어하는 아내와 기름에 튀기듯 한 쥐포를 좋아하는 딸 중 누구의 기호에 맞춰야 할지…. 그러나 언제나 그렇듯 성수는 일단 아내를 위해 기름 없이 몇 마리 구워내고, 다시 기름을 넣고 수리만을 위한 쥐포를 구워내야겠다고 결론짓는다. 윤기가 자르르 흐르는 손바닥만 한 쥐포에 화기가 올라 막 부풀어 오르기 시작할 때, 조용한 집 안 공기를 가르며 전화벨이 울린다.

딴다라라라, 딴따따….

"내가 받을게."

성수는 얼른 가스 불을 끄고 거실 전화기 앞으로 달려
간다.

"여보세요."

"…."

다시 한 번 예의바르게 중저음의 목소리를 낸다.

"여보세요?"

"…."

성수는 전화선을 타고 들어오는 무음의 소리 건너편에
왠지 남자의 침묵이 있을 거라는 생각이 들어 좀 더 거칠
고 뚝뚝하게 묻는다.

"여보세요! 안 들리나?"

약간은 화가 난 성수는 수화기를 내려 발신자를 확인해
본다. 그런데 수화기 액정에는 번호 대신 '발신자 번호 표
시 제한'이 있을 뿐, 발신자를 알 수가 없다.

"여보세요?"

성수가 다시 한 번 좀 더 크게, 그리고 위협적으로 '여보
세요!'를 외치자 상대가 전화를 끊는다.

뚜뚜뚜뚜….

"뭐야?"

주방으로 들어가 보니 이미 프라이팬 위의 쥐포는 성수
의 기분처럼 딱딱하게 굳어져 있다. 할 수 없이 가스 불을
조절하고 다시 쥐포에 화기를 넣어 부드럽게 만드는 데 심

혈을 기울이는데 두 번째 전화벨이 울린다.

딴다라라라, 딴따따….

"후!"

그는 바로 달려가지 않고 잠시 동안 아내가 방에서 나오기를 기다린다. 그러다 만약 저게 짓궂은 놈의 장난전화라면 심약한 아내가 아닌 자기가 상대를 해야 한다는 사실을 깨닫고 바로 달려 나간다. 다른 사람일지도 모르니 처음에는 예의바르게 대하기로 한다.

"여보세요."

"…."

그놈이다. 이번에는 성수도 참을성을 갖고 조용히 놈의 반응을 기다려 본다.

"…."

"…."

그러나 결국 양방간의 침묵에 먼저 항복을 한 것은 성수였다.

"이봐요! 전화를 걸었음 말을 하든가… 바빠 죽겠는데 뭐하자는 플레이야? 내가 이거 발신자 추적해서…."

"후우…."

성수의 말을 끊어내며 익명의 상대는 더러운 호흡을 뱉어내듯, 기분 나쁜 숨소리를 성수의 귀에 흘려보낸다. 그 기분 나쁜 숨소리에 소름이 확 끼친 성수는 어디서 치밀어

오르는 분노인지, 자신도 모르게 전화기에 대고 소리를 지른다.

"야! 이 변태 새끼야!"

안방 문과 벽을 뚫고 들려오는 남편의 뜬금없는 고함소리에 놀란 명희는 서둘러 침대에서 일어나 거실로 나가 본다. 그런데 성수의 고함소리가 2층까지 울렸는지 수리 역시 토끼눈을 뜨며 2층 계단에 서서 거실에서 전화기와 싸우고 있는 아빠를 바라본다. 성수는 두 여자가 자신을 바라보는 줄도 모르고 씩씩거리며 침묵의 시위 중인 상대에게 마지막으로 소리를 지르고는 전화를 끊어 버린다.

"끊어, 새끼야."

명희가 누구냐고, 누군데 그렇게 화가 난 거냐고 물으려는데, 엄마보다 늘 한 박자 빠른 수리가 먼저 묻는다.

"아빠, 누구야? 누군데 그래?"

"몰라. 어떤 미친 새낀지 전화해 놓고 말을 안 하네."

약 기운 때문인지, 생리 후에 어김없이 찾아오는 빈혈 때문인지 갑작스레 현기증을 느낀 명희는 소파에 무너지듯 쓰러지며 간신히 입을 연다.

"그냥 끊지, 당신까지 욕할 건 뭐 있어요."

"아, 내가 쥐포 굽… 어!?"

마침 불에 올려놓은 쥐포 생각이 나서 주방 쪽을 돌아보자 주방에서 하얀 연기와 단백질 타는 냄새가 한꺼번에 흘러나오는 것 같다. 성수는 기겁을 하고 달려 들어간다. 급히 가스 불을 꺼 보지만 이미 쥐포는 이 세상에 속한 물건이 아니었다.

시꺼먼 재투성이로 변해 버린 쥐포의 흔적을 처참한 심정으로 바라보고 있자니 성수는 새삼 변태 새끼에게 약이 오른다.

"진짜 장난전화라면 어린애일지도 모르는데 당신 때문에 많이 놀랐겠어요."

누구 때문에 쥐포가 숯덩이가 되었는데…. 남편이 아닌 변태 새끼 편을 들어 주는 아내가 야속하기만 하다. 그런데 명희의 교양 있는 잔소리에 수리는 바로 아빠 편을 들어 준다.

"욕먹을 짓을 하니까 욕을 했겠지. 나도 아까 이상한 전화 받았단 말이야. 말도 안 하고 가만히 있다가 '후우…' 윽! 소름 끼쳐. 아까 그놈인가 보다. 나두 욕 좀 해줄걸."

"니가 아까 욕만 제대로 해줬으면 내가 쥐포 안 태웠지."

두 사람이 장난스레 대화를 나누는 사이 명희는 문득 아까 농협 무인 자동인출기 앞의 남자가 떠오른다.

"언제 받았는데?"

명희의 날선 질문에 수리는 잠시 아빠와의 말장난을 멈추고 기억을 더듬는다.

"오늘 아침에. 엄마 아빠가 차에서 나 나오라고 소리 질렀잖아. 그때."

"…."

성수는 장난전화에 필요 이상 민감하게 신경 쓰는 아내가 걱정되어 되도록 가볍게 말을 꺼낸다.

"보이스 피싱인가?"

"보이스 피싱이면 말을 하지, 왜 안 해?"

성수는 자신의 말에서 허점을 잘도 짚어내는 수리에게 말문이 막히지만 그래도 계속 우겨 본다.

"뭐, 우리 가족이 다들 사기 당하기 않게 똑똑하게 보이나 보지."

"이거 화상전화 아니거든요?"

"꾼들은 목소리만 들어도 알지."

"아빠는 사기 치기 딱 좋은 목소린데?"

명희는 두 사람의 장난에도 긴장을 늦추지 않고 전화를 계속 노려본다. 왠지 또다시 전화가 걸려 올 것만 같다.

"딸아, 너는 아빠에 대해 너무 많은 걸 알고 있다. 잠시 죽어 줘야겠다."

결국 성수가 수리에게 헤드록을 걸어 수리가 소리소리 지르며 풀어 달라고 난리를 부리고서야 명희의 시선은 전화기 너머의 세계가 아닌 부녀에게로 돌아온다.

"두 사람 다 그만해. 당신 뭐하는 거야? 수리가 아들인 줄 알아? 당장 풀어!"

성수는 명희의 야단이 떨어지고야 졸랐던 수리의 목을 느슨하게 풀어 준다. 수리는 씩씩거리면서도 아빠의 가슴에 그대로 기대어 숨을 몰아쉰다.

"네. 얘가 가끔 아들인 줄 알고….."

"됐어. 맥주는?"

명희는 짐짓 화난 표정을 하고 성수의 말을 잘라 버린다.

"네. 냉동고에 샤시 이빠이 해놨습니다, 마님!"

성수는 평소에도 그리 말수가 많은 편은 아니지만 오늘따라 더욱 조용하기만 한 아내의 눈치를 살핀다. 연애 3년에 결혼 생활 14년, 합이 17년을 함께하는 여자지만 아직도 그녀의 가슴 깊숙이 숨어 있는 감정이나 정신세계에 대해 종잡을 수가 없어 답답할 때가 많다. 어떤 때는 한없이 다정다감하며 재치 있고 귀여운 폭풍수다와 애교로 '아! 내 여자구나.' 싶다가도, 어떤 때는 한없이 차가운 태도로 사사건건 자신을 비판하려 드는 듯한 경멸의 눈을 내보이기도 한다.

그러나 성수가 경멸의 눈보다 더 무서워하는 것은 아내의 무관심한 눈이다. 어제까지만 해도 나와 함께 밥을 먹고 한 침대에서 잠을 자며 아이 이야기를 나누던 여자가 하루아침에 낯선 여자로 돌변해 자신과 자신들의 삶이나 아이에게 무관심한 표정을 보일 때, 성수는 배신감보다는 차라리 공포를 느낀다. 그동안 자신이 유령과 함께 산 것은 아니었는지… 아주 잠깐이지만 공허한 눈으로 자신을 바라보는 유령 같은 아내에게서 공포감을 느낄 때가 있다. 그런데 오늘 아내의 모습이 자꾸 예전 유령 아내로 돌아가려는 징조를 보이는 것 같아 성수는 조바심이 난다.

그래서일까? 침묵을 고수하는 아내에게 대항하듯 성수는 자꾸 실없는 농담과 장난으로 아내를 유령의 집이 아닌 현실의 집으로 끌어내려 한다.

"그만 좀 먹어. 엄마 안주 하라고 구운 건데… 양심껏 좀 먹어라."

수리는 입안에서 맛있게 씹고 있던 쥐포를 뺏기자 어이없어한다.

"엄만 기름에 튀긴 거 안 먹거든?"

성수는 내친김에 수리 앞에 놓여 있던 쥐포며 감자칩 접시를 아내 앞에 놓는다.

"엄마가 손이 없어, 입이 없어, 왜 안 먹어? 니가 하도 게걸스럽게 먹어 대니까 너 먹으라고 안 먹는 거지. 여보야, 이거 당신이 다 먹어."

성수는 수리의 입에서 탈취한 마지막 남은 쥐포를 보란 듯이 명희의 입에 넣어 준다. 명희는 입에 들어온 쥐포가 딸의 입에서 나온 것인 줄도 모르고 그대로 씹는다.

"드러."

"뭐가 더러워? 너 어릴 때, 엄마가 입에서 씹던 거 뺏어서 먹는 걸 제일 좋아했어."

"말도 안 돼."

아빠의 말에 강하게 부정하면서도 안주 욕심이 난 수리는 감자칩이 남아 있는 접시를 다시 자기 앞으로 끌어당긴다. 성수는 다시 접시를 낚아채 아내 앞으로 밀어 놓으며 잠시잠깐 딸을 뒤로하고 아내에게 아부성 강한 말을 바친다.

"넌 그만 먹어. 거울 좀 봐. 볼살이랑 엉덩이살이 아주 삐져 나오려구 해. 엄마는 먹어도 먹어도 군살 하나 없잖아."

"짜증나!"

명희는 있는 대로 얼굴을 찡그리며 아빠를 노려보는 수리에게로 접시를 다시 놓아 준다.

"먹어."

"안 먹어. 나, 내일부터 학교 갈 거야."

"안 돼."

학교 간다는 말을 마치 '나 핵폭탄 터트릴 거야.' 정도의 협박으로 생각하는 수리의 태도에 아내의 정신은 드디어 유령의 집에서 빠져나오는 듯하다.

그러나 이번에는 수리 또한 만만치 않다. 그동안 자신의 심장병으로 엄마와 아빠가 경제적으로나 정신적으로 그리고 육체적으로 얼마나 힘들어했는지 알기에 어리광을 부려도 적당히 부렸고 고집을 피워도 언제나 마지막에는 백기를 들곤 했다. 하지만 학교 문제만큼은 자신의 앞으로의 삶을 판가름하는 중요한 결정이기에 엄마의 걱정에 좌지우지되고 싶지가 않았다. 그리고 무엇보다 자신의 몸은 자신이 가장 잘 아는 것이 아닌가.

요즘은 어느 정도까지는 뛰어도 숨이 차거나 힘들지가 않았다. 사실 그동안 엄마 몰래 집 뒤 산 입구까지 뛰어다니는 훈련을 했다. 엄마 아빠가 정 자신을 못 믿어 하면 보여 줄 심산으로 아침에 아빠가 출근한 후 엄마가 집 안 청소로 정신이 없을 때 거의 날마다 나가 조금씩 조금씩 거리를 늘려왔다. 그래서 저번 주부터는 드디어 산 입구까지 한 번도 안 쉬고 나름 속도까지 내서 뛰어갈 수 있게 되었다.

그러나 수리의 그러한 노력과 훈련을 모르는 명희로서는 오로지 큰 수술 후 충분한 안정과 회복기를 가져야만 한다는 의사의 소견만이 법이자 진리인 것이다. 60퍼센트도 아닌 58퍼센트의 성공률을 안고 수리가 수술실로 들어가던 날, 명희와 성수 부부는 9시간 27분의 수술 시간 동안 수술실 앞에서 기도하고 또 기도했다. 제발 살려만 달라고… 평생 병원에 있어도 좋고, 보통의 다른 아이들보다 떨어져도 좋으니 그냥 살아만 있게 해달라고…. 수술실 앞에서의 지옥과도 같았던 9시간 27분을 모르는 수리이니,

엄마 아빠의 마음 또한 당연히 알 리가 없다. 살아 있는 것만으로, 이렇게 건강해진 것만으로도 감사하며 조심하고 또 조심해야 하건만 이제 겨우 숨쉴 수 있고 걷게 된 수리는 달리기부터 하려 하니 명희는 답답하기 그지없다.

"정 공부가 걱정되면 교육방송 듣고 문제집 사서 풀어. 친구 만나고 싶으면 주말마다 서울 태워다 줄게 놀고."

성수는 이때다 싶어 얼른 아내의 편을 들어 준다.

"그래, 그게 좋겠다."

믿었던 아군마저 적군으로 변절했다는 생각이 드는지 수리는 더욱 뾰족하고 날카롭게 반응한다.

"수업 일수 안 맞아서 학 학년 꿇어야 한다면? 엄만 내가 한 살이나 어린 애들하고 학교 다니면 좋겠어? 동건이랑 소영이 같은 애들 밑이면 좋겠냐고오!"

"그게 뭐가 그렇게 중요해?"

명희는 '니 목숨보다 그깟 자존심이 그렇게 중요해?'라는 뒷말은 차마 내뱉지 못했다. 여지껏 부부는 딸에게 자신의 병이 얼마나 심각했었는지는 알려 주지 않기로 약속했기 때문이다.

"엄만 엄마가 학교 안 다니니까 안 중요하지, 나는 중요하다고."

그러나 이번에야말로 논리적으로 그리고 강력하게 자신의 의견을 피력하겠다고 나선 수리 또한 만만치 않다.

결국 영원한 중립국인 성수가 두 여자 싸움의 중재자로 나선다.

"여보, 수리 말도 일리가 있으니까 우리가 한 번쯤 찬찬히 생각…."

"무슨 일리가 있어요? 말 같지도 않은 말에 당신이 자꾸 동조를 하니까 얘가 앞뒤 안 재고 이러잖아요!"

평소답지 않게 두 옥타브 이상 올라간 명희의 목소리에서 자신이 제어할 수 있는 수준 이상이라는 것을 간파한 성수는 급히 딸 수리에게로 화살을 돌린다

"너 아프고 나서 엄마가 얼마나 힘들었는지 알잖아. 수리 니가…."

그러나 마냥 어리광이나 부릴 줄 알았던 수리에게서도 아내 이상의 강렬한 적의가 뿜어져 나온다.

"아니! 내가 제일 힘들어. 심장 아픈 사람도 나고, 수술한 사람도 나야. 다시 학교 다닐 사람도, 아파도 참아야 할 사람도, 엄마가 아니라 나라고."

자신을 노려보는 엄마를 외면한 채 2층으로 뛰어 올라가는 수리의 모습을 보며 성수는 그녀들의 싸움이 앞으로도 수없이 계속될 것을 예감한다. 여자애들은 보통 5학년부터 사춘기가 시작된다는데, 지금 수리의 모습을 보니 사춘기의 문턱에 들어선 듯하다. 쥐포 한 마리 때문에 불거진 사춘기 소녀와의 싸움은 그렇게 서로에 대한 깊은

골과 상처만 남긴 채 대단원의 막을 내렸다.

사춘기에 접어든 딸과 팽팽히 맞서 일말의 양보도 하지 않을 기세로 맹렬히 뜨개질을 하는 호전적인 명희의 모습을 보고 남편 성수는 일찌감치 안방으로 후퇴해 잠자리에 들었다. 그녀에게 팔베개를 해주지 않으면 잠이 안 온다며 일 년 365일 아내를 끌고 잠자리에 들어야만 직성이 풀리는 남편으로서는 이 정도면 최고의 반항이요 불만의 표시일 것이다.

조금 전까지 아래층에 있는 누군가에게 들리라는 듯 일부러 쿵쾅거리며 화장실로 복도로 걸어 다니던 수리도 어느새 잠이 들었는지 조용하기만 하다. 하다못해 고딕 양식의 거실 벽난로 위에 붙은 포스트모더니즘 풍의 벽시계까지도 이 집 안 사람들의 기분을 아는지 숨을 죽이고 조용히 똑딱거리는 가운데, 온 집 안에 명희의 작은 숨소리와 미세한 코바늘 움직임 소리만이 가득하다. 시간도 공간도 차분히 가라앉은 가운데 수리를 위한 여름 카디건을 뜨던 명희는 벽시계가 12시에서 3분 전을 가리키는 것을 확인하고는 빠르게 움직이던 손놀림에 제동을 건다.

마지막 단을 깔끔하게 마무리하고 코바늘을 막 실패에 꽂으려는 순간, 명희는 차가운 공기를 가로지르는 날카로운 울림에 화들짝 놀란다.

딴다라라라, 딴따따….

평소에는 한없이 부드럽고 반갑게 들리던 전화벨 소리인데, 지금은 왜 이리 기괴하고 불길하게 들리는 것일까? 단지 늦은 시각에 울리는 전화라 그런 걸까? 아니면 혼자 있어서일까? 명희는 전화벨이 두세 번 울리는 짧은 순간에 수없이 많은 생각에 사로잡힌다.

그러나 곤히 자고 있을 수리와 남편의 잠을 깨우지 않기 위해 명희는 주저하면서도 일단 수화기를 들어 올리고 만다.

"여보세요."

명희가 무심코 바라본 벽난로 위의 벽시계 바늘은 정확히 12시를 가리킨다.

"….."

"여보세요?"

누군가가 장난전화를 건 것이라면 분명 12시라는 시간에 맞추기 위해 전화기를 들고 분과 초를 세며 기다렸으리라. 명희는 보이지 않는 상대방의 유치함에 어이가 없어진다.

"할 말 없으면 전화 끊어요."

상대의 대답은 기대하지 않고 바로 수화기를 내리려던 명희는 갑자기 수화기를 타고 자신의 귀로 들어오는 깔깔하고 기분 나쁜 목소리에 멈칫한다.

"주명희 씨?"

낮고 희미한 목소리지만 분명 자신의 이름이다. 명희는 서둘러 상대를 확인한다.

"누구…시죠?"

"딸이 하나 있나 보지? 아까는 남편이 받고, 아침에는 딸이 받던데…. 한 6학년쯤 됐나?"

단지 장난전화 상대일 뿐인 수화기 너머 남자가 자신의 가족들을 세세히 아는 것에 명희는 온몸에 소름이 돋으며 부들부들 떨린다. 그녀는 얼른 안방 쪽을 바라보며 남편 성수가 깨어나 자신의 손에서 수화기를 빼앗아 들고는 이 미지의 남자와 상대해 주기를 바란다. 그러나 안방 쪽은 조용하기만 하다. 명희는 두려움으로 인해 자신의 목소리가 상대방 남자에 비해 작다 못해 거실 끝까지 미치지조차 못한다는 사실을 깨닫지 못하는 것이다.

"누구시냐구요!"

"주…명…선."

수화기를 타고 들려오는 주명선이란 소리에 명희는 갑자기 빙그르르 현기증과 함께 온 세상이, 벽장이나 전화기, 거실 창 등 모든 것이 아득하게 멀어짐을 느낀다. 주명선… 주명선… 주명선…. 누군가의 이름 같은데…. 어디서 많이 들어 본 익숙한 이름이다. 주…명…선.

"주명선이 당신 쌍둥이 언니 맞지? 갸름하고 예쁘장한

83

게 얼굴이 아주 판박이던데."

남자의 마지막 말에 명희의 갸름하고 예쁘장한 얼굴은
순식간에 얼음처럼 차갑게 얼어붙는다.

"진짜 괜찮을까?"

하룻밤 사이에 딸의 등교를 허락한 아내의 변덕을 성수
는 종잡을 수가 없다.

"자기가 괜찮다고 하잖아요. 한번 가보고 힘들면 생각
이 바뀌겠죠."

갑작스런 엄마의 등교 허락 앞에 수리는 화장실로, 옷
장으로, 거울 앞으로, 2층에서 1층으로, 1층에서 다시 2
층으로 흥분해서 왔다 갔다 하는데도 아내는 아무 말이나
반응 없이 묵묵히 두 사람의 서울 외출을 돕는다. 성수는
밝은 감색 넥타이를 건네받으며 오늘따라 유난히 얼굴이
하얀 아내의 눈치를 살핀다.

"당신은 혼자 괜찮겠어? 같이 나가서 윤서 엄마 집에라
도 있지. 혹시라도 수리한테 무슨 일 생기면….'

명희는 남편의 걱정을 단호하게 끊어내며 삐뚤어진 넥
타이를 바로잡아 준다.

"심장 아픈 사람도, 수술한 사람도, 학교 다닐 사람도,
아파도 참아야 할 사람도 자기라잖아요. 나도 더 이상 24
시간 대기조 안 할 거예요."

"애가 생각 없이 하는 말에 당신 삐쳤어?"

그는 딱딱하게 굳어 버린 아내의 기분을 풀어 주기 위해 팔을 벌려 아내의 허리를 끌어안는다. 그러나 명희는 야멸차게 성수의 팔을 풀고 밖으로 나가 버린다.

"하고 나오세요."

"아빠! 나 지각하겠어. 빨리 나와."

다급한 수리의 부름에 성수는 할 수 없이 가방을 집어 든다. 그리고 이사 와서 처음으로 아내 혼자 남겨 두고 집을 나선다. 그러나 장흥 IC를 벗어나면서부터 아니, 동네 어귀를 빠져나가며 아내가 서 있는 집 마당을 백미러로 쳐다보면서부터 마음 한편에서 왠지 모를 불안감과 불길함이 동시에 모락모락 피어오른다. 아무래도 이번 주 안으로 집 주변에 CCTV를 달아 집 주변 경계를 강화하고 세콤에도 등록해야겠다고 성수는 생각한다.

아무래도 카페인이 필요한 것 같아 원두를 내리려는데 부들부들 떨림이 멈추지 않는 손이 결국 갈아 놓은 원두커피 통을 엎어 버린다. 부들부들 떨리는 손과 세트처럼, 속절없이 떨리는 입술을 앙다물고 숟가락으로 쏟아진 원두커피의 윗부분만 살살 퍼 담던 명희는 그것마저도 힘이 드는지 숟가락을 설거지통에 집어던지고 행주를 들어 엎어진 원두를 한꺼번에 개수대로 쓸어 버린다.

어젯밤 한숨도 자지 못해서일까… 아침부터 이어지는 크고 작은 실수들로 명희의 하루는 시작도 하기 전에 너덜너덜한 게, 배터리가 몽땅 방전된 껍데기뿐인 핸드폰이 된 기분이다.

간단하게 버터 바른 딸기잼 토스트를 원하던 수리에게 새까맣게 탄 토스트를 내놓았다. 남편에게 아침마다 갈아 주던 마즙에는 우유만 넣고 꿀을 넣지 않았다. 남편은 그 싱겁고 밍밍했을 마즙을 다 마시고 나서야 맛이 새롭다 못해 기가 막혔다고 야유 비슷한 말을 조용히 중얼거렸다. 딸은 엄마의 연이은 실수가 두 사람에 대한 소심한 복수라고 굳게 오해했지만 굳이 그들의 오해를 풀어 줄 여유조차 명희에게는 남아 있지 않았다.

어젯밤 12에 걸려 온 전화 한 통으로 명희의 육체와 정신에 녹아 있던 모든 체액과 영혼이 스르르 빠져나간 것만 같다. 온몸이 텅 빈 듯 힘이 없다. '웅! 웅!' 세제를 넣지 않고 돌려 다시 한 번 돌려야 되는 빨래가 세탁실 안에서 거품과 함께 빙글빙글 돌아가고 있다. 커피가 들어 있지 않은 빈 머그컵을 들고 명희는 세탁기 안에서 돌아가는 빨래처럼 자신도 어젯밤 들었던 그 모든 더러운 이야기를 털어내고 깨끗해지고 싶다는 생각이 든다.

결국 그녀는 커피 마시기를 포기하고 빈 머그컵에 커

피 대신 수돗물을 채운다. 명희는 이미 몸에서 빠져나간 체액과 영혼으로 인해 화끈거리는 껍데기를 식히기 위해 수돗물을 벌컥벌컥 마시고는 지난밤의 전화 내용을 더듬는다.

까칠한 목소리의 남자는 그 여자가 21년 전 입원해 있던 파주정신병원의 간호조무사였단다. 언니 일로 확인할 것이 있어 자신을 만나고 싶다는 남자의 그 허스키하면서도 예의 없는 반말투의 말에 명희는 소름 끼치도록 무서움을 느낀다. 무슨 일로, 언니와 자기의 무엇을 확인하기 위해 자신을 만나야 한다는 건가? 파주정신병원은 그 여자가 7년간 생활했던 곳이다. 파주정신병원에서 나온 그 여자를 충주정신병원으로 옮긴 것이 2001년 2월이니, 벌써 13년 전이다.

그동안 명희는 성수와 결혼을 하고 한 번의 유산 끝에 수리를 낳았다. 사실 충주정신병원으로 그 여자를 옮기고 나서는 아예 그 여자를 잊고 살았다. 남편에게도 비밀로 했던 존재이기에 그 여자에 대해서는 일체 말할 수도 없었거니와, 수리를 임신하고부터는 365일 24시간 늘 성수가 붙어 있어 아예 방문조차 여의치가 않았다.

아니, 그것은 핑계일 뿐, 그녀는 그 여자를 잊고 싶었는지도 모른다. 할 수만 있다면 그 여자의 존재 자체를 부정하고 이 세상에 천애고아이자 홀홀단신으로 기대고 의지할 사람이라고는 오로지 성수와 수리만이 있었으면 했다.

그러나 이제 그 여자의 존재를 아는 누군가가 그녀의 안정과 평화, 그리고 비밀을 파괴하려 한다.

읍내 베스킨라빈스 앞에서 2시. 역시 어제 무인 인출기 앞에서 성수가 운전하는 차로 뛰어든 그 남자다. 남자가 자신과 가족에 대해 어디까지 알고 있는지 종잡을 수가 없는 명희로서는 남자의 일방적인 약속을 지킬 수밖에 도리가 없다. 그러나 약속 시간 한 시간을 남겨 두고도 명희는 전혀 외출 준비를 하려 들지 않는다.

무의식적으로 내려 놓은 원두커피에는 손도 대지 않고 반건조된 빨래는 주방 한구석에 뻗쳐 놓은 채 명희는 화장도 하지 않고 그저 벽난로 위 시계의 시침과 분침이 부지런히 돌아가는 것만을 뚫어지게 바라보고 있다. 이때 시계가 돌아가는 자그마한 소음을 뚫는, 명희에게는 어마어마하게 큰 전화벨 소리가 들려 온다.

"후우!"

그녀는 그동안 참았던 깊은 숨을 한꺼번에 뱉어내며 조마조마한 표정으로 얼른 전화기를 쳐다보지만 차마 그것을 집어 들지는 못한다.

딴다라라라, 딴따따… 딴다라라라, 딴따따….

한참을 혼자 울어대던 전화가 끊겨 잠시 숨을 돌리려는

데 바로 다시 명희의 귀에 대고 울리기 시작한다.

딴다라라라, 딴따따… 딴다라라라.

명희는 굳은 결심을 하고 마치 독약 먹고 죽은 쥐의 꼬리라도 잡는 듯 얼른 자동응답기 버튼을 눌러 버린다. 카랑카랑한 수리의 목소리가 온 집 안을 가득 메운다.

"안녕하세요, 여기는 하성수와 주명희 그리고 그들의 예쁜 딸 하수리의 스위트 홈입니다. 저희는 집에 없으니 메모를 남겨 주세요. 삐!"

그런데 전화기 너머에서는 명희의 걱정과 달리 익숙한 목소리가 들려온다.

"당신, 집에 없네? 점심 먹었나 해서. 난 날씨가 하도 꾸질꾸질해서 칼국수 먹었어. 당신이 해준 해물된장칼국수만 못하더라. 혼자라도 꼭 점심 챙겨 먹어라. 일찍 들어갈게."

너무나도 다정한 남편의 목소리에 명희는 빠져나갔던 체액과 영혼이 일시에 들어오는 기분이다. 정신을 차리고 얼른 수화기를 들려고 하지만 성수는 이미 전화를 끊었다. '뚜우! 뚜우!' 울리는 수화기를 들고 명희는 과거 언젠가의 기억 속으로 빨려 들어갈 것만 같다.

14년 전 2월이었던가? 1999년 12월 31일에서 2000년 1월 1일로 넘어가는 순간, 종로 보신각 근처에서 제야의 종소리를 들으며 남편 성수에게 청혼을 받은 지 두 달 후, 그 여자에게서 전화가 왔다. 카드를 밀어 넣는 공중전화에 익숙하지 않았던지 그 여자의 첫 번째 전화는 그녀가 받자마자 그냥 끊어져 버렸다. 그리고 잠시 후, 그 여자 특유의 어리광이 묻어나는 목소리가 전화기를 통해 그녀에게 고스란히 전해졌다.

"명희야, 나 퇴원할 거야. 나 좀 데리러 와라."

그리고 그녀는 바로… 아… 기억이 날 듯 말 듯한 과거 때문에 명희는 오른쪽 귀와 눈부터 머리까지 지독한 두통에 시달린다. 욱신거리는 머리를 부여잡고 명희는 가까스로 안방으로 약통을 찾으러 들어간다. 약통에서 간신히 진통제를 찾아 물도 없이 씹어 삼키려는데 순간, 다시 한 번 집 안 가득 전화벨 소리가 울린다.

입안 가득 쓰디쓰게 퍼져 나가는 약을 미처 삼키지도 못하고 명희는 거실에 놓인 전화기를 쳐다본다. 그때 갑자기 자신이 방금 전 자동응답기를 켜 놓은 것을 기억한 명희는 서둘러 거실 쪽으로 달려 나간다.

라라라, 딴따따… 딴다라라라.

서둘러 자동응답기 해제 버튼을 누르느라 거실 탁자 모서리에 심하게 허벅지를 부딪치고도 명희는 한동안 아픔을 느끼지 못한다. 잠시 전화가 끊어진 후 다시 지독하게 울리는 전화벨 소리에 명희는 벽시계를 쳐다본다.

약속한 시간에서 정확히 30분이 지난 2시 30분이다. 어제는 정각 12시더니… 전화를 거는 사람은 분명 정확한 시각을 좋아하는 모양이다. 명희는 끊임없이 울려대는 전화벨 소리에서 도망치듯 귀를 틀어막고 카펫 위, 소파 아래에 몸을 숨기듯 주저앉는다.

그러나 명희의 귓전을 때리는 전화벨 소리는 끊어질 듯 끊어질 듯… 절대로 끊어지지 않는다. 아마도 상대는 명희가 전화를 받지 않는 한 오늘 안으로 절대 전화 걸기를 끝내지 않을 듯하다.

끈질기게 전화를 하는 상대가 남편과 수리의 인적사항은 물론 집 전화번호며 어쩌면 집 주소까지 알지도 모른다는 생각에 명희는 갑자기 다급해진다. 만약 그녀가 약속 장소에 나가지 않으면… 상대는 집으로 찾아와 남편과 수리에게까지 자신과 그 여자의 비밀을 낱낱이 까발릴지도 모른다. 그렇게 되면 검은 비닐봉지에 무거운 돌덩이와 함께 싸서 아무도 찾지 않는 저수지 바닥에 가라앉혀 놓은 비밀은 물론 그녀가 비밀을 지키기 위해 만들어 놓은 수많은 거짓말 또한 수면 위로 드러날 것이다.

그것만은 무슨 일이 있어도 막아야 한다. 절대 나를 위해서가 아니다. 이제 막 회복기에 들어선 수리를 위해, 아내에 관한 일이라면 세상 그 무엇보다 맹목적인 성수를 위해서라도 그 사람을, 그 사람이 가져올 파장을 막아야 한다.

　명희는 죽을힘을 다해 온몸을 억누르는 공포에 대항하며 몸을 일으켜 세운다. 어차피 한 번은 겪어야 할 일이라면 반드시 나 혼자여야 한다. 명희는 온 집 안 가득 끈질기게 울려 퍼지는 전화벨 소리를 무시하고 서둘러 핸드백을 집어 든다. 자신이 입고 있는 옷이 아침 준비를 위해 대충 차려입은 실내복이라는 사실도 인식하지 못한 채, 그녀는 전화벨 소리로부터 도망이라도 치듯 다급히 현관문을 밀어낸다.

　핸드백 구석에서 간신히 자동차 열쇠를 찾아낸 명희는 차고에 오랫동안 방치돼 왔던 모닝에 올라탄다. 서울도 아닌 시골에 살며 비상시(부부는 그 비상이 수리의 건강에 관한 일임은 절대 입 밖으로 내지 않았다.)에는 똥차라도 한 대 있어야 된다며 중고 매매시장에서 값도 제대로 깎지 않고 산 차였다.

　이사 와서 처음 몇 번 남편과 함께 집 주변이며 가까운 읍내까지 차를 몰고 간 적도 있건만, 웬일인지 오늘은 시동조차 걸리지 않는다. 아무리 열쇠를 이리저리 돌려도 꿈쩍도 하지 않는 차 안에서 명희는 계속해서 전화벨이 울리는 환청을 듣는다. 자신을 부르는 남자의 신경질적인 전화벨 소리가, 아니 언니의 전화벨 소리가 귓바퀴를 타고 넘어가 시신경을 거쳐 척추를 타고 온몸 구석구석까지 무자비하게 돌아다니는 것 같아 미칠 것만 같다.

몇 번에 걸친 시도 끝에 명희의 모닝은 '부르릉!' 굉음을 내며 덩치에 어울리지 않게 거칠게 시동이 걸린다. 그렇게 여러 번 시동을 걸려고 애를 써 놓고도 명희는 갑작스레 울리는 커다란 엔진 소리에 놀라 간신히 걸린 시동을 다시 꺼 버리고 만다.

일순 주위가 온통 조용해지며… 명희는 엔진 소리와 함께 어느 사이 전화벨 소리 또한 한 발짝 물러났음을 느낀다. 자동차 백미러 속에서 핏기라고는 하나도 없는 하얀 달걀형 얼굴을 물끄러미 바라보던 명희는 거울 속에서 자신을 비웃듯이 쳐다보는 어린아이의 얼굴 하나를 발견하고 서둘러 거울을 밀어 버린다.

'별일 아닐 거야. 파주 병원에서 퇴원한 지가 얼만데 이제 와서…. 괜히 겁먹지 말고, 무시하고 넘어가. 괜히 처음부터 끌려 다니면….'

명희는 두 눈을 꼭 감고 절대 약속 장소에 나가지 않겠다고, 다시는 남자의 협박에 놀아나지 않겠다고 마음을 다잡고 다잡는다. 그런데 갑자기 '똑! 똑!' 자동차 창문을 두드리는 둔탁한 소리가 들리고… 명희는 무심코 눈을 떴다가 자신을 덮칠 듯 바짝 다가선 시커먼 그림자에 기절할 듯 놀란다. 그 남자다. 유난히 덩치가 큰 검은 옷의 남자가 차 운전석 쪽에 서서 위협적으로 명희를 내려다보고 있다.

'어떻게 우리 집 주소를 알았지? 이 사람, 내가 생각한 것보다 많은 것을 알고 있는 걸까? 언니와 나의 비밀도? 그런데 왜 하필 지금? 14년 전 그때가 아닌 지금에서야 날 찾아온 거지?'

명희는 덩치 큰 남자의 그림자 속에 갇힌 아주 잠깐 동안, 수많은 추측과 생각들 사이를 오가며 정물화처럼 얌전히 앉아 있다. 일단 약속을 어긴 쪽은 자신이다. 그리고 그 여자에 대한 것은 아무리 작고 사소한 것이라도 모두 저 깊은 물속에서 절대 나오면 안 되는 것들이다. 명희는 스스로 정리한 해답을 가슴과 머리 깊이 새기며 창문을 조금 연다.

"정말 죄송해요. 아까부터 나가려고 했는데 보시다시피 시동이 안 걸려서요. 거기서 기다리시지, 저희 집은 어떻게 아셨어요?"

명희의 예의바르고 정중한 사과에 상대방 남자는 잠시 당황하는 듯 보인다.

"주명희 씨 되시나요? 전 충주경찰서에서 올라온 강필호 형사입니다."

"...?"

그녀는 충주라는 말에 한 번, 그리고 형사라는 말에 두 번 놀란다. 그 사람은 형사가 아니라 간호조무사라고 했

94

었다. 그리고 어제 본 무인 인출기의 남자에 비해 지금 이 남자는 키도 크고 덩치도 크다. 가까스로 정신을 차리고 명희는 다시 한 번 남자의 정체를 확인한다.

"어제 전화하셨던 분 아닌가요?"

덩치 큰 남자는 전화를 건 사람이 절대 자신은 아니라는 듯, 사람 좋은 미소와 함께 유리창 너머로 신분증을 보여 준다.

차에서 내려 남자가 내민 충주경찰서 팀장 명함을 받아 들고 눈앞에 서 있는 남자가 전날 전화를 건 남자가 아니라는 사실을 확인하고 나서야 명희는 깊이 안도한다. 그때까지도 그녀는 몰랐다. 전날 무인 인출기의 남자보다 이제 막 육십이 넘은 듯 희끗희끗한 머리에 점잖고 인자해 보이기까지 하는 강 형사가 그녀와 그녀의 비밀에 더 위협적인 존재라는 사실을 그때는 전혀 알지 못했다. 오히려 조금 전까지 그녀를 옥죄어 오던 무인 인출기의 남자에게서 벗어나 강 형사의 보호 아래 있게 되었다는 안도감에 전날부터 누적된 극도의 스트레스가 스르르 풀리기까지 했다.

그리고 그 남자, 덩치 큰 곰같이 생긴 강 형사는 주명희, 주명선 두 쌍둥이 자매의 비밀을 파헤치기 시작한다. 그 자신도 감당할 수 없는 거대하고 추악한 비밀의 문을…

수상한 보호자

　　　　　　　　　인적이 드문 전원주택지의 혼자 있
는 집 안에 낯선 남자가 불쑥 나타났으니, 웬만한 여자
라면 모두 심하게 놀랐을 터이다. 더구나 보통 사람들
보다 큰 키와 덩치, 거기에 오랜 형사 생활이 반영된 듯
한 우락부락하고 험상궂은 외모까지… 경찰 신분증이
라도 갖다 붙이지 않으면 그는 그대로 조폭 두목이거나
교도소 수감자로 보인다. 그래서인지 차 안에서 창문을
두드리는 강 형사를 올려다보는 여자의 처음 표정은 공
포영화 속의 여주인공 그 이상이었다.

　언젠가 36도를 훌쩍 넘는 무더운 여름날이 계속되던
해에 아내는 장난처럼 자신을 끌고 심야 영화관을 간 적
이 있었다. 영화 제목이 무엇이었는지는, 내용이 뭔지,
마지막이 어떻게 끝나는지는 전혀 기억나지 않지만, 가면
을 쓴 범인이 도끼를 들고 수영장에 있는 여자를 찾아와

비명을 지르는 여자를 '퍽! 퍽! 퍽!' 도끼로 내리찍으며 죽이는 장면만은 현장 바로 옆에서 사진이라도 찍어 놓은 듯 그의 뇌리에 선명하게 박혀 있다. 화면 밖으로 막 튀겨져 나올 것 같던 그 낭자한 피들을 아내는 형사인 자신보다도 더 담대하게 지켜보고 있었다.

그런데 차 속의 여자가 파스텔 톤이나 세피아 톤으로 톤다운 시키지 않은, 완전 날것 그대로의 총천연색 공포 영화처럼 자신을 쳐다보는 것 같아 괜히 미안해진다.

'전화라도 하고 올걸 그랬나?'

아침에 충주정신병원에 들러 현장을 다시 한 번 확인하고 마무리 조서만 쓰면 끝날 일을 김 경사 대신 서울 출장까지 오다 보니 경황이 없긴 없었나 보다.

솔직히 처음에는 가기 싫은 돌잔치나 몇 년 만에 만나는 딸아이와의 면담을 어떻게든 피하기 위해 자처한 서울행이기도 했지만, 오늘 아침 김 경사가 306호실 주명선의 보호자만 유일하게 연락이 안 된다는 말을 했을 때, 오랜 형사 생활로 인해 기형적으로 비대해진 육감의 갈고리에 '달칵!' 뭔가가 걸려드는 소리가 들리는 듯했다.

오랫동안 연락을 끊고 살았던 보호자들마저 화재 보상금을 노리고 여기저기 수소문해 영안실이며 경찰서를 제집 드나들듯 드나드는 마당에 방화범이 누구인지 발표도

하기 전인 지금, 주명선의 보호자만이 연락이 없다는 것이 상당히 꺼림칙했다.

김 경사와 함께 국밥집에 들러 아침밥을 대충 때우고 바로 서울로 출발했다. 주명선의 병원 기록에 따르면 유일한 보호자 주명희는 주명선의 동생이다. 그런데 주명선이나 주명희 모두 1979년생으로 기록되어 있으니 두 여자는 분명 쌍둥이일 것이다.

2001년, 주명선이 충주정신병원에 입원할 당시 보호자였던 동생 주명희의 주소는 서울시 은평구 응암2동 242번지였다. 011로 시작하는 주명희의 전화번호는 이미 불통이지만 김 경사가 여러 동사무소들을 거쳐 최근 주명희의 주소를 알아냈다. 그러나 강 형사가 찾아간 상계동 주공아파트 1402호에는 주명희가 살고 있지 않은 듯했다.

'각종 신문 사절'이라고 손글씨로 쓴 종이가 붙어 있는 1402호의 벨을 아무리 눌러 보아도 반응이 없기에 아래층으로 내려가 1402호 우편함을 열어 봤더니 주명희라는 이름 대신 신정호와 김미영 이름 앞으로 온 카드며 세금 통지서만 가득했다.

"거, 지금 뭐하는 거요?"

주명희가 아닌 사람들의 우편물을 들고 다소 난감해하던 강 형사는 둔탁한 남자의 외침에 뒤를 돌아본다. 오래된 아파트라 비교적 경비가 허술할 줄 알았는데 수상한 사람을 보고 바로 달려 나오는 경비가 있는 것으로 보아 낡은 아파트 외관과는 달리 관리는 잘되는 아파트인가 보다. 분명 처음에는 짙은 청색이었을 제복이 오랜 세월과 세탁, 먼지와 햇빛에 바래 물 빠진 하늘색으로 보인다. 자신의 의무이자 권위를 상징하는 낡은 제복을 입은 노인은 나이답지 않게 날카로운 눈으로 강 형사를 위아래로 훑어본다.

"1402호에 살던 사람을 찾는데요, 주명희 씨라고…."

"누구신데?"

그는 잠시 주춤한다. 자신의 직업을 묻는 사람을 만날 때마다 강 형사는 선뜻 자신이 하는 일을 설명하기를 망설인다. 그가 형사라는 것을 밝히면 사람들은 대부분 두 가지 반응으로 나뉜다. 자신이 알고 있는 정보를 어둠과 침묵 속으로 꽁꽁 숨기려고 머리를 굴리는 자와, 경찰이라는 권위에 바로 굴복하고 자신의 정보를 남김없이 제공하려는 자. 그런데 낡은 제복에 풀을 먹이고 칼라를 빳빳이 세우는 이 노인은 아마도 후자에 속할 것 같다.

"경찰입니다."

역시 강 형사의 추측이 맞았다. 굳이 신분증까지 보여줄 필요도 없이 주공아파트 수위는 경찰이라는 말 한마디에 바로 무장해제에 들어가 버렸다. 그리고 주명희 가족이 2개월 전 이곳 아파트를 다른 이에게 전세로 넘기고 시골 주택으로 이사 갔다는 정보와 함께 주명희의 남편이 남기고 간 새집의 주소를 알려 주었다.

필요한 정보를 모두 넘기고도 마치 중요한 정보가 더 남아 있는 듯 머뭇거리는 수위를 보고 강 형사는 지나가듯 주명희 가족이 시골로 이사 간 까닭을 물어보았다.

"그 집에 딸내미가 하나 있는데 무슨 암에 걸려서 있는 돈 없는 돈 다 쓰고도 얼마 못 산다는 거 같더라고. 빚도 갚고 딸내미 공기 좋은 데서 살다 가라고 갔을 거야."

있는 돈 없는 돈 다 쓰고 빚을 청산하기 위해 시골 주택으로 옮겼다더니, 여자를 따라 들어와 대충 둘러본 집 안 풍경은 그 말과 일치하지 않는 듯하다. 밖에서 볼 때는 목조 주택 특유의 오래되고 퀴퀴한 나무 냄새와 더불어 군데군데 칠이 벗겨진 듯 어두침침한 얼룩이 음산하고 낡은 분위기를 풍겼다. 그런데 여자를 따라 들어온 실내 풍경은 그와는 정반대다.

들어가자마자 제일 먼저 1층과 2층을 시원하게 뚫어 놓은 거실이 나온다. 천장이 높고 널찍한 응접실 한가운데로는 높다란 창문이 위아래로 길게 뚫려 있어 온 하늘의 햇살을 다 받아내기라도 하듯 환하게 서 있다. 지금은 오후의 햇살을 가리기 위해 모두 내려 놓았지만 정갈하게 묶어

놓은 하얀 레이스 커튼을 걷으면 남쪽으로부터 온 집 안 구석구석을 밝히고도 남을 만큼의 빛이 쏟아져 들어올 것이다.

거실 창에서 오른쪽으로 고개를 돌리면 2층으로 올라가는 계단이 있다. 그리고 더 오른쪽으로 즉, 창문과 완전히 마주 보이는 곳으로는 비 오는 날이나 눈 오는 날 분위기 잡기 좋은 벽난로가 놓여 있다. 벽난로 위로는 언뜻 보면 무질서하게 늘어놓은 자그마한 고딕풍 액자들이 즐비한데, 모두 여자의 가족사진인 듯하다. 임신한 여자의 흑백 사진, 갓난아기를 목욕시키는 부부의 모습, 돌잔치에서 만 원과 마우스를 잡고 우는 아이, 놀이공원에서 회전목마를 타는 아빠와 딸, 여자아이가 뽀로로 튜브를 타고 아이스크림을 먹고 있는 수영장 풍경, 승마복을 갖춰 입고 말을 타는 부부의 모습 등… 사진마다 온통 행복해 보이는 표정들이다.

커피를 내오겠다며 여자가 거실에서 빗각으로 보이는 주방 쪽으로 들어가자 강 형사는 주인 없는 거실 소파에 어색하게 자리를 잡는다. 손에 걸치고 있던 여름 잠바 안 주머니에서 수첩을 꺼내며 강 형사는 탁자 위 화병에 한 아름 꽂힌 이름 모를 꽃들을 바라본다. 화병 옆으로는 식용이 아닌 듯한, 장식용으로 보이는 초록색 바나나와 오렌지가 담긴 그릇이 놓여 있다.

인테리어나 장식에는 무감각한 그가 보기에도 색색의 꽃들과 싱싱해 보이는 과일 바구니가 하얀 가죽 소파와 어우러져 화려하면서도 아늑한 분위기를 연출한다. 인테리어 잡지에 소개되기 위해 아침부터 부산하게 연출된 집. 언제부터인가 그는 호텔이나 카페같이 지나치게 인위적으로 꾸며진 장소에서는 불편함을 느낀다. 마치 평안함이나 안락함 혹은 행복까지도 강요하는 듯한 기분이 들기 때문이다.

여자는 향이 좋은 원두커피와 예쁘게 깎인 사과 접시를 탁자 위에 조심스럽게 내려놓는다. 맞은편에 얌전히 앉는 여자를 보며 그는 여자에게 먼저 묻고 싶다. 이 집이, 이 여자가 강요하는 것은 과연 무엇일까? 강 형사는 여자의 하얗고 조막만 한 얼굴에서 눈을 떼지 않으며 가볍게 첫 번째 질문을 던져 본다.

"아직 전입신고도 안 하셨던데요. 서울 상계동 아파트로 찾아갔었습니다."

"예… 학교를 어떻게 할지 아직 결정을 못해서요."

여자는 그의 질문에 갑자기 죄인이나 된 듯 어쩔 줄 몰라 한다. 여자의 행방을 찾느라 고생한 것도 아니고 그저 말문을 열기 위해 편하게 던진 것뿐인데, 역시 그의 직업 때문인지 여자는 전출 전입 미신고로 큰 문제라도 발생한 것은 아닌지 지나치게 걱정하는 듯하다. 그러다 문득 아까 차고에서 강 형사가 내밀었던 명함을 다시 한 번 들여다본다.

"그런데 무슨 일로…?"

명함에서 충주경찰서를 확인한 여자는 그의 방문이 전출입 미신고 때문이 아니라는 것을 깨달은 듯하다. 이 여자는 아직까지도 세간을 떠들썩하게 만든 충주정신병원 화재 사건을 모르는 것일까?

"주명선 씨가 언니 맞으시죠?"

간단한 질문인데도 어찌된 일인지 여자의 입에서는 대답이 쉽게 나오지 않는다.

"…네."

간단한 대답치고 한참 만에 입을 연 여자는 이미 답을 해놓고도 자신의 대답을 후회하는 눈빛이 역력하다. 여자의 미심쩍은 태도에 주목하며 그는 두 번째 질문을 던진다.

"주명선 씨가 입원하신 충주정신병원에서 화재가 있었습니다. 알고 계신가요?"

"아니요."

처음과 달리 너무 강하고 빠른 답변. 분명 이 여자는 충주정신병원 화재 사건에 대해 알고 있다. 별다른 말 없이 물끄러미 자신을 바라보는 강 형사에게서 불안함을 느꼈는지 여자는 다시 한 번 입을 열어 필요도 없는 변명을 늘어놓는다.

"아직 텔레비전 연결을 못했거든요. 이번 기회에 TV를 없애고 거실을 서재로 바꾸려고요."

여자의 대답에 고개를 끄덕이며 강 형사는 생각한다. 언니가 입원한 병원에 큰불이 났다는데도 아직까지 언니가 괜찮은지는 묻지 않는다. 뭔가 사연이 있는 자매다.

"언니 주명신 씨가 입원하신 충주정신병원에서 3일 전화재가 있었습니다. 불이 난 3층에 있던 환자들 대부분이 사망했구요. 언니 주명신 씨는 사고 당시 3층 306호에 계셨을 겁니다."

여자는 화재, 사망이란 단어에도 별다른 반응을 보이지 않고 시종일간 차분하게 그의 말을 경청한다.

"…주, 죽었나요?"

갑작스런 사고사의 경우 대부분의 보호자들은 사망자의 죽음에 즉각적으로 대응하거나 반응하지 못한다. 상대의 죽음을 인식하지 못하니 반응의 폭 또한 작을 수밖에 없을 것이다.

"아마도… 그런 것 같습니다."

안 그래도 하얀 여자의 얼굴이 밀랍처럼 변해 간다고 느끼는데, 여자가 재빠르고 날카롭게 강 형사의 말을 낚아챈다.

"그런 것 같다니요? 안 죽었을 수도 있다는 말인가요?"

여자의 반응이 보통의 보호자들과 사뭇 다르다. 상대의

104

죽음을 인지하지 못하거나 인지하기 싫어서 머뭇대는 것이 아닌, 상대의 죽음을 확실히 인지하지 못하는 데서 나오는 불쾌감 내지 불안감을 보이는 것이다. 여자는 갑자기 눈에 뭐라도 들어간 듯 지나치게 깜빡거린다. 그리고 강형사의 눈빛을 통해 의심의 여지를 읽어낸 듯 서둘러 자신의 초조한 얼굴빛을 감추고 불의의 사고를 당한 유가족으로 변신한다.

"아니, 3일이나 지났다면서 아직까지 사망자도 파악하지 못했다는 게 말이 안 되잖아요."

첫 인상과 달리 영민해 보이는 여자의 눈을 바라보며 강 형사는 여자를 안심시키기로 한다.

"입원 환자 수와 사망자 수가 일치하는 걸로 봐서는 전원 사망이라고 봐야 하지만, 정확한 건 국립과학수사연구소 결과를 봐야 할 것 같습니다. 그래서 보호자의 확인 절차가 필요한 거구요."

그는 예의바르고 조심스러운 태도로 여자에게 사체 확인 동의를 구한다. 그러나 여자는 사체 확인이란 말에 또다시 날카롭게 반응한다.

"무슨 확인이요?"

"화재 사건이라 시신에 손상이 많아서 치아나 DNA 검사로 확인을 거쳐야 합니다. 확인 작업이 끝난 분부터 장례 절차에 들어가고요."

강 형사의 말에 여자는 한동안 입을 다물고 생각을 정리하는 듯하다. 여자의 깊은 침묵 사이, 강 형사는 그녀에게 언니 주명선이 방화범으로 의심받고 있는 상황을 알려주어야 하나 잠시 갈등한다. 주명선의 범행 동기나 과거전력을 알기 위해서는 그녀의 협조가 필요하다. 그런데 앞의 여자는 일반적인 유가족이나 보호자의 반응을 보이지 않아 석연치 않다. 괜히 잘못 건드렸다가는 꼬리를 자르고 영영 숨어 버릴지도 모른다는 생각에 그는 방화 혐의는 밝히지 않고 간단히 묻기로 한다.

"병원 기록을 보면 주명선 씨는 열세 살부터 정신과 치료를 받기 시작했던데… 당시 언니에게 무슨 일이 있었나요?"

"아무 일, 없었어요."

역시나 빠른 반응. 거짓말이다.

"아무 일 없이 정신과를 들락거리기엔 열세 살이면 어린 나이 같은데…."

"꼭 충격적인 일을 당해야 미치나요? 정신질환자 대부분이 유전적인 거라고 들었어요."

지나치게 방어적이고 호전적인 그녀의 태도에서 무언가를 숨기는 자 특유의 긴장과 초조가 엿보인다. 역시 거짓말.

"유전적이라…. 그럼 쌍둥이 동생 주명희 씨는 그 유전인자를 물려받지 않은 건가요?"

"…!"

여자는 정통으로 급소를 맞은 듯 멍한 표정이 된다. 이 집에 들어온 후 그가 처음으로 내뱉은 쌍둥이라는 말에 여자의 동공이 빠르게 확장되는 것을 느낀다. 그리고 먼지라도 털어내려는 듯 다시 눈을 심하게 깜빡거린다. 공기 중으로 무겁게 퍼지는 불안과 긴장감이 그에게까지 전달되는 듯하다.

"다행히… 전, 아니에요."

여자는 물끄러미 자신의 얼굴을 바라보는 강 형사의 시선에서 조금이라도 벗어나고 싶은지 다리를 움직이며 몸을 옆으로 살짝 튼다.

"병원 기록에 보면 충주정신병원에 오기 전, 2000년 봄까지는 파주 병원에 있었던데."

그가 2000년 파주 병원을 거론하자 이번에도 역시나 눈을 심하게 깜빡거린다. 아마도 심하게 초조하면 나오는 여자의 버릇인가 보다.

"네."

강 형사는 수첩을 열어 '2000년 파주정신병원 확인 요함'이라고 메모를 남긴다. 강 형사가 수첩에 무언가를 적어 내려가는 것을 여자는 눈여겨본다.

"주명희 씨가 방문하기는 충주보다는 파주가 나을 텐

데, 왜 굳이 충주로 옮겼습니까?"

그는 여자가 잠시 과거를 떠올리려는 듯 미간 사이를 찌푸리며 기억을 더듬는 것을 바라본다.

"파주보다 거기가 환경도 좋고 시설도 좋아 보였어요. 잠깐 있는 게 아니니까요."

"병원 옮기고 처음 두 달 동안은 방문을 자주 하셨더군요. 그런데 그 이후로는 왜…?"

"그 다음해에 결혼했어요. 가정도 있고 애도 생기고 나니까 언니까지 돌볼 시간적 물리적 여력이 없었어요."

여자는 자기합리화와 약간의 후회가 뒤섞이는 복잡한 표정이다. 반은 진실, 반은 거짓일 것이다.

더 이상은 여자에게서 나올 것이 없다고 판단한 강 형사는 여자에게 감사의 인사를 하고는 수첩을 덮는다. 그리고 마지막으로 국과수의 유전자 검사 협조를 당부하고 사후 장례 절차와 보상금 문제는 병원 측에서 개별적으로 연락이 올 것이라고 알려 준다. 강 형사가 날카로운 관찰자의 시선을 거두자 여자는 비로소 자신이 처음부터 하고 싶었던 이야기를 건넨다.

"저… 남편하고 아이한테는 비밀로 하고 싶어서 그러는데, 다신 이렇게 찾아오시기 않았으면 좋겠어요."

여자의 말이 무슨 의미인지 몰라 그는 잠시 바보 같은

질문을 던진다.

"언니분이 돌아가신 걸 비밀로 하시겠다고요?"

"…"

입술을 깨물며 지나치게 죄스러운 표정을 짓는 여자를 보고서야 그는 여자의 가족들은 그녀에게 쌍둥이 언니가 있다는 사실 자체를 모를 것이라는 생각이 든다.

"그럼 장례식은?"

"저 혼자 해도 돼요. 어차피 언니도 그 사람도 서로의 존재를 모르니까요. 남편한테 전 무남독녀 외동딸이에요. 정신병력도 유전이라는데… 어떤 남자가 좋아하겠어요?"

"예… 잘 알겠습니다. 참!"

그는 쌍둥이 동생을 만나기 전부터 확인하고 싶었던 것을 마지막에서야 기억해 낸다. 주섬주섬 주머니에서 수첩을 꺼내 수첩 사이에 낀 사진 한 장을 여자에게 건넨다.

"현장에서 발견한 유품입니다. 언니분과 본인 맞습니까?"

강 형사가 내민 빛바랜 사진에는 감히 손댈 생각도 하지 못한 채, 그녀는 물끄러미 사진만 바라본다. 아스팔트가 깔린 마당 수돗가 한구석에서 소꿉놀이를 하는 소녀들.

깨진 그릇이며 화장품 케이스, 음료수 뚜껑, 아이스크림 막대기, 나뭇잎, 벽돌 부스러기 등으로 작은 주방을 만들었다. 가짜 숟가락에 꽃잎과 나뭇잎을 담아 서로에게 먹여 주고 있다. 그런데 한 소녀의 눈에는 눈물이 그렁그렁하고 다른 한 소녀는 무표정한 얼굴로, 아니 무표정을 가장한 공포도 아닌 증오도 아닌 표정으로 카메라를 쳐다보고 있다.

사진을 쳐다보던 여자는 갑자기 사진 너머 세계에서 누군가가 떠올랐는지 심하게 미간을 찌푸린다. 순간 강 형사는 그녀가 사진 속에서 무표정하게 얼굴을 찡그렸던 소녀와 닮았다고 생각한다. 그렇다면 눈물을 그렁거리던 소녀는 언니 주명선인가?

"맞는 거 같네요."

여자는 물밀듯이 떠오르는 기억을 밀어내려는 듯 애써 사진을 외면해 버린다. 언니의 유품으로 사진이 필요하냐고 묻는 강 형사의 질문에 여자는 필요 없다고 거절해 버린다. 자신은 이미 오래전에 기억과 함께 예전 사진을 모두 없애 버렸다고….

여자의 집을 나와 도로에 세워 둔 차로 걸어갈 때까지 높다란 거실 창 커튼 너머로 여자의 시선이 집요하게 자신을 따라오고 있음을 느낀다. 차에 올라 시동을 걸자, 강 형사는 문득 여자가 처음 자신을 발견하고 내뱉었던 말이 떠오른다. 누군가를 만나러 가기로 약속을 했던 것 같은데… 그의 갑작스런 방문 때문에 여자는 약속을 지키지 못했다. 생각보다 길어진 자신의 방문에 여자나 여자의 약속 상대 모두 오늘 약속은 다음으로 미뤄야 할지도 모른다.

약속이란 말에 강 형사는 병원에서 자신을 기다리고 있을 딸의 모습을 떠올린다. 번번이 약속을 지키지 않는 아버지에게 늘 화가 나 있던 열두 살의 딸, 열다섯 살의 딸, 열여덟 살의 딸, 그리고 이제는 서른을 넘긴 딸아이의 모습을. 이번에도 역시 딸이 얼굴을 붉히며 화를 낼 것을 알면서도 그는 늦은 점심 겸 저녁을 먹고 서울을 벗어나야겠다고 생각한다. 그리고 고속도로에서 대충 먹는 국밥이 아닌 제대로 만 돼지국밥집이 종로경찰서 어느 골목쯤에 있었는지 기억을 더듬으며 천천히 농지 사이에 난 일차선 도로를 빠져나간다.

11시가 훌쩍 넘은 시간. 강 형사는 아내와 함께 먹을 야식용 컵라면 두 개와 게맛살이 든 검은 비닐봉지를 챙겨 들고 천천히 병원 로비로 들어선다. 그런데 이미 서울로 가는 막차를 탔을 거라고 생각했던 딸 진아가 대형 TV 앞에 앉아 요즘 한참 인기몰이 중인 사극 드라마를 보고 있다. 텅 빈 로비를 가로지르는 강 형사의 발자국 소리에 진아는 소리 없는 대형 TV 화면에서 강 형사 쪽으로 고개를 돌린다.

"어… 아직 안 갔어?"

강 형사를 보자마자 진아는 병원 로비의 시계를 한번 확인하고는 예의 '그럼 그렇지.'라는 표정으로 아버지를 바라본다. 굳게 다문 입술과 매서운 딸의 눈초리에서 그는 이제 곧 시한폭탄이 터지길 기다리는 병사의 심정이 되어 조마조마하기만 하다. 그런데 덩치에 어울리지 않게 자그마한 검은 비닐봉지를 얌전히 들고 선생님 앞에 벌을 서듯 서 있는 아버지를 보자 진아는 피시식 웃음이 새어 나온다.

"서울로 출장 갔다 왔다며, 저녁도 안 드셨어요?"

늘 하늘 같고 바다 같은 아버지였다. 어려서는 대통령보다 높은 사람이었고, 세상을 알 만큼 커서도 대한민국의 그 어떤 남자보다도 강인하고 믿음직한 아버지라고 생각했다. 그런데 6개월째 병상에 누워 있는 엄마도 그렇고, 6개월째 병원 간이침대에서 간병인을 자처하는 아버지도 그렇고, 이제는 두 분 모두 중년이 아닌 노년 축에 들어갔다고 해야 맞을 것 같아 말도 못하게 웃기면서, 한편으로는 한없이 서글퍼진다.

강 형사는 아내 대신 딸과 휴게실에 앉아 컵라면에 소

주잔을 기울인다. 거의 3년 만이다. 딸의 얼굴을 이렇게 가까이서 오랫동안 마주 대하는 것이. 그의 기억 속의 딸은 언제나 하얀 교복 칼라와 치마를 나풀거리며 바람처럼, 공기처럼 사방을 날아다니던 여고생이었는데…. 진아 또한 세월의 흐름에 그대로 몸을 맡겨 버린 모양이다. 긴 생머리의 여드름쟁이 소녀가 어느 사이 짧은 파마머리의 아줌마가 되어 그의 앞에 앉아 있다. 강 형사는 그런 딸의 모습에서 예전에 자신과 막 살림을 합치고 한동안 눈도 마주치지 못하던 아내의 모습이 떠오른다.

"매일 라면만 드신다고 엄마가 걱정해요. 나가서 개고기라도 먹자니까."

하긴… 자신을 마냥 어려워했던 아내와 달리 진아는 어려서부터 그에게 막역한 친구 사이인 양 친근했다.

"지금 이 시간에 문 연 데가 어딨어?"

보신탕은 그저 오랜만에 만난 부녀 사이에 물꼬를 트기 위한 전초전이었는지, 진아는 강 형사의 말에 별다른 대꾸 없이 잠시 홀로 생각에 잠긴다.

"…요양병원 알아보신다구요?"

갑자기 심각한 얼굴이 되어 버리는 진아를 보자 강 형사는 자기도 모르게 창 쪽으로 시선을 외면해 버린다.

"아직은… 생각 중이다."

주변 간병인들과 의사들의 제안이지 정작 그 자신은

구체적으로 생각해 본 적이 없다고 말하고 싶으나, 왠지 구차한 변명처럼 들릴 것 같아 그만두기로 한다.

"엄마, 아무래도 저희 집 가까운 요양병원으로 옮겨야 할 것 같아요."

생각지도 않았던 진아의 발언에 강 형사는 재차 확인을 한다.

"서울로?"

"네. 언제까지 아저씨 혼자 해요? 조금 더 일찍 모시고 올라갔어야 하는데… 오늘 낼 퇴원한다고 하는 바람에…."

"애들 키우면서 니가 어떻게 해?"

"아저씨요? 아저씨도 낮에 일하고 밤에 와서 엄마 돌봤잖아요. 요양병원으로 옮기면 저야 낮에 잠깐잠깐 들여다보는 게 단데… 훨씬 낫죠."

"조금 더 병원에 있어 보고…. 벌써 요양원 가기엔 너무…."

그는 자신의 나이나 자신보다 다섯 살 연상인 아내의 나이가 차마 젊다고 말하기는 어려워 뒷말은 삼키고 만다.

"엄마가 요양병원 싫다고 하시면 병원으로 알아볼게요. 엄마, 몸도 몸이지만 아저씨 기약 없이 고생 시키는 게 더 힘드신가 봐요."

"나야… 아무 데서나 잘 먹고 잘 자는데 뭐…."

마지막 남은 소주잔을 입안에 털어 넣으며 강 형사는 아내의 서울행을 곰곰이 생각해 본다. 지난 6개월 동안 병원 생활이 힘들지 않았던 것은 아니지만, 단 한 번도 아내의 수발을 귀찮아하거나 자신의 일이 아니라고 생각한 적은 없었다. 혹시라도 아내나 진아에게 그런 기색을 비친 적이 없었는지 돌아보지만 천성이 둔감한 그로서는 알 길이 없다.

"하긴, 아저씬 젊어서 외박을 밥 먹듯 해서 늙어서는 벌 좀 받아도 되는데…."

어느새 진아는 아줌마에서 변덕쟁이 여고생으로 돌아갔나 보다. 독수공방으로 엄마의 마음을 아프게 하는 아버지를 찾아와 엄마 대신 잔소리를 늘어놓던 독설가이자 변덕쟁이였던 여고생 진아.

그때가, 원주경찰서로 이동하고 얼마 지나지 않았을 때일 것이다. 강력계 팀장이 된 지 얼마 되지도 않은 상태에서 새로운 팀원들과 몇 달째 골치를 썩이던 연쇄 강간강도 사건을 마무리해야만 했다. 은퇴 직전이었던 전임이 한참 전에 손을 놔버린 사건이라 강 형사는 처음부터 새로 시작해야 하는 상황이었다. 잠복과 숙직실에서의 쪽잠을 반복했고, 팀장의 고집에 팀원들의 불만은 하늘을 찌르고 있는 상태였다.

친척들은 물론 직장 동료에게까지 낯가림이 심했던 아

내는 그의 속옷이며 옷 등을 항상 진아를 통해 날라다 주었다. 옷이며 양말, 도시락과 건강식품 등을 쇼핑백이 미어터지게 싸가지고 와서 마치 자신이 부인인 양 독설과 잔소리를 퍼부어 대던 진아를 보며 젊은 팀원들은 피식피식 웃곤 했다. 그리고 모두들 둘러앉아 진아의 잔소리를 배경음악 삼아 아내가 싼 맛깔난 도시락을 먹곤 했다.

끝이 보이지 않는 야근과 잠복에 지쳐 있던 팀원들은 어쩌면 매주 그날이 오기를 기다렸는지도 모른다. 일주일에 한 번씩 음침하고 퀴퀴한 경찰서 안에 푸릇푸릇한 향기와 활력을 몰고 오는 여고생 진아를. 컵라면을 후룩거리며 젊은 팀원들에게 둘러싸여 범죄 현장 이야기며 학교 이야기를 두서없이 늘어놓는 진아를 바라보며 그는 가정이란 울타리가 있고 다 큰 딸이 있는 자신이 낯설게 느껴지곤 했다. 그러나 그러면서도 한편으로는 아내와 진아라는 배우가 자신의 건조한 인생에 출현해 주어서 그나마 다행이라는 생각을 한 것 같다.

아직은 아내와 결혼하기 전이었던가. 그가 자신의 친부가 아니라는 것을 알면서도 '아빠, 아빠' 부르며 그의 손을 잡아끌던 어린 진아가 늘 그의 기억 속 영화의 오프닝처럼 자리 잡고 있었다.

그리고 사춘기에 접어든 어느 날, 갑자기 아빠라는 호칭 대신 장난스럽게 아저씨라는 호칭을 섞어 쓰며 아내와 자신을 당혹스럽게 만들었던 단발머리 진아. 그리고 결혼식장에서 자신의 손을 잡고 식장으로 걸어 들어가며 "아빠가 있어서 우린 내내 좋았어요."라고 말해 주었던 세상에서 가장 아름다운 신부 진아.

"아저씨한테 너무 고맙고 죄송하고 그래요."

예전엔 장난으로만 들리던 아저씨라는 호칭이 오늘은 아득하게 멀게만 느껴진다.

"그 사람은 내 아내다. 너도⋯ 내 딸이고."

강 형사는 마음과 달리 통명스럽게 중얼거린다.

"알아요. 그래서 고마워요. 평생 엄마와 저 돌보느라 힘드셨잖아요. 결혼해서 애 낳아 보니까, 더 고맙고 미안하고⋯ 그래요. 이제 더 이상 우리 때문에 아빠 고생하는 거 싫어요."

이번에는 다시 아저씨에서 아빠로 호칭이 변경된다. 그런데도 아까의 아저씨라는 호칭보다 지금의 아빠라는 말이 그에게는 한층 더 멀고 차갑게 느껴진다. 어쩌면 진아는 아내와 함께 서울보다 멀리, 그의 인생에서 완전히 벗어나려고 하나 보다. 30년 전, 두 돌도 안 된 진아를 데리고 강 형사에게서 도망쳐 원주 어딘가로 숨어 버렸던 아내가 그랬던 것처럼.

아내와의 첫 만남은 종로경찰서 취조실에서였다. 그때 그는 이제 막 신참내기 딱지를 떼고 세상 모든 범죄자들을 자신의 기민한 머리와 민첩한 몸으로 충분히 잡을 수 있다고 믿었다. 강력계의 베테랑 선배들 또한 몇 년 만에 들어온 쓸 만한 인재라고 그를 추켜세우며 이 일 저 일 가리지 않고 마구 투입시켰다.

사실 그는 아직까지 취조실에 들어갈 군번은 아니었다. 당시 세간을 떠들썩하게 했던 청송교도소 탈주범 중 하나가 서울 종로 어딘가에 숨어 있다는 제보를 받았다. 선배 형사들은 수소문 끝에 종로 근처 다방에서 일하는 탈주범의 애인을 참고인 자격으로 연행해 왔다. 그러나 탈주범의 고향 후배일 뿐이라며 여자는 8시간에 걸친 취조 내내 입을 열 기미를 보이지 않았다.

선배들은 여자를 집으로 돌려보내기 전, 장난삼아 그런 건지 취조 연습이나 해보라며 그와 그녀에게 30분의 시간을 주었다. 그리고 그동안 형사들의 고함이나 협박에 쭉 입을 다물고 있던 여자는 쭈뼛쭈뼛 냉커피를 내미는 그에게 애인이 숨어 있는 장소를 알려 주었다. 반드시 그를 살려 달라는 부탁과 함께.

의기양양하게 선배들과 함께 현장으로 달려간 그는 어느새 여자의 부탁은 까맣게 잊어버렸다. 그저 자신이 처음으로 형사다운 형사가 되었다는, 어쩌면 첫 단추를 제대로 끼웠다는 생각에 의욕만 앞섰을 뿐. 그래서 그랬을 것이다. 지금이라면 절대 하지 않았을 성급하고 미숙한 자기방어였다. 출동한 경찰에 은신처가 포위되자 탈주범은 인질을 붙잡고 시간을 벌며 탈출로를 만들려 했고, 그는 어떻게든 이 일을 자신의 힘으로 마무리하고 싶어 은신처 뒤쪽으로 침투하는 일에 자원했다. 그리고 인질에게 칼을 들이대고 있던 탈주범에게, 자신을 향해 비키라고 소리 지르는 탈주범에게, 살려 주겠다고 약속했던 여자의 애인에게, 정당방위도 아닌 실탄을 쏘고 말았다. 탈주범은 현장에서 즉사했다.

처음이자 마지막 살인…. 나중에 안 일이지만 인질로 잡혀 있던 여자는 탈주범의 고모였다. 그저 인질을 자처해 조카의 탈주를 돕고 싶었을 뿐 두 사람 모두 죽일 마음도, 죽을 마음도 없었던 것이다. 그러나 이런저런 사정을 알 리 없는 그는 선배들에 둘러싸여 현장을 빠져나오면서도 자신만만한 흥분에 고양되어 있었다.

그런데… 어느새 현장에 와서 애타는 시선으로 애인의 행방을 좇는 여자와 눈이 마주치자 갑자기 정신이 번쩍 들었다. 차가운 비닐에 담겨져 나오는, 주검으로 변해 버린 애인의 모습을 보고 여자는 그대로 쓰러졌다. 그리고 그날부터 자신을 쳐다보던 여자의 원망 어린 눈빛을 강 형사는 차마 잊을 수가 없었다.

여자는 당시 임신 7개월이었다. 비교적 형량이 가벼웠던 탈주범이 동료들의 탈주에 동조했던 것도 임신한 여자 때문이었다고 한다. 결론적으로 강 형사는 첫 단추를 제대로 잘못 끼운 것이었다. 죄책감에서 시작된 그들의 관계는 처음에는 원망과 미움, 책임감과 부담스러움 등 갈등의 연속이었다.

그러나 진아가 태어나고, 강 형사를 피해 원주로 도망간 아내를 그가 끝까지 쫓아가면서 그들은 변해 갔다. 참고인과 형사, 피해자와 가해자에서 남자와 여자, 그리고 끝내 가족으로 그렇게 살아왔다.

서울서부터 차를 몰고 온 사위가 진아를 데리고 가자 강 형사는 마지막 담배를 한 대 피우고 아내가 있는 병실로 들어갔다. 6인실의 환자와 보호자 열한 명이 모두 잠든 가운데 그는 조용히 간이침대를 끌어낸다.

"서울 간 일은 잘됐어요?"

아내는 늘 자신이 잠들기 전까지 깊은 잠을 자지 못했다.

"응. 연락 안 된 유가족이 있어서. 사고 소식 전하고 유전자 감정도 협조 구하고 왔지."

"김 경사 돌잔치에 가기 싫어서 간 거죠?"

"그렇지 뭐…. 오랜만에 서울 바람도 쐬고 좋았어."

"빨리 자요."

아내는 끝내 진아가 내놓은 서울행 카드에 대해 이야기

하지 않는다.

"나중에 당신 퇴원하면 우리도 아파트 정리해서 전원 주택에 살까? 황토로 지은 집에 마당에는 텃밭도 가꾸고."

"당신 은퇴하면 그때 해요. 잡초 뽑기, 텃밭 가꾸기, 또다 나한테 떠넘기지 말고. 몇 시간 못 자겠네. 자요, 빨리."

"응."

눈을 감고 생각해 보니 그가 아내와 진아를 만난 것은 첫 단추를 잘못 끼웠기 때문이 아닌 것도 같다. 어쩌면 우리 인생은 모두 누군가가 만들어 놓은 계획표대로 한 발 한 발 제대로 나아가고 있는 것은 아닌지…. 그렇다면 아내와 자신을 위한 다음 장은 무엇이 기다리고 있을지…. 깊은 잠이 서서히 그를 잠식해 간다.

숨바꼭질

바람은 약하고 기온은 여전히 높다. 태양이 거드름을 피우느라 오후가 천천히 지나간다. 그리고 명희의 마음에 불온한 예감이 조금씩 밀려들기 시작한다. 과연 참을 수 있을까? 남편과 수리가 집으로 돌아와 모든 일과를 마치고 잠이 들 때까지… 그 여자의 장례식이 끝날 때까지… 아니, 이 모든 일이 의식의 강 저편으로 가라앉아 영영 떠오르지 않을 때까지 정말로 참아낼 수 있을까. 걱정과 두려움이 그녀의 가슴속을 먹먹하게 채워 나간다.

나이 든 형사가 떠나간 도로 위로 천천히 기울어지는 햇볕이 희미하게 노란빛을 띠기 시작한다. 오늘따라 넌덜머리 나던 더위도 결국 절정을 넘어가 이제는 기온이 조금씩 아래로 내려가는 것 같다. 해질녘이 가까워진 탓인지, 줄곧 구름 한 점 없던 하늘에도 옅은 구름이 깔리기 시작한다. 그래서일까, 그녀의 주위를 감싸는 싸늘한 공기에 갑자기 온몸이 사르르 식어 가며 이내 식은땀을 흘릴 정도로 오싹한 추위가 몰려온다.

그리고 그녀의 의식보다 한층 높은 곳에서부터 또 다른 그녀의 소리가 들려온다. 기찻길의 녹슨 레일 위에 귀를 기울이면 멀리서 조약돌로 두드릴 때 들리는 소리처럼, 웅웅거리는 알아듣기 힘든 소리로 '이젠 틀렸어. 이제 우리는 끝이야.'라고 말하는 것 같다.

그것들이 정수리며 미간, 눈이며 귀를 가리지 않고 마구 공격하는 통에 명희는 서둘러 안방의 약통으로 뛰어간다. 물도 없이 진통제를 간신히 씹어 삼키고 그녀는 내일이나 모레쯤 서울 병원에 가야겠다고 생각한다. 그리고 최소한 장례식이 끝날 때까지만이라도 버텨 낼 수 있는 양의 신경안정제를 타야겠다고 다짐한다.

밤은 한순간에 낮을 덮치고 온 세상을 까맣게 뒤집어 놓는다. 어느 사이 깜깜한 밤이 되었지만 명희는 아직도 아까 진통제를 씹어 삼키던 침대 옆 협탁 아래에 주저앉아 움직일 줄을 모른다.

그녀는 거실에서 돌고 있는 벽난로 위 시계가 이제 막 9시 20분을 넘긴 것도, 퇴근 전이나 집에 도착하기 직전 반드시 전화를 걸던 성수에게서 아무런 연락이 없는 것도, 그리고 벌써 몇 분째 전화벨이 온 집 안을 울리고 있는 것도 알지 못한다.

'빵빵!'

경적소리와 함께 헤드라이트 한 줄기가 어둠에 전복된 집 안으로 비집고 들어올 때조차 그녀의 의식은 이곳에 머물러 있지 않은 듯하다. 아빠보다 먼저 들어온 수리가 거실에서 안방으로 그녀를 찾아 들어와 어두운 방을 환한 불로 밝혀 놓았을 때에야 겨우 의식의 끝자락을 붙들고 일어설 수 있었다.

"집에 있으면서 왜 전화를 안 받아? 걱정했잖아!"

"어?"

겨우 정신을 차린 명희는 오늘따라 키가 한 뼘은 커진 듯 영 낯설기만 한 딸을 물끄러미 바라본다.

"안 들려?"

수리가 가리키는 거실 쪽을 보니 전화벨 소리가 시끄럽다. 수리는 현관문을 밀고 들어오는 성수에게 소리를 지른다.

"엄마 집에 있어. 끊어."

수리를 따라 거실로 나간 명희는 얼른 시계를 확인해 본다. 9시가 넘은 시간. 거의 3시간 동안 넋 놓고 앉아 있었나 보다.

"당신 괜찮아? 하루 종일 전화했는데, 어디 갔었어?"

"거짓말 안 하고 아빠가 진짜 50번은 했을 거야."

부녀가 한꺼번에 보내는 비난의 눈초리를 명희는 간단하게 외면해 버린다.

"밥은?"

"6시쯤 떡볶이 먹었는데 당신 먹으면 또 먹을래. 씻고 바로 나올게."

성수는 가방과 넥타이, 양복저고리를 던져 놓고 바로 안방 화장실로 들어간다.

"너는?"

평상시보다 한층 냉랭하고 쌀쌀맞은 엄마의 태도에 수리는 자신의 서울 등교 문제로 아직까지 엄마가 화나 있나 보다고 생각한다.

"안 먹어. 아빠, 나 올라간다."

눈앞의 엄마를 투명인간 취급하고 2층으로 올라가는 수리를 그녀는 덤덤하게 바라본다. 그리고 언제나처럼 남편이 흘리고 간 흔적들을 주워 세탁기나 장롱에 하나하나 정리한다.

"수학 학원 앞으로 데리러 갔더니 애들을 잔뜩 끌고 나오더라구. 다들 배고프다고 성화를 부려서 오랜만에 분식집 가서 시원하게 쏴줬지. 당신 혼자 기다릴 거 생각해서 빨리 먹고 나왔는데 강변북로가 꽉 막히는 거야. 6시에서 조금만 늦으면 그 모양이라니까. 교통사고까지 있었는지 2시간 동안 아예 꼼짝도 않더라고."

금방 씻고만 나온다더니 아무래도 화장실 변기에 오래 앉아 있을 모양이다. 성수가 갈아입을 실내복을 화장실 앞에 내려놓고 명희는 밥통에 밥은 남아 있는지, 저녁거리로 할 만한 것이 냉장고에 있는지 차분히 기억을 더듬어 본다. 남편과 수리가 집으로 돌아오자 비로소 그녀의 의식이 아래로 아래로 내려앉는 것 같다.

"당신은 낮부터 전화도 안 받지, 파출소에 전화라도 해봐야 하는 건가… 아주 차 안에서 생쇼를 했다니까. 오늘 하루 무지하게 길었다."

자신의 길었던 하루를 돌아보며, 명희는 앞으로 영원히 남편이 자신의 오늘 하루를 알 수 없으리라 생각한다. 절대로.

성수는 골뱅이무침과 소면으로 늦은 야참을 먹으며 맞은편에 앉아 젓가락질을 하는 아내를 쳐다본다. 똑같이 한 접시씩 담았는데 아내의 접시는 아까 그대로다. 분명히 자신과 엇비슷하게 젓가락질을 하는데도 국수며 골뱅이는 하나도 줄지 않았다.

하루 종일 아내의 연락두절로 인해 불안하고 초조한 마음에 가슴 졸이며 끝내 화까지 났던 것은 분명 그인데 이제 와서 눈치를 살피는 것 또한 그이다. 성수는 자신의 접시에 남아 있던 골뱅이를 집어 슬그머니 아내의 접시에 올려줘 본다. 접시 위에 올라간 골뱅이를 보며 아내는 힘들게 입을 연다.

"목요일에 대전 좀 갔다 올게요. 친구가 결혼을 해서요."

"평일에 결혼식을 해? 누구?"

"중학교 동창인데, 쭉 연락 없이 지내다가 결혼한다고 갑자기 전화가 와서요."

"그런 얄미운 친구 결혼식까지 가야 돼?"

어리광 섞인 성수의 만류에 명희는 지나치게 당황한다.

"약속을 해서 갔다 와야 할 것 같아요. 다른 친구들 얼굴도 보고."

어울리지 않게 허둥대는 아내의 모습이 어딘가 이상해 성수는 자신도 모르게 마음에도 없는 말을 덧붙인다.

"휴가 내서 같이 갈까?"

"뭐하러요?"

"난 이렇게 잘생기고 근사한 남자랑 이미 오래전에 결혼해서 애까지 있다, 내가 더 잘났다, 일종의 증명서 같은 거라고 할까?"

"그럴 필요 없어요. 친한 친구도 아니고."

더 이상의 대화를 피하려는 듯 명희는 먹지도 않은 접시를 들고 서둘러 자리에서 일어나 버린다. 그대로 개수대 음식물 쓰레기통으로 들어가는 골뱅이 소면을 바라보며 성수는 한 번 더 아내의 심기를 건드려 보기로 한다.

"뭐 타고 갈 건데? 기차표 끊어 줄까?"

"아니, 차 갖고 갈까 해요."

운전을 해서 혼자 대전까지 가겠다? 성수는 더욱 아내가 의심스럽다. 무슨 일이 생긴 걸까?

"괜찮겠어? 고속도로 운전은 잘 못하잖아."

"자꾸 해봐야 는다면서요. 수리나 잘 부탁해요."

명희는 계속해서 자신을 쳐다보는 남편의 시선이 껄끄러운지 설거지를 그대로 쌓아 두고 거실로 향한다. 그리고 거실 소파에 앉아 TV 리모컨을 이리저리 돌리며 혼자만의 시간과 공간을 확보하려 한다.

성수는 평소에 별로 좋아하지도 않는 막장 드라마 채널에 눈을 고정시킨 아내를 물끄러미 바라본다. 눈은 TV 화면의 배우를 바라보고 있지만 그녀의 마음은 다른 곳에서 다른 사람을 바라보고 있는 듯하다. 그는 깊은 수심 내지 상념에 빠진 아내의 모습에 낯설고도 두려워진다. 아니, 전혀 낯설기만 한 모습은 아니었다. 결혼 후 1년 간 아내의 얼굴은 이유를 알 수 없게 어두워졌다 밝아졌다를 반복했다. 마치 혼자 딴 세상에 있다 잠시잠깐 그에게 내려오는 듯 옆에 있어도 옆에 있는 사람 같지 않게 자신을 외롭게 했다.

그리고 첫 번째 아이를 유산했을 때는 정말이지 절망

스러웠다. 자신과 말도 섞지 않고 식음을 전폐해 한동안 어머니와 자신의 애를 태웠다. 그리고 1년이 지나던 어느 날, 잠이 든 수리를 침대에서 끌어내려 얼굴을 비비며 우는 모습을 보며 이제는 됐다, 절망은 모두 끝났다 싶었다. 한 발은 늘 하늘에 띄우고 살았던 아내가 수리 덕분에 두 발 모두 땅에 안착했다는 느낌이 들어 수리에게 말할 수 없이 고마웠다. 그런 수리가 3년 전 처음으로 심장병 판정을 받았을 때, 성수는 아내부터 걱정했다. 혹시라도 아내가 다시 예전의 상태로 돌아가 자신만 이 모든 짐을 짊어져야 하는 것은 아닐까.

그런데 기우였다. 아내는 병실에 있는 다른 어떤 엄마보다도 용감하고 강인하게 절망에서 희망을 끌어냈다. 2차 수술까지 무사히 마친 요즘, 이제 내 인생, 우리 가족에게 더 이상의 시련이나 역경은 없을 거라고 생각했는데…. 도대체 아내에게 무슨 일이 생긴 걸까?

드라마를 보는 아내 대신 설거지를 하려던 성수는 개수대 설거지통에 잠겨 있는 컵 두 개를 발견한다. 수리의 리라꾸마 머그잔도 프랑스산 수제 부부 잔도 아닌, 손님용 커피잔이다. 그러고 보니 집 안도 평소와는 조금 다르다.

무슨 일이 있어도 늘 거실과 주방, 안방과 2층까지 깔끔하게 청소를 하던 아내인데 오늘 하루 거실이며 안방,

주방 모두 아침에 성수가 나갈 때 어질러 놓은 그대로다. 심지어 세탁기 안에는 젖은 빨래가 그대로 있다. 성수는 설거지통에 담긴 손님용 커피잔을 꺼내 거품을 묻히며 아내에게 무심한 듯 소리를 지른다.

"자기야, 낮에 누구 손님 왔었어?"

"아뇨."

"…."

분명 무슨 일이 생겼다. 수리나 자신의 일이 아닌 다른 무언가. 불투명 종이 안에 겹겹이 감싸 여러 개의 박스 안에 숨기고 숨긴 장난감 인형처럼 항상 비밀에 감싸여 있는 아내의 과거로부터 무엇인가가 그녀를 불러낸 것이 분명하다. 그로서는 도저히 알 수 없는 그녀의 과거.

이미 한 번 탔던 사람들을 다시 불에 태우다니… 정말 웃기는 일이라는 생각이 든다. 명희는 병원 측의 연락을 받고 오늘 아침 충주 장례식장에서 화장터로 가는 운구 버스에 올랐다. 버스 안에는 상주도 문상객도 오로지 명희 혼자다. 오랫동안 세상과 격리되었던 환자들의 죽음이라 문상객이 많기는 어려우나, 주명선의 영정과 명패 아래에는 정말이지 아무도 없다.

사람들의 시선도 시선이지만 그 여자의 얼굴이 그려진 영정을 지켜봐야만 하는, 그 여자의 존재를 견뎌내야만 하는 것 자체가 그녀에게는 고통이요 공포다. 그나마 오늘 하루만 참으면 된다고 생각하니 한시라도 빨리 장례를 마치고 성수와 수리가 기다리는 집으로 돌아가고 싶다.

되도록 남의 시선을 끌지 않기 위해 명희는 검은 원피스에 검은 재킷 그리고 커다란 선글라스로 얼굴을 가렸다. 오늘 새벽 집을 나설 때, 결혼식에 간다는 사실을 깜빡 잊고 무심코 검은 원피스를 입었다가 지나치게 칙칙하다는 성수의 지적을 받고 말았다.

다시 하얀 블라우스에 노란 치마로 갈아입고 성수와 수리 몰래 검은 원피스와 검은 재킷, 선글라스까지 쇼핑백에 챙겨 차에 실으며 명희는 식은땀을 흘렸다. 무슨 결혼식을 꼭두새벽부터 하냐는 의심에 찬 성수의 질문에 용인과 청주에 사는 친구를 차례로 태워 가야 한다고 급히 둘러대면서도 명희는 조마조마한 마음에 한시바삐 성수와 집에서 벗어나고 싶었다. 그런데 지금, 그 여자의 영정을 들고 있어야 하는 이 순간만큼은 빨리 남편과 딸이 있는 집으로 가 그들의 등 뒤에 숨어 버리고만 싶다.

드디어 그녀의 차례인가 보다. 306호 방에서 불에 탔던 그 여자는 이번에는 4번 방으로 들어가 다시 한 번 태워진다. 4번 방에 주명선 이름 석 자가 뜨자 명희는 그 여자의 최후를 지켜보기 위해 천천히 일어난다.

불교에서 불은 육체를 태워 형태를 없애는 정화력을

가진 것으로 보고 있다. 그래서 화장이 인간의 육체를 태워 없앰으로써 인간의 영혼을 깨끗한 것으로 재생산, 또는 재탄생시킬 수 있는 힘을 가지고 있다고 보는 것이다. 그 여자의 육체가 타고 비로소 그 여자의 영혼이 다시 깨끗하게 태어난다? 그럼 명선이의 영혼은 지금 어디쯤에 있는 것일까?

화장장 특유의 역한 냄새를 없애기 위해서인지 사방에서 풍기는 방향제 냄새가 지나치다. 더디게 가는 시간을 보내기 위해 다시 대기실로 들어서려던 명희는 자신과 비슷한 옷을 입은 여자 하나를 발견한다. 검은 원피스에 검은 재킷, 그리고 선글라스까지.

마치 맞은편에 서 있는 거울을 보듯, 아니면 유리창에 비친 자신의 모습을 보듯, 명희는 또 다른 자신이 대기실 입구 쪽으로 서서히 빠져나가는 것을 지켜본다. 출입문을 밀고 나가기 전 살짝 뒤를 돌아보는 선글라스 안의 눈이 분명 그녀를 응시하는 것 같아 섬뜩해진다.

방금 본 검은 옷의 여자가 실제인지 아니면 예민할 대로 예민해진 자신의 시신경이 만든 허상인지 명희는 순간 아찔해진다. 아마도… 그녀는 죽은 명선이일 것이다. 육체가 완전히 사라지고 영혼이 이곳을, 내 주변을 떠도는 것인가? 명희의 머리는 말도 안 되는 일이라고 생각하면서도 몸은 방금 본 실체인지 허상인지 모를 여인에게 심하게 반응한다. 발끝에서부터 어지럼증이 올라오며 다리, 손끝, 허리까지 마치 일시에 뼈와 근육이 빠져나간 것처럼 비틀거린다. 온몸에 바들바들 힘을 주며 어떻게든 버티려고 하지만 '이대로 바닥에 쓰러지겠구나… 그래서 또다시 사람들의 시선을 끌겠구나….' 걱정하고 있는데 누군가의 손이 재빨리 명희를 부축한다.

"괜찮으세요?"

"고맙습니다."

남자가 이끄는 대로 대기실 의자에 간신히 몸을 안착시킨 명희는 그제야 남자의 목소리가 왠지 익숙하다는 생각에 위를 올려다본다. 허름한 티셔츠와 잠바 대신 검은 양복을 입어서인지 처음에는 선뜻 떠오르지 않았다. 높낮이가 별로 없는 중저음의 목소리로 간신히 그를 기억해 냈다. 명희에게 오래전 사진을 유품이라고 내밀었던 그 나이 든 형사다. 검은 양복을 차려입은 그를 보니 문득 자신이 생각하는 것보다 젊을 수도 있다는 생각이 든다. 한 번밖에 보지 않았던 사람인데도 명희는 낯선 곳에서의 그가 왠지 반갑다는 생각이 든다.

"안녕하세요?"

형사는 자연스럽게 명희의 바로 옆자리에 앉는다.

"화재로 죽은 사람들을 다시 화장으로 보내다니, 아이러니하죠?"

조금 전 자신이 했던 생각과 똑같은 생각…. 명희의 머리에는 두 개의 종이 동시에 울린다. 잠시 이 형사와 함께 쉬고 싶다는 휴식의 종과 경계해야 할 사람이라는 경고의 종.

"국과수에서 요청한 DNA 검사를 아직 안 하셨더군요."

역시 경고의 종이 옳았다.

"…네."

"머리카락 하나만 보내면 된다는데…. 두 분이 일란성 쌍둥이라 DNA가 백 퍼센트 일치한다고 하더군요."

형사의 말에 자신의 얼굴이 하얗게 질리는 것은 아닌지, 명희는 어떻게든 얼굴에 예의바른 웃음을 잡아 두려고 이를 악문다.

"…여러 가지로 경황이 없었어요."

"그래도 혹시 몰라서 주명선 씨 DNA는 당분간 국과수에서 보관하기로 했습니다. 검사 자체는 간단한 거니까, 실례가 안 된다면 지금 머리카락을 채취해도…."

"아니요!"

웅성웅성하던 대기실 안에 칼날 같은 비명소리가 울리자 주위가 일순 조용해진다. 명희는 날카로운 반응과 함께 자리에서 벌떡 일어나고 강 형사도 명희를 따라 일어선다.

"실례가 됐다면 죄송합니다."

강 형사는 보통의 유가족들과 사뭇 다른 이 쌍둥이 동생이 왠지 수상하다. 아니, 죽은 주명선도 그렇고… 쌍둥이 자매 모두에게 비밀을 간직한 자 특유의 수상한 냄새가 풍긴다. 그녀들이 숨기는 비밀은 무엇일까?

"아니… 요즘 제가 신경이 좀 날카로워져서요. 다음에 제가 직접 찾아가겠습니다."

명희는 형사에게 고개를 숙이고 그의 대답은 듣지도 않은 채 대기실 입구 쪽으로 도망친다. 쓰러질 듯 비틀거리면서도 빠른 걸음으로 나가는 쌍둥이 동생을 물끄러미 바라보던 강 형사는 그녀에게 다가가는 나이 든 남자를 목격한다.

연배가 자신과 비슷하거나 약간 많은 듯 보이는 남자다. 장례식을 위해 입은 옷은 한 치수 정도 큰지 남자의 몸에 헐렁하게 걸쳐져 있고, 단정하지 못한 떡진 머리며 구두 대신 신은 검은 등산화가 강 형사의 눈에 거슬린다. 숱이 많은 자신에 비해 머리는 휑하고 넓은 이마에 비해 하관이 좁게 빠진 게 왠지 비열해 보이는 인상이다.

형사의 끈질긴 눈을 피해 서둘러 밖으로 나가던 명희는 대기실 문에 기대어 자신을 바라보며 나갈 길을 내어주지 않는 남자와 부딪힐 뻔했다. 입가에 주름이 잡힐 정도로 싱글거리며 명희를 바라보는 남자는… 무인 인출기 앞에서 자신을 바라보던 그 남자다. 죽은 명선이에, 형사에, 그리고 이제는 이 남자까지….

"명선이 동생? 얼굴 보니까 딱 알겠네. 판박이야."

'침착하자, 침착해.. 나는 뭐든 할 수 있다. 나는 강하다. 나는 너희보다 영리하다.'

명희는 속으로 되뇌며 남자를 당당하게 바라본다.

"누구시죠?"

"언니 친구라고 내가 저번에 말했을 텐데…. 파주정신병원."

등 뒤에서 시선이 느껴져 살짝 돌아보니 강 형사가 남자와 자기를 유심히 지켜보고 있다. 명희의 시선을 따라 무인 인출기 남자도 강 형사를 쳐다본다.

"꽤 긴 얘기가 될 것 같은데, 또 만나기도 힘들 거 같으니까 그냥 여기서 할까?"

"저번에는 죄송했어요. 갑자기 아이가 쓰러져서…. 연락을 드리려고 해도…."

명희의 사과와 변명을 뻔한 거짓말이라 생각하는지 무인 인출기 남자가 피식 웃는다. 그러고는 자꾸만 불안하게 뒤를 돌아보는 명희의 시선을 따라 형사를 바라본다. 생긴 것답게 눈치가 빠른 남자다.

"형산가?"

명희의 침묵을 긍정으로 받아들인 남자는 명희의 팔을 잡아끌고 강 형사의 시선을 벗어나는 밖으로 데리고 나간다.

"많이 힘들어 보이는데…. 여기는 내가 끝까지 있을 테니까… 명선이 문제는 나중에 이야기하자고."

갑자기 인자한 아버지라도 되는 양 자신을 대하는 무인 인출기 남자의 태도에 명희는 어리둥절해진다.

"도대체 누구세요? 누구신데…."

"작은아버지."

놀란 눈으로 바라보는 명희에게 남자가 씨익 웃어 보인다.

"내가 주명선 주명희 작은아버지잖아. 나도 유가족이라고. 집 주소!"

"네?"

"오랜만에 만난 조칸데… 집에는 한번 가 봐야지. 이번엔 내가 갈 테니까 주소 대라고."

입 끝에 매달린 남자의 위협적인 미소 앞에 명희는 외운 지 얼마 안 된 장흥 집의 주소를 불러 주고 만다. 그리고 멀리서 자신들을 바라보는 노형사의 시선과 손까지 흔들며 배웅을 해주는 무인 인출기 남자에게서 간신히 도망쳐 나온다. 과연 견딜 수 있을까? 남편과 수리가 기다리는 집으로 돌아갈 때까지… 그 여자의 육체며 영혼이며 서류상의 모든 것까지 불에 타 흔적도 없이 사라질 때까지… 살아 있는 이의 의식에서 그 여자의 모든 것이 영영 사라질 때까지 정말로 참아낼 수 있을까.

누군가 자신의 이름을 부르는 소리에 명희는 깊은 잠에서 허우적거리며 빠져나온다.

"명희야, 나와. 아무도 없어. 이제 나와."

사방이 칠흑처럼 깜깜하다. 잠에서 깨어 침대에서 몸을 일으킨 명희는 커튼 사이로 비집고 들어오는 달빛에 의지해 방 안을 둘러본다. 규칙적인 호흡을 뱉으며 곤히 잠든 성수 말고는 아무도 없다.

"명희야, 진짜 괜찮아. 이리 나와."

분명 거실 쪽에서 나는 소리다. 웬일인지 깃털처럼 가벼워진 몸을 일으킨 명희는 침대에서 내려와 안방을 빠져나온다. 안방 문을 살며시 닫고 거실 쪽, 어둠의 공간으로 한 발자국을 떼어 본다. 그런데 달빛이 환하게 비치는 거실 창 쪽에서 뭔가가 움직이는 것 같다. 거실 창 바깥으로 '후욱!' 빠르게 검은 물체 하나가 지나간 것이다. 자기도 모르게 침을 꿀꺽 삼키며 명희는 천천히 거실 창 쪽으로 다가간다. 위아래로 긴 거실 창에는 커튼이 걷혀 있어 창문 밖으로 커다란 플라타너스며 잣나무, 그리고 초승달이 그대로 명희의 눈에 비친다. 그러나 방금 전 움직였던 검은 그림자는 어디에도 보이지 않는다.

창문 끝, 커튼 가까이에 바짝 붙어 밖을 살피던 명희의 눈은 정원을 지나 대문 가에 서 있는 여자를 발견한다. 장례식장에서 봤던 그 여자다. 검은 원피스에 재킷을 걸치고 선글라스까지 낀 자신을 쏙 빼닮은 여자. 대문 너머 정원을 지나, 거실 유리창으로 자신을 바라보는 것이 분명한 여자의 모습에 명희는 얼른 커튼 뒤로 몸을 숨긴다. 그리고 하나… 두울… 셋을 세고도 한참을 더 가만히 서서 여자가 떠나기를, 아니 자신의 환상에서 사라지기를 기다린다. 그런데 멀리 있을 거라 생각했던 여자가 어느 사이 그녀의 바로 옆, 커튼을 사이에 두고 그녀의 바로 옆에 서 있음을 느낀다. 명희는 천천히, 아주 천천히, 눈을 돌려 바로 옆에서 자신을 바라보는 것 같은 여자를 향해 몸을 돌리는데 그녀의 바로 눈앞에, 선글라스 사이에서 검은 피를 줄줄 흘리는 여자가 그녀를 바라보며 서 있는 것이 아닌가.

'헉!'

커다란 비명을 속으로 삼키고 명희는 얼른 눈을 감아버린다. 그런데 이번에는 눈을 감은 명희의 귀에 '하아! 하아!' 숨소리가 들려온다. 명희는 두 눈을 더욱 꼭 감은 채 손을 올려 귀를 막으려는데 '훅!' 하는 소리와 함께 누군가의 따뜻한, 아니 뜨끈뜨끈한 호흡이 명희의 손과 귀를 파고든다.

소리 없는 비명을 지르며 명희는 여자의 피와 여자의 호흡에서 벗어나기 위해 서둘러 거실에서 주방 쪽으로 도망을 간다. 주방에 도착하자마자 명희는 주방 등을 환하게 켜고 거실에서 최대한 멀리 싱크대 쪽으로 바짝 붙는다. 싱크대에 의지해 어두운 거실 쪽을 바라보자 조금 전까지 명희를 바라보던 여자나 여자의 숨소리는 사라지고 없다.

'후… 정말이지 약해 빠졌어.'

스스로를 나무라며 싱크대를 만지고 있던 손을 떼려는데 싱크대 개수대 위로 '또옥! 또옥!' 물 떨어지는 소리가 들린다.

명희는 설마 하는 마음으로 천천히 뒤를 돌아본다. 환한 불빛 아래 수도꼭지에서 뭔가가 뚝뚝 떨어지고 있다. 투명한 물이 아닌 거무튀튀한 무언가… 끈적끈적한 무언가가. 수도꼭지에서 떨어지는 것이 물이 아닌 검붉은 핏덩이라는 것을 알아챈 명희는 기겁을 하고 싱크대에서 떨어져 나간다.

그런데 핏덩이가 고이는 개수대 위로 뭔가가 보인다. 핏덩이가 엉킨 사람의 머리카락이다. 그것도 아주 검고 긴 여자의 생머리. 그 끔찍한 형상이 단지 상상일 뿐이라고, 어서 내 머릿속에서 사라지라고 소리소리 지르고 싶은데 웬일인지 소리가 목구멍을 빠져나오지 못한다. 제 발 입을 벌려 성수나 수리를 부르고 싶다고 생각하는데 순간, 뒤에서 식탁 의자가 끌리는 소리가 들린다. 명희는 성수나 수리가 나왔나 보다 생각하며 얼른 뒤를 돌아 식탁을 본다. 그런데 명희의 눈 안에 들어오는 사람은 성수도 수리도 아니다. 그것은 식탁에 앉아 양손으로 식탁을 '통! 통!' 두드리며 뭔가를 요구하는 듯한 머리 없는 여자의 몸이다.

"꺄아아악!"

드디어 물밀듯이 터져 나오는 비명을 지르며 명희는 주방에서 거실로 달려 나온다. 명희의 비명소리에 제일 먼저 잠에서 깬 것은 수리였다. 통탕통탕 아래층 거실과 주방에서 울리는 소음에 이어 엄마의 끔찍한 비명소리를 듣고 수리는 재빨리 아래층 계단으로 향했다. 그런데 막상 아래층으로 내려가는 계단에 이르는 순간, '도둑이나 살인자면 어쩌지? 바로 내려가지 말고 112에 신고부터 해야 하지 않을까?' 망설여진다. 그래, 우선 핸드폰부터 챙겨서 2층 계단에 서서 아래층 상황을 살피는 것이 맞다.

수리는 다시 자기 방으로 들어가 핸드폰을 들고 나온다. 그리고 어둠이 잠식한 2층 계단에 서서 아래층을, 거실과 현관 쪽을 바라본다. 수리의 눈이 완전히 어둠에 적

응했을 때쯤, 거실 쪽 소파 아래에서 무언가가 움직이는 것이 보인다. 두 눈을 두릅뜨고 움직이는 뭔가를 관찰하던 수리는 곧 그 형체가 겁에 질려 벌벌 떨고 있다는 것을, 그 형체가 잠옷을 입은 여인이라는 것을, 그리고 그 여인이 엄마라는 것을 깨닫게 된다.

"…엄마?"

그러나 잠옷 입은 형체는 대답이 없다.

"엄마 맞지? 거기서 뭐해?"

"….."

커튼 사이로 점점 진하게 흐르는 달빛에 의지해 그 형체가 엄마가 분명하다고 확신한 수리는 천천히 2층 계단을 내려와 거실 소파로 다가간다. 그리고는 '으으으!' 아기의 울음소리 같기도 하고 동물의 신음소리 같기도 한 소리를 내는 엄마를 발견한다.

"엄마… 무섭게 왜 그래?"

소파 끝에 둥글게 몸을 말고 간신히 버티고 있던 명희는 자신을 건드리는 수리의 손길에 다시 발작을 일으킨다.

"까아아악! 까아아악, 까아아악!"

길게 늘어지는 명희의 두 번째 비명소리에 이번에는 성수마저 잠에서 깬다.

"왜 그래? 무슨 일이야?"

거실로 달려 나온 성수는 먼저 불부터 켠다. 그러자 소파 아래 구겨져 이성을 잃고 소리를 지르는 아내와 아내의 공포에 전염된 딸 수리가 보인다. 성수는 소리를 지르며 자신의 손마저 뿌리치는 아내를 억지로 안고 등을 어루만져 준다. 아내의 가슴에서 요동치며 때려 대는 심장 소리가 그의 가슴까지 고스란히 전해진다. 그의 깊은 포옹과 어루만짐에 아내의 요동치는 심장도 서서히 가라앉는다. 잠을 자는 듯 조용해진 아내를 안고 성수는 비로소 수리를 떠올린다.

"엄만 괜찮으니까, 올라가서 자."

"엄마 왜 그래? 귀신이라도 본 사람 같아."

성수의 품에 아기처럼 안긴 채 아직도 미세하게 떨고만 있는 엄마를 수리는 이해할 수가 없다. 성수 또한 한밤중에 일어난 아내의 괴이한 행동에 수리에게 뭐라고 변명할 수가 없다.

"엄마가 가위 눌린 거야. 올라가서 자. 학교 가야지."

수리를 달래 간신히 2층으로 올려 보낸 뒤 성수는 아직도 자신에게 달라붙어 떨어지지 않으려는 명희를 살짝 떼어 낸다.

"방에 가자. 가서 잠깐이라도 눈을 붙여야지."

오랫동안 피가 통하지 않는 자세로 있었는지 명희는 살짝 다리까지 전다. 아내를 부축해 안방 침대에 누이고 성

수는 주방으로 아내가 마실 물 한 잔을 가지러 간다. 환하
게 불이 켜진 주방으로 들어가 보니 식탁 의자가 넘어져
있고 수도꼭지에서는 물이 흐르고 있다. 물부터 잠그고 의
자를 일으켜 세운다. 한 번도 이런 일이 없었는데… 혹시
누군가 집 안으로 침입해 아내가 놀란 것은 아닌지, 성수
는 주방 창문부터 확인해 본다. 잠겨 있다. 이번에는 밖으
로 나가 현관문과 거실 창문들을 하나하나 점검해 나간다.
모두 잠겨 있다.

성수는 명희를 일으켜 미지근한 물을 마시게 하지만 그
녀의 눈은 아직도 초점을 잃고 성수의 어깨 너머 어딘가를
응시하고 있다.

"괜찮아?"

"…"

목구멍으로 미지근한 물을 삼키자 명희는 온몸으로 먹
물이 퍼지듯, 천천히 정신이 든다. 그리고 성수가 왜 자신
에게 물을 마시게 하는지, 왜 걱정스런 눈으로 자신을 바
라보고 있는지 생각해 본다. 조금 전, 분명 명선이가 왔었
다. 영혼이 된 명선이가 내 집을, 내 주변을 자유롭게 돌아
다니고 있는 것이다. 하지만 명선이의 존재조차 모르는 남
편에게 유령이 된 명선이를 어떻게 설명할 수 있을까. 설
명 불가, 이해 불가한 이야기다.

"보약이라도 한 재 먹어야겠다. 몸이 약해지니까 눈병

도 나고 가위도 눌리고 그러는 거야."

"…."

명희는 아무 말 없이 머리를 베개에 기댄다. 남편의 걱정 어린 시선에서 벗어나기 위해 눈을 감아 보지만 그 여자가 서서히 그녀의 머릿속을 밀고 들어와 끝내 머리 전체를 차지해 버린다. 식탁에 앉아 있던 머리 없는 여자의 형체… 그리고 개수대 안의 핏덩이가 엉킨 여자의 머리채….

'명선이가 아닐 수도 있어. 명선이라면 왜 지금에야 나타났겠어? 그 여자일 수도 있어. 하지만 그 여자가 나한테 왜? 난 아무 잘못도 없는데….'

아직까지 무서움이 걷히지 않았을 아내를 위해 성수는 안방 불을 끄자마자 침대 옆의 스탠드를 켠다. 그리고 자리에 누워 옆에 누운 아내의 숨결을 헤아려 본다. 숨소리조차 들리지 않는 것을 보니 눈은 감고 있지만 잠이 든 것 같지는 않다.

"어제 결혼식에서 무슨 일 있었어?"

'결혼식? 어제가 결혼식이었나? 그것이 어제였나? 오늘 아니었나?'

명희는 그 여자의 장례식에서 형사와 그 남자를 만났던 것이 어제인지, 그제인지, 오늘인지 영 흐릿하기만 하다.

"무슨 일이 있어도 나는 항상 당신 편인 거 알지?"

성수는 돌아누운 아내의 등을 쓰다듬는다.

"나는… 당신과 수리만 위해 살아요."

모로 돌아누운 명희가 웅얼거리듯 칭얼거리듯 문득 내뱉는다. 아내의 뜬금없는 말이 무슨 뜻인지 몰라 성수는 잠시 대답을 하지 못한다.

"나도 항상 당신하고 수리를 위해 살지."

이 남자 때문이다. 이 남자를 잡기 위해, 이 남자의 사랑을 영원히 내 것으로 만들기 위해… 그랬다. 내 잘못이 아니다. 명희는 자신에게 벌어졌던 모든 일이 남편 성수 때문이라는 생각이 든다.

"미안해요."

"뭐가 미안해?"

"그냥 다…."

성수는 작은 새처럼 한없이 가냘프기만 한 아내의 어깨를 안아 자기 쪽으로 돌려 세운다. 아내는 예전이나 지금이나 자신의 어깨 한쪽에 들어올 만큼 여리고 작다.

"이제 그만 자자."

명희는 세상 모든 것으로부터 자신을 지켜 줄 것만 같은 남편의 품에서 편하게 눈을 감는다. 그래, 기억난다. 이 남자라면… 이 남자의 빛과 온기라면… 명선이도, 그 여자도, 자신의 끝없는 악몽도 모두 없애 줄 수 있을 거라 생각했다. 그래서 했다. 이 남자를 얻기 위해, 이 남자의 뒤에 숨기 위해 나는 해야만 했다. 이제 이 남자는 또다시 나를 지켜 줄 것이다. 나를 의심하는 형사로부터, 나를 협박하는 무인 인출기 남자로부터. 내가 예전에 당신을 얻기 위해 그러했던 것처럼… 당신이 이제 나를 위해 그러해야만 한다.

금방이라도 회색빛 하늘을 뚫고 장대비가 쏟아질 듯한 월요일 아침이다. 수풀이 우거진 산비탈 공터에 자동차 한 대가 서 있다. 아주 오래전에 집터로 닦아 놓았지만 한참 동안 주인의 발길이 닿지 않았던지 공터에는 수풀이 어른 허벅지만큼 자라 있다. 수풀 사이로 회색빛 소나타가 풀들을 무자비하게 짓밟고 서 있다. 먼지가 뽀얗게 쌓인 차 안 시계가 막 오전 11시를 지나자 사내는 마침내 의자 등받이를 올리고 우측으로 500미터 아래에 보이는 목조 주택을 쳐다본다.

여자의 남편과 딸내미가 7시 4분을 넘어 집을 나섰다. 그 후 집 외부에는 개미 새끼 한 마리 얼씬거리지 않았고 안에서도 아무런 기척이 없다. 아마도 여자는 사내와의 약속으로 인해 두려움에 떨고 있을 것이다. 사내는 11시 10분… 11시 20분이 지나는 동안 두 눈을 여자의 집에 고정시킨 채 꼼짝도 하지 않는다. 드디어 약속 시간에서 30분이 지난 시간, 사내는 하품을 늘어지게 하고는 차에서 내린다. 오랜 시간 불편한 자세로 차에서 있었던지 사내는 차에서 내리자마자 허리를 돌리고 기지개를 켜는 등 부산을 떤다. 마지막으로 허리춤을 끌어올린 후, 유행이 한참 지난 체크무늬 잠바로 수풀을 헤치며 앞으로 나아간다.

대어를 기다릴 때일수록 지치지 않는 인내심과 끈기, 그리고 강인한 체력이 필요하다. 올해로 육십대 중반으로 접어들었지만 체력만큼은 자신 있다. 마흔다섯 살 이후, 그년이 목욕 간다고 집을 나서서 돌아오지 않은 지 정확히 1년 후부터, 하루도 거르지 않고 2시간씩 헬스장에서 몸을 단련했다. 그럴 일은 없겠지만 만에 하나 오늘 완력을 써야 할 일이 생긴다면, 여자는 자신의 허름한 옷 안에 감춰진 근육과 완력 앞에 무기력하게 쓰러질 것이다. 원래는 그 여자의 언니를 위해 만든 근력이지만, 뭐 일란성 쌍둥이라니 니 년이 그년이다.

사내는 생각만 해도 좋은지, 수풀을 나와 여자의 집으로 난 도로를 따라 걸으며 좁은 하관에 붙은 입꼬리를 올리고 야비한 웃음을 지어 보인다. 이런 일을 두고 임도 보고 뽕도 따고, 유식한 말로 일석이조라고 하던가? 사내는 얼마 후 자신에게 들어올 거금과 조금 후 덤으로 얻을 싱싱한 여체를 생각하며 발걸음을 재촉한다. 마지막으로 한 번 더 조심스럽게 집 주변을 살피고는 얼른 엉성한 나무 대문을 밀고 들어간다. 세상에 나쁜 놈들이 얼마나 많은데, 인적 드문 시골의 이렇게 허술한 집에다 젊은 여자를 두고 나가다니…. 사내는 아까 딸과 함께 집을 나서며 아무 생각이 없어 보이던 잘생긴 남자의 얼굴을 떠올리고 실소를 금치 못한다. 잘 차려진 밥상을 통째로 안겨 준 고마운 남자가 아닌가.

만약 여자가 도심 한복판의 아파트 같은 곳에 살았다면 커피숍에서 만났으리라. 그렇다면 돈 이외에 덤이나 서비스는 생각조차 못했을 것이다. 그런데 장례식장에서 쌍둥이 동생의 얼굴을 본 후, 계획을 약간 수정했다. 오래전에 가져야만 했지만 놓쳤던, 자신의 것이 분명했을 텐데 안타깝게 새어 나간 쾌락과 즐거움을 하늘이 그에게 다시 선물한 것이다. 여자의 집이 도심의 아파트가 아니라는 것과 아침부터 저녁까지 혼자 집을 지킨다는 것까지 완벽하게 맞아떨어진다. 이보다 좋을 수는 없다.

현관문 옆의 벨을 누르며 사내는 조그마한 조각 유리에 비치는 자신의 모습을 점검한다. 검게 탄 얼굴에는 살아온 세월의 풍파만큼 주름이 깊이 패어 있고, 옆으로 쭉 찢어진 작은 눈은 눈두덩이에 쌓인 지방 덕분에 더 오그라들었다. 밥집 여자가 전체적으로 비열해 보이는 범죄자형 인상이라고 그랬던가? 나이를 먹으면 얼굴에 책임을 져야 한다며, 몇 달치 밀린 밥값 타령 끝에 말 같지도 않은 말까지 들어야 했다.

그날 밤, 석 달치 밥값 대신 천국을 맛보고 이불 속에서 착착 안기는 꼬락서니하고는…. 지야말로 키는 난쟁이 똥자루만 한 게, 울퉁불퉁한 얼굴 위에 젓가락으로 쑤시다 만 것같이 뚫어 놓은 들창코, 거기다 입을 벌릴 때마다 다물어지지도 않게 부담스러운 두툼한 입술까지… 추물도 그런 추물이 없었다. 더구나 운동이라고는 생전 숨쉬기와 설거지밖에 안 했는지 배와 등짝에 울컥울컥 달라붙은 기름덩어리하며, 포클레인으로 들어야 들릴 것 같은 거대한 젖가슴이 역겹기 그지없었지만… 삼시 세끼 단백질과 철분, 비타민, 지방이 풍부한 밥상을 위해 어쩔 수 없이 서둘러 집어넣었다.

밥집 여자와의 잠자리를 떠올리자 갑자기 울컥 기분이 상한다. 빨리 돈 이야기를 마무리 짓고 여자를 안아야겠다. 사내는 현관 안에서 슬리퍼를 끌며 다가오는 발자국 소리를 듣자 얼른 혓바닥으로 입술에 침을 묻힌다.

토요일, 일요일 내내 남자에게는 연락이 오지 않았다. 남편은 아침부터 집 근처 나지막한 산으로 등산을 가자고 했지만, 언제 걸려 올지 모르는 남자의 전화 때문에 명희는 두통을 핑계로 거절할 수밖에 없었다. 남편이 수리를 데리고 등산이든 어디든 긴 외출을 했으면 했지만 끝내 두 사람 모두 거실 TV 앞에서 하루 종일 뒹굴었다. 혹시 모를 남자의 전화에 이틀 내내 거실 소파에 엉덩이를 붙이고 부녀와 전화기 사이를 바라보았지만 전화는 울리지 않았다.

그리고 일요일이 거의 끝나 갈 무렵, 남자의 전화로 내내 긴장했던 마음이 서서히 풀어질 즈음, 10시 50분, 명희의 핸드폰 문자 알림음이 띠링거렸다. 확인도 하기 전에 그것이 무인 인출기 남자의 문자임을 본능적으로 알아차린 명희는 그제서야 장례식장에서 집 주소뿐 아니라 핸드폰 번호 또한 알려 준 것을 기억해 냈다. 안방 화장실에서 이를 닦는 성수 몰래 거실로 나가 문자를 확인했다.

명선이 동생 명희야. 내일 아침 11시 작은아버지가 간다.

비교적 간단하고 명료한 문장 속에 자신이 요구하는 바를 정확히 적어낸 남자의 문자에 명희는 소름이 돋는다. 명선이… 아버지…. 머릿속에 유난히 선명하게 각인되는 두 개의 단어를 웅얼거리며 명희는 서둘러 남자의 문자를 지운다. 어쩌면 생긴 것보다 더 영리한 남자일지도 모른다. 파주정신병원 간호조무사라고 했다. 명선이가 그 병원에 있었던 시간이… 7년. 면회를 갔을 때 한 번도 그 남자를 본 기억이 없다. 봤으면 분명 기억에 남을 만한 얼굴인데…. 그런데도 남자는 명선이에 대해 잘 아는 듯하다. 유가족을 사칭하려는 것을 보면 분명 병원에서 약속한 보상금 때문일 텐데…. 도대체 어디까지 알고 있는 것일까?

151

우리의 비밀을 어디까지 알고 있기에 그렇게 당당하게 나타날 수 있는 것일까?

명희는 이미 한참 전에 고른 숨소리를 내며 깊은 잠에 빠져든 성수를 한 번 더 살펴본다. 그리고 자리에서 살며시 일어나 소리 없이 방문을 닫는다. 내일 남자의 방문에 따라붙는 불길한 예감에 도저히 잠을 이룰 수가 없다. 아니, 잠을 자서는 안 된다. 빨리 생각을 해야 한다. 생각을 하고 계획을 짜서 철저히 준비를 해야만 한다.

다행히 이곳은 상계동 아파트가 아니다. 드나드는 사람을 일일이 확인하려 드는 수위 아저씨도, 벨소리만 들려도 도어뷰로 밖을 내다보는 옆집 할머니도, 미세한 소리와 울림에도 경비실로 바로 전화하는 아랫집 여자도 없다. 나만 준비하면 된다. 그 남자가 어디까지 알고 있는지, 몇 가지 경우의 수를 생각해 보자.

> 1번-불에 타 죽은 여자가 명선이인 경우.
> 2번-명선이가 아닌 경우.

먼저, 1번. 남자가 무엇 때문에 명선이의 보상금을 요구하는지, 그것부터 파악해야 한다. 만약 남자의 요구가 터무니없는 것이라면 경찰에 신고를 하면 된다. 단, 경찰에 신고할 경우 남편이 알게 될 수도 있으니, 남자에게 자신의 사정을 이야기하고 적당한 금액에서 타협을 시도해 본다. 그러나 잘못해서 타협이 결렬되고 오히려 남편에게 폭로하겠다고 협박을 하는 경우가 발생할 수도 있다. 최악의 경우 남편에게 언니의 존재를 알리거나 남자에게 평생 협박을 당하거나 두 가지 중 하나를 선택해야만 할 수도 있다. 이것은 남자를 만난 후 일단 시간을 벌어 두고 천천히 생각을 해봐야 할 것 같다.

다음으로 2번. 남자가 충주 병원에서 불에 탄 명선이와 나의 비밀을 알고 있다면… 그래서 당당하게 보상금을 요구하는 것이라면…? 보상금을 다 날리더라도 반드시 그의 입을 막아야 한다. 하지만 보상금만으로 끝나지 않을 수도 있다. 타인의 약점을 물고 늘어지는 인간들이란 대개 약점 주머니에서 단 한 방울의 액체도 나오지 않을 때까지 물고 늘어지니까. 남자가 만약 그런 종류의 인간이라면 돈만으로는 해결이 불가능할 것이다. 생각해 보자. 불가능을 가능하게 한다. 불가능을 가능하게 하려면… 하기 싫어도 꼭 해야만 하는 일이 있다. 예전에 그랬던 것처럼, 어떤 일인가는 반드시 해치우지 않으면 앞으로 진전되지 않는 것이 있다. 결국 답은 하나다. 정신 차리고 준비하자. 남편과 수리를 위해. 다행히 나에게는 홈그라운드라는 이점이 있다. 오늘 밤, 그리고 내일 아침, 철저히 준비만 한다면 못할 일도 없다.

명희는 밤고양이처럼 어둠에 익은 눈을 더듬어 깜깜한 거실을 빠져나간다. 그리고 차고 겸 창고의 문을 열고 안으로 숨어 들어간다. 창고 문을 꼭 닫고 벽에 붙은 스위치를 켜자 깜빡하며 형광등이 들어온다. 차를 가운데 두고 오른쪽 벽 선반 아래로 각종 연장과 공구들이 가지런히 걸려 있다. 삽, 괭이, 곡괭이, 호미, 쇠스랑, 그리고 전기톱과 그냥 톱, 드릴, 도끼, 끌, 망치, 직소, 샌더…. 이 중에 어떤 것이 좋을지, 명희는 조심스럽게 남자의 키와 체형을 떠올려 본다.

얼굴로 짐작되는 나이와 다르게 몸은 다부져 보였다. 아무리 나이를 감안한다 해도 그는 남자다. 처음부터 섣불리 달려들었다가는 오히려 적에게 훌륭한 도구를 쥐어 주는 셈이리라. 남자처럼 힘을 이용할 수 없다면 여자답게 머리를 써야 한다. 각종 도구들은 일단 남자를 쓰러뜨린 후, 남자를 처리할 때 필요할 뿐이다. 머리를 쓰자, 머리를…. 좀 더 눈에 안 띄고 아주 영리한 무언가가….

명희의 눈에 왼쪽 선반 위에 놓인 자동차 용품들이 보인다. 배터리, 엔진오일, 스프레이 체인, 워셔액, 그리고 부동액…. 남편은 정비소를 운영하는 친구로부터 간단한 소모품 교체 기술을 배웠다. 정비소에 가면 간단히 끝날 일을 하루 종일 열고 들여다보고 만지고 넣고 빼고 다시 넣느라 야단이다. 수리와 자신의 잔소리에도 불구하고 교체

품의 원가보다 수리비가 지나치게 비싸다며 늘 손수를 고집했다. 그리고 인터넷 가격 비교 사이트를 돌아다니며 당장 필요도 없는 자동차 소모품들을 마구잡이로 쇼핑한 결과가 명희의 눈앞에 있는 이것들이다.

명희는 눈에 익은 빨간 플라스틱 병 하나를 손으로 어루만진다. 부·동·액. 말 그대로 얼지 않는 액체라는 뜻이지만 자동차에서는 엔진 및 부속 장치들이 과열되는 것을 막아 주는 냉각 기능도 가지고 있다. 이 얼마나 완벽하고 절묘한 액체인가. 스스로 얼지도 않는 데다 다른 이들의 과열도 막아 준다니…. 아마 명희의 경우도 이 액체가 남자의 과열을 막아 줄 것이다.

명희는 빨간 플라스틱의 뚜껑을 따서 냄새를 맡아 본다. 처음에는 아무 냄새도 안 나는 것 같지만 깊은 숨을 들이마시면 달콤한 냄새가 살짝 코끝을 간지럽힌다. 사람이 나이가 들면 점점 미각을 잃어 간다고 한다. 그래서 젊은 시절보다 단맛이나 짠맛을 강하게 하지 않으면 맛을 느끼지 못한다고. 그렇다. 나이 든 남자에게는 단맛이 나는 음료나 술이 어울릴 것이다. 명희는 오른쪽 선반 아래에서 그녀의 간택을 기다리는 연장과 공구들 대신 자신처럼 영리한, 그러면서도 한없이 달콤한 부동액을 챙겨 든다.

"언니를 스물두 살 땐가 세 살 때 보고 못 봤는데… 어떻게 변했을지 안 봐도 알겠네."

사내는 하얀 원피스 실내복을 입고 조심스레 커피를 내려놓는 명희를 바라본다. 얇은 실내복 속으로 가냘픈 듯하면서도 전체적으로 굴곡 있는 몸매가 두드러진다.

"언니가 파주 병원에서는 1층부터 5층까지 통틀어 미소녀로 통했지. 근데… 역시 동안이네. 늙지를 않아."

사내는 맞은편에 다소곳이 앉은 명희의 얼굴을 뚫어질 듯 바라본다. 그 집요하고도 끈질긴 남자의 눈빛에서 명희는 특유의 끈적끈적한 욕망의 찌꺼기를 본능적으로 느낀다. 식당에서든 길거리에서든 대부분의 남자들은 그녀를 보면 반드시 한 번 더 돌아보게 된다. 얼핏 보면 중학생 정도의 자그마한 키에 가느다란 몸이지만, 다시 한 번 그녀를 찬찬히 보다 보면 그녀에게는 다른 여자들과는 다른 색다른 매력이 있다는 것을 알 수 있다.

전체적으로 가냘프고 자그마한 몸매와 달리 풍만한 가슴과 풍성한 골반은 그녀를 더욱 육감적으로 보이게 한다. 거기에 백옥같이 하얀 얼굴 안에 오밀조밀하게 박힌 이목구비들…. 특히 눈물을 머금은 듯 촉촉하고 짙은 검은 눈동자와 립스틱을 바르지 않아도 늘 선명한 붉은색을 띠는 입술은 그녀의 얼굴을 더욱 돋보이고 도드라지게 만든다.

눈을 보면 어린아이를 보는 듯 순수한 매력이 느껴지는데, 바로 아래 입술을 보면 농염한 여인의 향기를 동시에 풍겨서 자신의 힘으로는 어찌할 수 없는 마력을 가졌다고 했던가? 결혼 전 남편 성수의 신고로 경찰서에 끌려갔던 직장 동료가 그녀를 술집 화장실 안에 구겨 넣고 원망하듯 내뱉은 말이다.

명희는 어릴 적부터 자신의 얼굴을, 자신의 몸을 쳐다보는 남자들의 노골적인 시선들이 몸서리쳐지게 싫었다. 결혼을 하고 다니던 회사를 바로 그만둔 것도, 마트나 식당 등의 외출은 늘 남편 성수와 함께 했던 것도, 다른 남자들의 그 노골적인 욕망의 눈동자 안에 들어가기 싫었기 때문이다. 오로지 성수의 시선만 받고 싶고 그의 눈에만 담기고 싶었던 그녀였다. 남자의 시선을 한시바삐 떨쳐 버리기 위해 명희는 되도록 차갑고 사무적인 말투로 입을 연다.

"무슨 일로 절 보자고 하신 거죠?"

"…."

사내는 명희의 간단한 질문에 쉽게 입을 여는 대신 앞에 놓인 물방울무늬 커피잔을 끌어다 마신다. 아마도 첫 맛은 달콤쌉쌀할 것이다.

"나는 밥은 굶어도 뉴스는 꼬박꼬박 챙겨 보는 스타일이거든. 세상 돌아가는 일을 알아야 뭘 해도 할 거 아니야."

사내는 일단 말문을 열어 놓고는 명희의 반응을 살피려는 것인지 다시 한 번 손에 든 커피를 홀짝거린다. 남

157

자가 커피를 마시는 모습을 보며 명희도 아무 말 없이 천천히 커피를 마신다.

"…."

"충주정신병원에서 화재로 환자들이 죽었다는 뉴스를 보는데, 내가 언젠가는 이런 일이 일어날 줄 알았거든. 병원 구조나 여러 관행들이 아주 썩어 빠졌어."

사내가 본론으로 바로 들어가지 않고 주변만 맴돌자 명희는 서서히 초조해진다. 어쩌면 양이 부족할지도 모른다.

'남자가 말을 많이 해서 주스나 물을 요구하면 준비해 둔 포도주스나 와인을 내와도 좋을 텐데…. 그러자면 내 쪽에서 좀 더 우호적으로 나가야 하는 건가?'

명희가 이런 생각을 하고 있을 때 남자는 드디어 자신이 찾아온 용건을 밝히기 시작한다.

"그런데 하단 사망자 명단에 내가 잘 아는 이름이 나오는 거야. 주명선, 36세. 내가 기억력 하나는 비상하거든."

사실 그는 머리도 별로 좋지 못할 뿐더러 기억력도 좋지 않다. 그가 주명선을 기억하는 이유는 오로지 과거에 그가 이루지 못한 욕망 때문이다. 명선이는 그의 말대로 파주정신병원에서, 아니 그가 근무했던 모든 병원을 통틀어 가장 아름다운 열일곱 살의 소녀였다.

당시 그는 인생에 있어 가장 어둡고 비루한 시기를 지나고 있을 때였다. 목욕탕에 간다며 집을 나간 아내가 흔적도 없이 사라지자 그는 다니던 직장까지 그만두고 아내를 찾아다녔다. 아내를 찾으면 아내는 물론 아내 옆에 붙어 있는 그놈까지, 년놈을 다 죽이고 나도 죽으리라…. 눈에 핏발을 세우고 주머니에는 청계천에서 산 맥가이버 칼과 송곳을 넣고 다녔다. 그러나 년놈을 향한 증오와 살의도 6개월을 넘어가자 슬슬 맥이 빠지고 말았고, 증오와 살의가 밀려간 자리엔 밀린 집세와 아내가 남기고 간 카드빚과 이자만이 그의 발목을 잡고 있었다. 할 수 없이 이 일 저 일 수소문 끝에 낮에는 주방 인테리어 잡역으로, 밤에는 파주정신병원 야간 간호조무사로 투 잡을 얻게 되었다.

그리고 미소녀 명선이와, 자신의 비루한 인생에 빛이 되고 희망이 되어 준 소녀와 운명적인 만남을 하게 된다. 투 잡을 뛰느라 늘 피곤과 졸음에 겨웠던 그가 일요일 밤 11시, 휴게실에 앉아 커피를 마시는데 갑자기 TV 화면이 켜지는 것이다. 한 소녀가 언제 들어왔는지도 모르게 들어와 자신의 바로 뒤에 앉아, 기억은 안 나지만 당시 인기리에 방영 중이던 외화 시리즈를 보는 것이다. 규칙대로라면 절대 허락될 리 없는 일이기에 당장 병실로 돌아가라고 했지만 소녀는 생긋 웃어넘긴다. 이미 수간호사들과 의사 선생님에게 허락받은 일이니 신경 쓰지 말라고 일축하며 과자 봉지를 내미는 것이다. 너무나 당당하고 태연작약한 소녀의 태도에 사내는 차마 소녀를 쫓지 못하고 자신이 대신 휴게실을 나오고 말았다.

다음 날, 인수인계를 하며 간호사들에게 넌지시 물어봤더니 소녀는 그녀의 말대로 일종의 특권을 누리는 환자였다. 환자들은 물론 의사, 간호사들마저 모두 정상이 아닌 듯한 정신병원에서 가장 온전한 정신을 가진 듯한 미소녀. 그녀의 이름이 바로 주명선이었다.

아내가 사라지고 1년 후, 그가 부실한 육체를 끌고 동네 헬스장에 간 것도 미니시리즈를 보던 명선이가 남자 주인공의 팔뚝 근육을 칭찬한 탓이었고, 검은색, 밤색, 회색 일색이던 그의 옷장 안이 분홍, 노랑, 보라, 파스텔 톤으로 바뀐 것 또한 명선이가 좋아하던 남자 가수들의 옷 때문이었다. 휴게실에서 과자를 내밀던 열일곱 살의 소녀에서 18세, 19세, 20세… 점차 여성으로 변해 가는 명선이를 지켜보며 그는 정말이지 절망적으로 순수하게 그녀를 사랑하고 또 갈망했다.

그녀에게는 티끌 하나 없이 하얗고 한없이 깨끗할 것 같은 소녀다운 순수함과 동시에 어떤 남자 앞에서도 농염하고 뇌쇄적인 섹시함이 공존했다. 당시 나이와 직업을 불문하고 병원 안의 모든 남자들이 끊임없이 명선이를 바라보고 탐했던 것으로 기억한다. 언제나 당당하고 도발적이면서도 순간순간 보호본능을 자극하는 한없이 아이다운 모습에 그는 거의 미쳐 있었다.

단지 그녀를 보기 위해 그는 7년 동안 야간 조무사로 일했고, 그녀와 이야기를 나누거나 함께 야식을 먹는 날이면 그날이 바로 보너스를 받는 날이었다. 그렇게 전세금과 카드빚만 남긴 아내는 그의 기억 속에서 까마득하게 멀어져 갔고, 날이면 날마다 만날 수 있는 새장 속에 갇힌 명선이가 그의 가슴을 온통 차지했다. 그리고 이제는 여성 내음이 물씬 풍기는 명선이의 육체를 가장 먼저 탐하기 위해 그는 당시 골머리를 앓고 있었다. 어쩌면 세상에서 가장 간단할 수도 있는 일이다.

한밤의 휴게실에서 최음제가 섞인 음료수를 먹인 후 텅 빈 복도를 지나 탕비실로 끌고 간다. 그리고 긴 탁자 위에 부드러운 수건을 깔아 준 뒤, 그녀의 입술부터 차례차례 먹어 나간다. 한두 번 그의 낙인이 찍힌 명선이는 영원히 그의 노예가 될 것이다. 절대 아무 데로도 도망치지 못하는 오직 그만의 노예. 그렇게 되면 야간뿐 아니라 밤낮으로 그녀의 옆에서 그녀를 지키리라.

그런데 그가 마음속으로 최종 계획을 가다듬으며 여유분의 최음제까지 준비한 어느 날, 청천벽력 같은 소식을 들고 만다. 일주일 후, 담당 의사가 그녀의 퇴원을 허락했다는 것이다. 사실 그동안 그녀가 정신병원에 입원해 있는 것 자체가 불가사의일 정도로 그녀는 정상에 가까웠다. 어쩌면 이제 막 마흔을 넘어가는 근육질의 잘생긴 담당 의사가 그녀를 매일 만나기 위해 정신병원에 붙잡아 두는 것일 수도 있었다. 혹은 음흉한 눈으로 그녀의 전신을 훑어보는 족제비 같은 원장이 그녀를 마음껏 탐하기 위해 그런 것일 수도 있었다. 하지만 이제 그들의 볼일은 다 끝났나 보다.

그러나 그들은 모르지만 자신은 아직 시작도 못했는데…. 그는 속으로 이를 갈며 어떻게든 퇴원 전에 명선이에게 접근해 적극적으로 대시하기로 결심했다. 그리고 어느 날, 자신이 준 초콜릿 상자를 들고 명선이가 당직실로 찾아왔다. 소파에 무릎을 맞대고 앉아 초콜릿을 나눠 먹으며 자신의 신상 정보를 묻던 명선이는 혼자 산다는 그의 말에 눈을 반짝이며 물었다. 퇴원하고 만약에 갈 곳이 없으면 아저씨 집에 가서 잠시 살아도 되겠느냐고. 너무나 천진난만하게 미소 짓는 그녀의 얼굴을 보며 그는 주머니에 든 최음제를 차마 꺼내지 못했다.

그리고 그날 이후, 그의 세상은 비루한 회색빛 쓰레기통에서 핑크빛 천국으로 환골탈태했다. 그녀가 즐겨 보던 드라마 속 여주인공의 방처럼 그녀의 방을 꾸며 주기 위해 벽지를 새로 바르고, 주방 싱크대도 허름한 패널 싱크대에서 명선이에게 어울리는 붉은빛 싱크대로 바꾸었다. 그리고 시종일관 비웃음 섞인 조언을 늘어놓는 인테리어 사장도 무시하고 비좁은 욕실에 두 사람이 한꺼번에 들어갈 정도로 큰 욕조를 들여놓았다. 그럴 일은 절대 없겠지만, 만에 하나 인테리어 사장이 명선이가 욕조에 들어가 있는 모습을 본다면⋯ 욕조 물에 머리를 박고 죽는 한이 있어도 기어이 들어가려고 발악을 할지도 모르겠다.

그렇게 모든 것이 그녀를 맞이하기 위해 완벽히 준비되었는데⋯ 명선이는 퇴원을 앞두고 나간 1박 2일의 외출에서 영영 돌아오지 않았다. 간호사들 말로는 보호자가 대신 와서 퇴원 수속을 밟았다고 했다. 아무리 그녀의 보호자나 그녀의 주소를 수소문하려고 해도 원래 이 세상에 없던 사람인 것처럼 명선이는 어떠한 흔적도 남기지 않고 감쪽같이 사라졌다.

아내를 완전히 잊는 데 6개월이 걸렸다면, 명선이를 잊는 데는 시간이 전혀 걸리지 않았다. 절대 잊고 싶지 않고, 잊지 않을 것이기 때문이었다. 거리에서 명선이 또래의 여자를 보면, 언젠가는 그녀가 전화를 해오지 않을까⋯. 그래서 그녀를 위해 만든 침대에 누워 온 세상을 환하게 비춰 주고, 싱크대에서 그를 위해 밥을 짓고, 욕

조에 들어가 그와 함께 목욕을 하는… 그만의 새가 되는
것이다. 명선이는 그에게 있어 삶을 꾸려 갈 환상이자 삶
을 유지할 현실이었다. 그런 명선이가 바로 눈앞에 앉아
있다니….

"그래서요? 용건이 뭐죠?"

'용건? 용건이라…. 니가 내 집에 들어가 내가 만든 새
장 속에서 사는 거.'

사내는 하고 싶은 말을 꿀꺽 삼키고 비굴한 웃음을 지
으며 바로 본론에 들어간다.

"환자 한 명당 보상금이 1억 정도 나온다던데?"

정확히 1억 500만 원이다. 환자들의 나이와 입원 연수
에 따라 등급이 조금씩 다르다고 했다.

"…그런데요?"

"내가 예전에 명선이 때문에 돈을 좀 빌려 쓴 게 있거
든. 그게… 10년도 더 전이니까 이자가 어마어마하게 붙
어서 말이야."

역시 남자가 원하는 것은 돈이었다.

"무슨 말씀을 하시는지 전혀 못 알아듣겠네요."

"그래? 간단하게 말하지. 지금으로부터 14, 5년 전, 명
선이가 퇴원을 하기 직전에 말이야. 나한테 같이 살자고
그랬거든."

육십은 족히 넘어 보이는 남자의 모습을 보고 명희는

어쩌면… 명선이라면 이런 사람에게 의지했을 수도 있겠다고 생각한다.

"말도 안 돼요."

"그렇지? 말도 안 되지? 스물네 살 처녀가 오십이 다 된 남자한테 같이 살자고 하다니. 그러니까 정신병원에 있었던 거겠지. 정상이 아니니까. 그래도 좋다 이거야. 미쳤거나 말거나 나만 좋으면 되니까."

남자는 호흡이 가쁜지 잠시 말을 멈추고 원망이 가득한 시선으로 마치 명선이를 보듯 명희를 바라본다.

"그런데 같이 살자고 해놓고 감쪽같이 사라졌거든, 명선이가. 언니 때문에 엉망이 된 내 인생을 돈으로 보상해달라는 거지. 되도록 많이…. 보아하니 나보다 잘 먹고 잘사는 거 같은데 말이야."

사내는 명희의 뒤쪽으로 정갈하면서도 단정하게 인테리어가 된 집 안을 휘둘러본다.

"제가 왜 그래야 되죠?"

"내가 오랫동안 이쪽 계통에만 있다 보니까 간호사들이며 조무사들을 좀 알거든. 그래서 두 다리 정도 건너서 충주정신병원에 있던 간호사를 좀 만났지. 이미 고인이 됐지만 우리 명선이가 그동안에 어떻게 지냈나 무지하게 궁금하고 안타까우니까."

사내의 입에서 무슨 이야기가 나올지, 명희는 잠시 숨

을 멈춘다.

"그런데 이상한 게, 아무리 세월이 흘렀어도 그렇지, 내가 아는 명선이랑 병원에 있던 명선이랑 완전 다른 사람인 거야. 의무기록에는 분명 파주정신병원에서 넘어온 주명선인데⋯ 성격이나 증상, 생긴 것까지 간호사가 말하는 명선이는 완전 다른 사람이거든."

명희의 심장이 쿵 소리와 함께 바닥에 떨어져 산산조각 난다. 2번 상황이다.

'이런 멍청이! 무인 인출기 앞에서 음흉한 시선으로 자신을 바라볼 때부터 눈치챘어야지. 저 남자는 벌써 다 알고 있다구. 절대 만나지 말았어야 했어. 아예 상대조차 하지 말았어야 했다구. 이제 어쩔 거야? 이제 어쩔 거냐고?'

'정신 차려, 주명희! 처음부터 눈치챘으면서 이제 와서 딴 소리 하지 마. 먼저 남자가 어디까지 알고 있나, 다른 사람한테 흘린 적이 있나, 여기 오는 동안 흔적을 남겼나부터 꼼꼼히 확인해. 나머지는 내가 알아서 할게. 우린 완벽하게 준비됐잖아.'

사내는 여자의 눈빛이 처음 이 집에 들어왔을 때와 달리 심하게 흔들리는 것을 감지하고 자신감에 차오른다. 설마 하고 찔렀을 뿐인데 정곡을 찔렀나 보다. 여기서 고? 스톱? 당연히 한 바퀴 더 돌려야겠지.

"결정적으로, 명선이 영정이 말이야. 아무리 세월이 흐르고 사진이 아니라 그림이라고 해도 그렇지, 딱 봐도 쌍둥이인 당신하고 다르잖아. 다른 사람들이야 당신하고 명선이가 일란성 쌍둥인지 뭔지 신경도 안 쓰지만 나는 쓰거든."

영정 사진… 치명적인 실수…. 아는 사람이 없을 거란 생각에 거기까지는 신경도 못 쓰고 병원에서 준비한 대로 따랐는데, 아무래도 그것이 남자의 의심을 결정적으로 굳히게 만든 것 같다. 그렇다고 명선이의 얼굴을 그 여자 얼굴 대신 올려놓을 수도 없다. 지난 십수 년 동안 충주 병원에서는 그 여자가 명선이었으니까. 결국 내 잘못이 아니다. 초대받지 않은 불청객, 이 남자의 잘못이다.

"무슨 말씀을 하시는지 전혀 모르겠군요."

"그렇지. 말이 너무 빨리 통해도 재미가 없지. 남편이 돌아오는 시간이 7시 50에서 8시 30분 사이니까… 천천히 하자고. 뭐 마실 것 좀 없나?"

명희는 사내의 요구에 커피잔이 든 쟁반을 들고 주방으로 들어간다. 그리고 서둘러 오늘 새벽 성수와 수리가 깨기 전에 만들어 놓은 호두파이와 포도주스 두 잔을 준비한다. 사내는 명희가 내려놓는 호두파이를 보고 피식 웃음이 나온다.

'이 여자 봐라? 이제부터 내가 하려는 얘기를 알고 이러

는 건가, 모르고 이러는 건가?'

그러고 보니 쌍둥이 동생은 언니 명선이와 같은 듯하면서도 묘하게 다르다. 명선이의 당돌하고 도발적인 면보다 보호본능을 자극하는 여리여리함과 백치미가 강하다. 명선이를 대할 때는 늘 조심스럽고 조마조마했는데 왠지 쌍둥이 동생은 손쉽게 넘어올 것 같다. 여자가 준비한, 이 자리와는 터무니없이 안 어울리는 호두파이를 포크로 찍으며 사내는 문득 궁금해진다.

'식구들을 위해 준비했던 것이 남아서 내온 걸까? 아니면 점심시간 가까운 시간에 방문하는 자신을 위해 따로 준비한 걸까?'

더불어 '만약 1억과 이 여자 중 하나만 택하라면 자신은 무엇을 택할까?' 하는 엉뚱한 생각마저 떠오르자 남자는 스스로를 비웃고 만다. 정신 차리고 빨리 본론으로 들어가자. 쌍둥이들의 유혹에 더 이상은 빠지면 안 된다.

"장례식장 여기저기서 들은 얘기를 종합하면, 다른 유가족들은 하루라도 빨리 보상금을 받으려고 유전자 검사다 치과 기록이다 다 협조적이었는데 유일하게 안 한 보호자 때문에 불만들이 있었단 말이지."

명희는 그가 보기보다 예리하고 영리한 남자라고 생각하며 남자가 호두파이를 먹는 모습을 지켜보며 포도주스를 넘긴다. 그랬다. 다행히 다른 환자들의 확인이 모두 끝나서 주명선은 바로 장례 절차로 넘어왔다.

"도대체 왜 검사를 안 하려는 걸까? 일란성 쌍둥이라 머리카락 하나만으로도 언니인지 아닌지 알 수 있다는데 말이지."

사내는 건너편에 앉아 주스잔을 만지작거리는 여자의 입을 뚫어지게 바라보지만 여자는 끝내 입을 열지 않는다.

"불에 타 죽은 시체가 주명선이 아니니까. 당신 쌍둥이 언니가 아니라 다른 사람이라는 얘기지."

명희는 사내의 단정적인 판정에 피식 웃어 버린다.

"그럼 누군데요?"

"누군지는 전혀 궁금하지 않아. 진짜 명선이가 어디 있는지가 궁금하지."

핵심을 찌르는 사내의 질문에 명희는 그동안 외면했던 눈을 들어 사내를 쏘아본다.

"죽었어요, 오래전에…."

그랬을 것이다. 이 집에 오기 전, 장례식장에서 간호사에게 가짜 명선이에 대해 들었을 때, 아니 어쩌면 명선이가 돌아오지 않았던 14년 전에 충분히 예상했던 일이다. 그런데도 여자의 입에서 명선이가 죽었다는 말을 듣자 갑자기 누군가가 자신의 가슴을 비틀어 짜는 듯 격한 통증이 몰려온다.

"니가 죽였지?"

명희는 점점 새빨갛게 달아오르는 남자의 눈을 확인한다.

"내가 언니를 왜 죽이겠어요?"

"귀찮으니까. 명선이는 퇴원해도 동생이 자기를 받아주지 않을지도 모른다고 걱정했어. 그래서 우리 집에 방하나 비는 게 있냐고 물어본 거고. 동생과 살며 동생 밥도 차려 주고 아르바이트도 하고 다시 학교도 다니고 싶다고 그랬지."

아무것도 아니라고, 여자를 협박해서 돈만 받아내면 된다고 생각했는데… 말을 너무 많이 해선지 머리가 깨질 듯 아프고 술에 취한 듯 정신이 몽롱해진다. 사내는 정신을 차리려는 듯 포도주스를 벌컥벌컥 들이켠다.

"언니는 평생을 정신병원에 있던 정신병자예요. 학교, 아르바이트, 아무것도 못해요."

사서 한 번도 입지 않았던 내 새 옷을 입고 아르바이트 자리를 구한다, 영화관을 간다, 남자를 만나러 간다, 집 안 여기저기를 돌아다니며 성가시게 굴던 명선이가 보이는 것 같다. 희망과 열망이 너무 비대해져서 오히려 옆에 있는 사람을 불안하게 만들었던 정신병자.

"그래서 죽인 건가? 결혼하는 데 정신병자 언니가 걸림돌이 되니까? 가짜 명선이가 충주 병원에 입원하고 바로 결혼을 했더군."

'그래서 니가 죽어 가고 있는 거야. 너무 많은 것을 알려고 해서….'

명희는 사내의 잔에 포도주스를 한 잔 더 따라 준다.

"사고였어요."

"사고면 사망신고를 하면 되지, 가짜 명선이까지 만들어서 병원에 입원시킨 건 니가 죽인 사실을 감추려고 그런 거잖아."

마지막 말을 뱉으며 너무 힘을 줬나, 가슴에서부터 올라온 무언가가 머리로 올라갔다가 다시 전신으로 퍼져 나가는 게, 숨을 쉬기가 어렵다. 사내는 '훅훅!' 두어 번 숨을 몰아쉬며 여자를 노려본다.

"사고든 아니든 여기 오신 건 보상금 때문 아닌가요? 제 몫의 보상금을 달라고 협박하려고."

생글생글 웃으며 자신 앞에 놓인 포도주스를 시원스레 마시는 쌍둥이 동생을 보며 사내는 뭔가 크게 잘못돼 가고 있음을 느낀다. 언니를 죽였다고 말하는데도 눈 하나 깜짝 안 하고 발뺌조차 하려 들지 않는다. 사건을 이리저리 조합하면서도 터무니없고 너무 허무맹랑한 이야기 같아, 찔러나 보고 아니면 말고 생각했는데… 이 여자가 명선이를 죽였다.

"호두파이 좀 더 드릴까요? 언니랑 친하게 지내신 거 같아서… 감사의 뜻으로 새벽부터 일어나 구운 거예요.

그런데 어디 아프세요? 피곤하시면 누워서 잠깐 눈 좀 붙이세요."

숨이 턱턱 막혀 도저히 입을 열 수가 없다. 명선이가 왜, 어떻게 죽었는지 알아야만 하는데…. 눈앞의 여자가 점점 흐릿해지고 시야가 깜깜해진다. 자신의 의지와 상관없이 몸이 소파 아래로 쑥 빨려 들어가는 것만 같다. 쓰러진 자신을 내려다보는 여자의 얼굴이 기괴하게 일그러진다. 어쩌면 평생을 정신병동에 갇혀 살아야 했던 정신병자는 언니 명선이가 아니라 동생 주명희일지도 모른다. 확실하다. 이 여자는 괴물이다.

두 자매 이야기

　　　　　　　　보통 때의 그였다면, 이쯤에서 지나
칠 수도 있는 문제였다. 복도 끝에 위치한 CCTV 화면
만으로는 306호 주명선의 방화 입증이 불가했고, 굳이
방화범이 밝혀져도 범인은 이미 사건에 대한 일체의 책
임을 질 수 없는 고인이 되었기 때문이다. 그러나 장례
식장에서 본 주명선의 쌍둥이 동생 주명희는 여전히 그
의 마음에 의혹의 씨를 남겨 주었다. 마치 목구멍에 삼
키지도 뱉지도 못할 딱 복숭아씨 정도의 뭔가가 박힌
듯, 그들 쌍둥이 자매에 대한 의문이 마음속 깊숙이 퍼
져 나갔다.

　그래서일까? 충주정신병원 화재 참사자들의 장례식 다
음날이었다. 자그마한 소도시에 커다란 불씨를 안겨 주었
던 충주정신병원 화재 사건도 어느 정도 일단락되고, 그
는 유난히 한가로운 경찰서 책상 앞에서 인터넷에 검색어

를 집어넣었다. 그것이 자신의 무의식의 발로인지 아니면 의식적인 행동이지도 모른 채, 그의 눈에는 검색창에 빠르게 스크롤되는 파주정신병원이란 글자와 사진들이 비쳐졌다. 그리고 이른 점심식사를 하러 삼삼오오 몰려가는 동료들을 뒤로한 채 그는 주명선이 충주정신병원 전에 입원했던 파주 병원 대표전화로 전화를 걸었다.

결론부터 말하자면, 파주정신병원의 환자 기록은 지난 2011년 수해로 엉망진창이 되었다. 2000년부터의 환자 기록은 모두 컴퓨터와 외장하드에 담겨 있어 복구가 가능했으나, 그 이전에 문서로 작성되었던 오래된 기록들은 수해로 인해 복구 불능한 종이 떡이 된 것이다. 충주경찰서 생활안전과 팀장이라는 소개에도 불구하고 원무과 여직원은 귀찮아하는 기색이 역력했다. 그리고 주명선의 이름과 주민번호를 몇 번 검색하더니 환자 명단에 없다며 서둘러 전화를 끊어 버렸다.

어쩌면 쓸데없고 부질없는 짓인지도 모른다 생각하며 바로 동료들을 쫓아 콩국수나 먹으러 갈 수도 있었다. 그런데 강 형사는 자리에서 일어나는 대신 다시 한 번 수화기를 들어 재발신 버튼을 눌렀다. 오랜 경찰 생활로 인해 이제는 머리보다 몸이 더 잘 안다. 뼛속까지 몸에 밴 강 형사의 육감이 한 번 더 전화기를 들게 한 것이다. 황금 같은 점심시간 직전 걸려 온 두 번째 전화, 웬만해서는 자신의 점심을 쉬이 허락해 줄 것 같지 않은 그의 집요한 목소리에 원무과 여직원은 결국 그의 요구를 들어주기로 한다. 그리고 1993년부터 2000년까지 병원에서 근무하다 퇴직한 노의사의 이름과 전화번호를 그에게 불러 준다. 연말이면 일괄적으로 보내야 하는 병원 관계자 연하장 주소록에서 간신히 찾았다고 했다.

충주 시내를 벗어나 중부내륙고속도로에 접어들자 강형사는 왠지 자신이 장거리 여행을 떠나는 것이 아닌가 생각한다. 그것이 유난히 쨍하고 맑은 날씨 탓인지, 아니면 아내가 입원하고 처음으로 병원 밖에서 휴일을 보내서인지는 알 수 없지만, 운전을 하는 내내 자신의 최종 목적지를 잊어버리고 만다. 중부내륙을 빠져나와 26번 국도로 양평에 접어든다. 연하장 주소록에서 찾아낸 노의사는 현재 부인과 함께 양평의 전원주택에 살고 있다. 어제 전화로 노의사와 약속을 잡자마자 서울 진아에게서 전화가 왔다. 주말 동안 남편과 아이들을 시댁에 보내고 엄마와 병원에 있을 테니 그러는 오랜만에 낚시를 가든 등산을 가든 무상 휴가를 다녀오라는 것이다. 아마도 진아는 아내를 서울로 데려가기 전에 나와 아내에게 각자 생각할 시간을 주려는 듯하다. 서로 떨어져 있어도 괜찮은지, 서로가 서로에게 너무 익숙해서 미처 알지 못했던 것들은 무엇인지….

사실을 고백하자면, 병원과 경찰서를 시계추처럼 왔다 갔다 하며 어느 한 곳에도 집중하지 못했었다. 그리고 언제 끝날지도 모르는 아내의 병원 생활에 염증 비슷한 것이 쌓여 가고 있었다. 진아는 언제나처럼 가장 적절한 타이밍에 해결책이나 타협점을 내놓는 것이리라. 혹시 자신이 아내와 병원에서 멀어질 핑계를 대기 위해 아무것도 아닌 사건을 조사하겠다고 나선 것은 아닌지, 스스로에게 물어보지만 아직 답은 없다.

내비가 알려 주는 대로 양수리 강 길을 따라 2킬로미터쯤 들어간다. 초등학교를 끼고 우회전 후, 첫 번째 언덕길로 올라가자 양쪽으로 녹음이 우거진 길이 나온다. 그리고 그 위로 쭉 한눈에도 화려하고 웅장한 집들이 언덕길을 따라 늘어서 있다. 이런 걸 타운하우스라고 하던가? 언젠가 진아가 우스갯소리로 형사도 사짜 돌림인 의사 검사와 친척이라고 말한 적이 있다. 범죄자나 다친 사람을 상대한다, 정신노동과 육체노동이 병행된다. 그리고 언제 어디서 비상이 걸릴지 모른다는 공통점이 있다고…. 그런데 딱 하나! 돈벌이는 다르다고 말해 그제야 전셋집을 벗어나 25평 아파트로 이사를 한 아내와 그를 웃게 만들었다. 강 형사와 아내는 아직도 그 집에 산다. 강 형사는 씁쓸한 미소를 거두고 오래전에 은퇴한 노의사의 집 벨을 누른다.

치매 환자들을 진료하던 노의사가 이제는 치매에 걸렸다고 한다. 3년 전, 후배 의사에게 치매 판정을 받고 하루 중 대부분의 시간을 잠을 자는 데 보낸다고 한다. 아무리 유능한 의사도 자기 병 나는 건 모르고 자기 몸은 못 고친다며, 노의사의 부인이 가벼운 한탄을 한다. 치매 증상으로 하루 대부분을 잠자는 것 말고는 하는 일이 없다는 노의사를 부인이 흔들어 깨운다. 거실 구석에 놓인 침대 겸 소파에서 간신히 몸을 일으킨 노의사는 자신 앞에 서 있는 거구의 강 형사를 보고도 별로 놀라는 기색이 없다.

"하루 종일 잠자는 거 빼고는 기억도 온전하고 운동도 하자면 하고… 치매 중에 그래도 우리 양반 치매가 얌전한 놈이래요."

편안한 인상의 부인은 강 형사와 노의사 앞에 음료수를 놓아 주고는 2층으로 올라간다.

"기도실에 기도하러 가는 거야. 다 늙어서 빌 게 뭐 있다고…."

치매 걸린 사람처럼은 보이지 않는 노의사가 눈앞의 낯선 사람에게 아무렇지 않게 부인 흉을 본다. 강 형사는 늘 그렇듯 지갑에서 명함을 꺼내 노의사에게 건넨다.

"충주경찰서 생활안전과 팀장. 경찰이라… 정신건강에는 별로 좋지 않은 직업이야."

"네. 맞습니다."

강 형사는 다시 한 번 자신의 직업이 사짜 돌림의 안 좋은 점만 닮았다는 진아의 우스갯소리를 떠올린다.

"당신이 알고 싶은 환자가 주명선이라고 했나?"

노의사는 어제 자신과의 통화 내용을 정확히 기억하고 있다. 그의 치매가 잠자는 것 외에 다른 곳에는 영향을 미치지 못하는 것이 먼 길을 달려온 강 형사에게는 크나큰 행운이었다.

"네. 1993년에 입원해서 2000년에 퇴원한 여자 환자입니다. 기억이 나시는지요?"

"명선이… 기억나지. 개원 이래 최연소 입원 환자였으니까 당연히 기억에 남지."

"입원 당시 열다섯 살이었죠?"

강 형사는 어떻게든 자신의 혐의를 가볍게 만들려던 충주정신병원 원무과장을 통해 얻은 주명선의 환자 기록을 보고 확인한다.

"아마 그쯤 됐을 거야. 몇 년 동안 통원치료를 받다 심각한 망상장애 증상을 보여서 보호자와 협의 하에 입원시켰지."

"망상장애라면… 어떤?"

"망상장애란 환자의 현실 판단력에 장애가 생겨서 망상이 생기는 질환을 말하는데, 증상에 따라 몇 가지 유형으로 나누지. 주명선은 피해형과 신체형 망상장애였어. 피해형은 자신이 누군가의 음모의 대상이 됐다, 속임을 당하고 있다, 추적을 당하고 있다, 자신도 모르게 약물이나 독약을 먹고 있다고 생각하는 부류야."

시간이 흐를수록 정신이 또렷해지는 노의사는 어느새 강의실이나 진료실에 앉아 있는 듯하다. 강 형사 또한 노의사 앞에서 환자 혹은 학생이 되어 그의 말을 경청한다.

"신체형은 피부에 벌레가 서식한다, 피부나 입, 자궁에서 썩은 시체 냄새가 난다, 신체의 일부가 제대로 기능을 못하고 있다는 망상이야. 약물 남용 시 흔한 증상인데, 자살을 기도하기도 하지."

노의사는 오랜만의 긴 대화가 힘에 부친 듯 잠시 눈을 감고 휴식을 갖는다. 그러나 노의사는 휴식을 취한 것이 아니었다. 단지 기억의 캐비닛 속에서 주명선의 의료 기록을 찾고 있는 것이었다. 강 형사가 노의사가 다시 잠이 든 것은 아닐까 막 걱정할 때, 노의사는 캐비닛 문을 닫고 눈을 뜬다.

"대부분의 망상 환자가 병에 대한 인식이 없는 관계로 병을 방치하기 쉬운데, 명선이는 전부터 우리 병원에서 외래 상담을 다니고 있어서 비교적 초기에 증상을 발견한 거지."

열다섯 살이란 어린 나이에 망상장애를 가지게 된 소

녀. 강 형사는 문득 소녀에게 무슨 일이 있었기에 망상장
애로 평생을 정신병원에 있어야 했나 궁금해진다.

"초기에 발견됐는데 입원까지 할 정도로 심했나요?"

"형사라 그런가 역시 예리하군. 담배 가진 거 있나?"

노의사는 2층 기도실 쪽을 힐끗 보더니 강 형사가 내민
담배에 불을 붙인다.

"외래 상담은 아무나 받을 수 있을지 몰라도 입원 치료
는 아무나 하는 게 아니지. 환자들의 입원을 결정할 때 의
사들은 몇 가지 사항을 체크하네. 정신적인 원인 외에 다
른 원인이 있는지 알아보기 위한 검사가 요구될 때, 자살
이나 타살 같은 망상과 연관된 난폭한 충동을 조절할 수
없다고 판단될 때, 망상 환자의 행동이 환자 가족에게 괴
로움을 주어 관계를 악화시키거나 자신의 사회적 직업적
기능에 절대적인 방해가 될 때…."

"그렇다면 주명선은…?"

노의사는 짧아진 담배를 마지막으로 깊숙이 빨아들이
더니 담배 연기와 말을 동시에 내뱉는다.

"세 가지 다 해당됐네. 발병 당시 비교적 초기라 생각
했는데, 한 주 한 주 급속도로 악화되더니 자살 시도도 여
러 번 하고 같이 사는 가족에게까지 살의를 느끼더군."

"같이 사는 가족이라면?"

그는 노의사의 입에서 일란성 쌍둥이 동생 주명희에 대

한 이야기가 나올 차례라 예상한다. 그리고 그의 예상대로 노의사는 쌍둥이 동생 주명희를 기억해 낸다.

"주명선은 일란성 쌍둥이였네. 밑으로 쌍둥이 동생이 있었지. 그리고…."

노의사는 잠시 엉킨 기억의 실타래를 가지런히 정리해 본다.

"화재로 죽은 부모 대신, 고몬가 이몬가 하는 여자가 자매를 돌보고 있었지."

화재? 부모가 화재로 죽었다? 강 형사는 노의사의 입에서 튀어나온 예상치 못한 단어에 동물적인 촉을 세운다.

"화재로 부모가 죽었다고요?"

"애초에 그 일로 정신과 상담을 시작한 건데… 거기에는 그런 건 안 적혀 있나 보지?"

노의사는 강 형사가 복사해 가지고 온 주명선의 충주 정신병원 환자 기록을 넘겨다본다. 그리고 이제는 정말 피곤해졌다는 듯 머리를 소파 등받이에 기대고 한층 작아진 목소리로 중얼거린다.

"전형적인 외상 후 스트레스 장애였어. 화재로 인해 부모가 모두 불에 타 죽었지."

강 형사는 수첩을 꺼내 선명한 붉은색 볼펜으로 '주명선 부모 화재사건 조사 요망'이라고 기록해 둔다.

"화재가 나고 한 달이 안 돼서 병원을 찾았는데, 동공은 풀려 있고 말하는 법조차 잊었더군. 극심한 불안과 공포, 무력감, 고통, 자책감을 느끼고 있었어.”

“화재는 어떻게 난 건가요?”

화재라는 공통의 키워드에 강 형사는 그만 노의사의 말에 불쑥 끼어들고 만다.

“난 의사지 형사가 아니야. 그건 자네가 알아봐야지.”

맞는 말이다. 하지만….

“쌍둥이 동생도 같이 왔나요?”

“아니, 같은 일을 겪었으니 공동 상담을 권했는데, 동생은 언니에 비해 양호하다고 거절하더군.”

“같은 일을 겪었는데 그럴 수 있나요? 더구나 일란성 쌍둥인데?”

그는 문득 자신을 바라보던 쌍둥이 동생 주명희의 하얀 얼굴과 얼굴 뒤에 숨어 있던 긴장, 초조, 공포 등의 감정을 떠올린다. 장흥 주택에 찾아갔던 날, 그녀는 언니에게 충격적인 일이 없었다며 정신병은 유전적인 것일 수 있다고 말했었다. 쌍둥이 언니 주명선과 완전히 똑같은 유전인자를 가진 여자가….

그녀의 모순과 거짓이 탄로 나는 순간, 강 형사는 쌍둥이 자매에게 자신이 생각한 것 이상의 커다란 비밀이 숨겨져 있음을 감지한다. 노의사는 마지막 힘을 끌어올려 이야기를 마무리 지으려 한다.

"글쎄, 외상을 경험한 모든 사람에게서 똑같이 병이 발병하지는 않는 것을 고려하면 다른 생물학적 정신사회적 요소가 발병에 관여하는 것으로 생각해야지. 정신이라는 게 과학적으로 정확하게 실험 관찰되는 것이 아닌 이상 유전인자 쪽으로만 몰 수도 없고…. 똑같은 일을 겪은 일란성 쌍둥이 중 왜 하나만 외상 후 스트레스 장애에 걸렸는지는 나로서도 알 수가 없네."

알아들을 수 없을 정도로 나지막이 마지막 말을 웅얼거리던 노의사는 어느새 어린아이처럼 쿨쿨 잠이 들어 있다.

양평의 한 기사식당에서 조미료가 아낌없이 들어간 된장찌개와 조기튀김으로 아침 겸 점심을 먹으며 강 형사는 아내에게 전화를 한다.

"엄마, 약 먹고 방금 잠들었어요."

유난히 활기찬 목소리의 진아다.

"고기는 좀 잡으셨어요?"

어젯밤 쓸데없는 일에도 걱정하는 아내에게 낚시를 간다고 했나 보다.

"…아직."

"매운탕 끓여 먹게 많이 좀 잡아 오세요."

"엄마 자는 동안 얼른 내려가서 밥 먹고 와."

수화기 너머로 코를 찡그리며 피식 웃는 진아가 보이

는 듯하다.

"낼 모레면 마흔이에요. 밥 먹는 것까지 걱정하는 거 안 어울리는 나이거든요. 아저씨나 끼니 거르지 마세요."

오늘 하루, 침울하기만 하던 6인실 병동에서는 진아의 목소리가 병실 전체를 활기차게 할 것이다. 강 형사는 전화를 끊고 카운터에서 뺀 믹스 커피를 마시며 자신의 오늘 동선을 정리해 본다. 이왕 서울에 온 김에 노의사의 충고대로 형사가 알아봐야 할 문제를 파헤치러 파주로 가야겠다. 미끼를 내린 김에 매운탕 끓일 정도는 잡아야 한다.

두세 번의 전화 통화와 두세 사람의 선후배를 거쳐 강형사는 쌍둥이 자매에게 일어났던 비극적인 사건의 실마리를 찾을 수 있었다. 당시 파주 개척교회 화재 사건 담당 한창식 형사는 현재 종로경찰서 여성청소년과 팀장으로 자신과 거의 동년배일 것이다. 결혼식에선가 장례식에서 한 번쯤은 인사를 나눴던 것으로 기억되기에 그는 후배에게 받은 번호로 직접 전화를 걸었다. 사람과 사귀는 데 비교적 오랜 시간이 걸리는 관계지양적인 자신과 달리, 적극적이고 관계지향적인 성격인 그는 흔쾌히 그의 수사 협조에 응했다. 그리고 적극적인 성격의 소유자답게 양평에서 출발한다는 그를 위해 자매의 고향인 파주에서 만나자고 먼저 약속을 잡아 준다.

"두 번 볼 것도 없는 사건이었어요."

23년 전, 두 사람의 생명을 삼키고 두 채의 건물까지도 넘어뜨릴 만큼 거대한 불길에 휩싸였을 자리를 돌아보며 한창식 형사는 비교적 간단하게 당시를 회상한다. 한 형사의 머릿속 수첩에 남아 있는 사건 개요는 이렇다. 얼추 새벽 1시가 넘는 시간, 119로 화재 신고가 들어온다. 파주에 위치한 한 개척교회에서 불이 났다는 것이다. 신고자는 이웃에 사는 교인 할머니. 소방대가 출동해 30분 만에 현장에 도착했지만 이미 화마가 모든 것을 삼키고 난 뒤였다.

　총 세 채의 건물 중, 나란히 붙어 있던 조립식 건물 두 채가 잿더미로 가라앉았다. 하나는 목사 부부가 살림집으로 쓰는 사택이었고, 나머지 하나는 교회 식당이었다. 당시 안방에서 자고 있던 것으로 추정되는 목사 부부는 화마에 그대로 희생되었고, 구사일생 사택에서 빠져나온 쌍둥이 자매는 벽돌로 지어져 비교적 안전할 수 있었던 교회 예배당에 피해 있어 목숨을 건질 수 있었다. 화재 원인은 흔하디흔한 누전에 의한 사고였다. 전선이 노후한 데다가 과다 전기 사용으로 인해 합선까지 의심되는 사고였다. 강 형사는 한 형사의 브리핑을 들으며 여러 가지 의문이 생겼다.

　첫째, 성인인 부모는 잠에서 깨어나지도, 화재 현장에서 빠져나오지도 못했는데 열세 살 두 소녀만이 무사히 빠져나왔다?

둘째, 만약 소녀들이 유난히 예민하거나 얕은 잠이 들어 깨어났더라도 제일 먼저 부모들에게 달려갔어야 정상인데… 소녀들은 자신들만 집을 빠져나왔다. 그리고 아무런 조치도 취하지 않고 안전한 곳에 숨어 화재를 지켜보고 있었다?

강 형사의 의문에 한 형사는 역시나 간단한 설명으로 소녀들의 변호를 자처한다. 첫째, 목사 부부는 그날 저녁, 한 달간의 부흥기도회를 끝낸 기념으로 늦도록 술잔을 기울였다. 그리고 소녀들은 술에 취한 부모를 피해 이불과 베개를 들고 예배당으로 들어가 예배당 벤치에 누워 잠이 들었다고 한다. 둘째, 심상치 않은 기운과 연기에 잠에서 깨어난 두 자매는 건너편 식당과 사택에서 불이 난 것을 보고 바로 이웃집으로 달려간다. 자매의 부름에 잠에서 깬 교인 할머니는 바로 119에 신고를 하고 자매는 다시 교회로 달려가지만, 이미 불길은 걷잡을 수 없을 정도로 치솟아 소녀들은 소방대가 올 때까지 화마가 그녀들의 부모를 삼키는 모습을 고스란히 지켜볼 수밖에 없었다고 한다.

그렇다면 쌍둥이 언니 명선이는 자신이 부모를 구해 주지 못했다는 죄책감과 자신도 죽을 수 있었다는 두려움에 외상 후 스트레스 장애를 겪은 것인가? 그런데… 똑같은 사건을 두고, 쌍둥이 동생 주명희는 어릴 적 충격적인 일 따위는 겪은 적이 없다고 할 정도로 아무렇지 않은 것인가? 노의사의 말처럼 누구나 겪을 수도 있는 사고의 뒤, 유난히 약한 기질의 사람만이 외상 후 스트레스 장애를 겪는 것일까?

"그런데, 약간 꺼림칙한 게… 한참 지나서 이상한 소문이 도는 거예요."

한 형사는 흐트러진 강 형사의 주의를 다시 한 번 자신에게 집중시킨다.

"무슨…?"

"원래 죽은 사람 두고 이 말 저 말 많은 거야 당연지사데… 목사가 여신도들하고 주기적으로 섹스를 했다는 둥, 나이 어린 후처가 쌍둥이 자매를 심하게 학대했다는 둥, 뭐 소문의 요지는 결국 부부가 죽을 만했다는 얘기지만… 번개를 맞았든 누전이 됐든, 천벌을 받아서 교회에 불이 났다는 거죠."

"쌍둥이 자매가 학대를 받은 건 사실입니까?"

강 형사는 나이를 가늠할 수 없게 여리게 생긴 쌍둥이 동생 주명희의 하얀 얼굴을 떠올리며 묻는다.

"아동학대로 신고가 들어온 게 아니라 조사는 안 했지만 학교도 안 보내고 집에서 24시간 감금당한 채 산 것 같아요. 아버지라는 사람은 아픈 소녀들을 성령으로 치료한다며 굶기거나 때리기도 하고…. 특히 약간 지능이 모자란 계모가 아이들을 심하게 다뤘다고 하더군요. 여러 가지 정황상 사실이라고 봅니다. 지금이야 그런 게 큰 문제가 되지만 그땐 그런 때니까…."

"…."

부모 모두에게 학대를 받았던 쌍둥이 자매, 그리고 우연히 천벌처럼 화재가 나고, 부모가 모두 죽는다. 이후 쌍둥이 언니는 외상 후 스트레스 장애와 망상장애를 거쳐 정신병원에서 평생을 지내다 부모의 죽음과 유사한 화재 사고로 죽고… 쌍둥이 동생은 지극히 정상인으로 행복한 가정을 꾸려 살고 있다. 그런데 이상한 것은 아동학대와 부모의 충격적인 죽음이란 같은 상황 아래서 같은 유전인자를 가진 쌍둥이가 어떻게 그렇게 상이한 반응과 인생을 보이는지이다. 강 형사의 간단한 설명과 의문점을 듣고 한 형사는 골똘히 생각에 잠겼다가 입을 연다.

"유전인자가 같아도 성격은 다를 수 있지 않겠습니까? 지금 생각해 보니… 언니랑 동생이 얼굴만 같았지 아주 달랐어요. 진술서를 쓸 때도 언니 쪽은 겁에 질려 한 마디도 못하고 동생이 주로 이야기했습니다. 후에 아동학대당한 사실을 알고 혹시나 해서 찾아갔는데, 아니라고 하더라구요. 아마 그때도 동생이었을 겁니다."

성격이 전혀 달랐다? 성격이 달라 두 사람의 인생도 판이하게 달라진다? 그럴듯한 설명이다. 그러나 과연 그것만이 진실일까? 강 형사는 충주로 돌아오는 차 안에서 오늘 하루를 곰곰이 되씹어 본다. 오랜만에 갖게 된 휴식이었는데 처음 기대와 달리 별다른 소득이 없는 것 같다. 차 안 디지털시계가 4시 8분에서 깜빡인다. 30분쯤 빠르니 3시 반쯤 되었을 것이다. 아침 일찍부터 서둘러서인지 양평에 파주까지 돌았는데도 아직 해가 중천이다. 이제야말로 낚시를 가기도 등산을 하기도 불가능한 시간이다. 아내가 알면 분명 누가 시키지도 않은 쓰잘데기 없는 일로 기름값 밥값까지 써 가며 돌아다닌다고 구시렁거릴 것이다.

한 형사와 헤어져 파주를 떠날 때까지만 해도 자신은 할 만큼 했다고, 더 이상은 무의미이고 무리라고 생각했는데… 그런데 웬일인지 아직도 뭔가 허전하고 덜 찬 느낌이 든다. 마치 도마뱀을 잡았는데 꼬리만 잡고 몸통은 눈앞에서 놓친 느낌이랄까.

여주휴게소 흡연실에서 담배를 피우던 강 형사는 문득 충주 병원 화재사건 조사 당시 가장 우호적이고 인간적이었던 간호사 심혜경이 떠오른다. 담배 한 개피를 꺼내 다시 불을 붙이며 그는 수첩을 꺼내 전화번호를 확인하고 바로 심혜경에게 연락한다. 자신의 신분과 용건을 대자 심혜경은 근무 중이라고, 퇴근이 조금 늦을 것 같다고 잠시 머뭇거린다. 그러나 병원으로 직접 찾아가겠다는 그의 말에 심혜경은 차라리 밖에서 만나자며 서둘러 병원 근처 커피숍을 알려 준다.

'정말 내가 아무것도 아닌 일로 너무 나가는 것은 아닌가? 왜 이렇게 쓸데없이 쌍둥이 자매에게 집착할까? 서울행을 결정하려는 아내를 피하기 위해서인가? 아니면 원망 어린 시선으로 자신을 바라볼지도 모를 진아의 눈빛을 피하기 위해서인가?'

원인이 어찌됐든 오늘이 지난 뒤로는 쌍둥이 자매며 화재사건을 머릿속에서 완전히 추방시키기로 스스로와 약속한다.

카페 〈홍민의 집〉은 카페보다는 요양병원이나 보육원에 어울리는 이름이란 생각이 든다. 비교적 허름한 카페라 생각했는데 막상 안으로 들어가 보니 충주호가 한눈에 내려다보이는 전망이나 내부가 고급스런 카페다. 고풍스런 장식이며 편안해 보이는 천 소파가 젊은 연인들보다는 불륜들을 위한 장소인 듯하다. 직업의 특성인지 강 형사는 카페 안에서 가장 후미진, 그러나 입구와 카페 전체의 시야 확보가 가장 좋은 테이블에 자리를 잡는다. 간호사와 약속한 6시까지 강 형사는 느긋하게 커피를 마시며 신문을 읽는다.

약속 시간에서 14분이 지나자 '딸랑' 소리와 함께 간호사가 들어온다. 카페 불빛이 전체적으로 어두워서인지, 아니면 붉은 계열의 원피스를 입은 탓인지, 여자는 취조실에서 본 백의의 천사와 사뭇 다르다. 젊어서는 예뻤을지 모르나 지금은 평범에 가까운 얼굴에 통통한 몸이라고 생각했는데, 커다란 눈에 짙은 화장을 한 모습은 간호사보다는 비즈니스 우먼이나 영업직 여성 쪽에 가깝다. 통통하다고 생각했던 몸에 타이트하게 붙은 와인색 원피스는 나이답지 않게 육감적이다. 여자는 들어와 바로 강 형사 쪽으로 거침없이 다가온다. 그리고 자리에 앉기도 전에 강 형사가 앉은 탁자 위에 서류 봉투를 내려놓는다.

"2014년 1월부터 6월까지 주야간 근무일지예요."

간호사는 자리에 앉자마자 불안한 눈빛으로 주변을 살피며 강 형사와 봉투를 힐끔거린다.

"그럼… 병원 측이 제출한 근무일지와 다른 근무일지인가요?"

강 형사의 질문에 주변을 둘러보던 여자의 얼굴이 하얗게 질린다.

"이거 때문에 절 보자고 하신 거 아닌가요?"

강 형사가 여유 있게 서류 봉투를 집어 올리자 백의의 천사 얼굴이 심하게 일그러진다. 이런 경우를 두고 황소뒷걸음치다 쥐 잡는 격이라고 하던가.

"…이왕 주신 거, 좋은 데 좋게 쓰겠습니다."

입술을 깨문 여자는 서류 봉투를 쥔 강 형사의 손을 내려다보며 곰곰이 계산하는 눈치더니 이내 피식 웃어 버린다.

"어차피 그만두려고 한 거니까…."

강 형사는 여자의 뒷말이 아직 끝나지 않은 것 같아 잠시 여자에게 다음 말을 이어 갈 말미를 준다.

"원장님하고 사모님 이혼하세요. 이번 일로 이영숙 원무과장한테만 좋은 일이 생긴 거죠."

목이 마른지 물잔을 들어 입을 축인 여자는 강 형사의 어깨 너머로 보이는 충주호를 바라보며 이야기를 이어 간다.

"사모님하고 저, 이종사촌 간이에요. 원장님 빼고 아는 사람 거의 없었죠. 이영숙이 처음 병원에 들어와서 저하고 제일 친했어요. 원장님하고 제가 친한 줄 알고 그랬을 거예요. 그렇게 저 타고 접근해서 자기가 원하는 거 다 갖고, 제가 사모님 친척인 거 알더니 저보고 스파이라고 하더군요. 사실 두 사람 사이 제일 먼저 눈치챈 것도, 소문 낸 것도, 저 맞거든요."

강 형사는 생각에 잠긴 여자의 어깨 너머로 완전히 붉은빛도 주홍빛도 아닌 파르스름하게 붉은 노을을 바라본다. 서로의 어깨 너머로 지는 해를 바라보며 두 사람의 마음은 잠시 이 자리에서 벗어난다. 먼저 돌아온 것은 여자였다.

"그런데, 저한테 부탁하실 일이란 게 뭐죠?"

"306호 주명선 환자에 관한 일입니다."

"명선 씨가 방화범인가요?"

"아니, 그런 건 아니지만 주명선 씨에 관해 확인하고 싶은 게 몇 가지 있어서요. 어떤 증상으로 입원한 건가요?"

"광장공포증이라고 들어 보셨어요?"

강 형사의 예상과 달리 여자는 쉽게 입을 연다. 비밀 누설 금지 원칙을 들먹이며 환자의 인적사항이나 개인정보는 절대 알려 줄 수 없다는 말을 들을 줄 알았는데, 병원을 그만둔다고 생각해서인지 환자가 이미 고인이라서 그런지 아주 쉽게 말문을 터트린다.

"광장공포증이요?"

망상장애가 아닌 광장공포증? 외상 후 스트레스 장애와 망상장애 외에 새롭게 등장한 광장공포증이란 낱말 앞에 강 형사는 얼굴을 잔뜩 찌푸린다. 미간 사이 주름이 깊게 파이는 강 형사를 보고 여자는 친절한 설명을 덧붙인다.

"광장같이 넓은 장소나 급히 빠져나갈 수 없는 장소에서 불안을 느끼는 거예요. 예를 들어 사람이 많은 거리나 상점, 터널이나 엘리베이터같이 밀폐된 공간, 또는 도중에 내리기 어려운 지하철이나 버스를 이용할 때 신체에 이상이 있을 정도로 극심한 불안을 느끼는 거죠."

TV 토크쇼에서 어느 연예인이 광장공포증인지 공황장애인지를 극복했다고 말하는 것을 본 적이 있는 것 같다. 병실 아줌마 환자들이 대부분 좋아하던 연예인이라 다들 쯧쯧 혀를 차며 본 기억이 난다.

"공황장애가 광장공포증으로 이어지는 경우가 대부분이라 공황장애가 치료되면 자연히 광장공포증도 좋아지죠. 그런데 명선 씨는 공황장애의 과거력이 없이 바로 광장공포증이었어요. 이 경우 예후가 좋지 않죠. 만성화되는 경우가 대부분이고 우울증이나 알코올 의존 등 합병증이 동반되거든요. 실제로 입원 당시 명선 씨는 알코올중독 증세가 더 심각했어요."

알코올중독? 이것 또한 주명선에 대해 처음 접하는 정보이다. 양친을 화재 사고로 잃고 외상 후 스트레스 장애와 망상장애를 겪고 열다섯 살에 파주정신병원에 입원해 2000년까지 비교적 양호하게 치료를 받아 왔다. 2000년 파주정신병원에서 퇴원 판정을 받고 퇴원한 주명선이 1년도 안 되어 심각한 알코올중독 증세와 광장공포증으로 충주정신병원에 다시 입원한다. 1년도 안 되는 시간 동안 그녀에게는 무슨 일이 있었던 것일까?

"정신질환이라는 게, 있던 증세가 갑자기 사라지고 다른 증세가 나타나기도 하고 그런가요?"

강 형사의 갑작스런 질문에 여자는 순간 당황한다.

"네?"

"망상장애를 보이던 환자가 하루아침에 광장공포증을 보이기도 하나 궁금해서요."

"아니요. 그렇지는 않을걸요."

말끝을 살짝 흐리는 걸 보니 아마도 간호사가 직업인 이 여자에게는 너무 전문적인 견해라 무리인가 보다. 월요일쯤 경찰대학의 김상수 교수를 찾아가야 할지도 모르겠다. 이쯤에서 자리를 정리하고 병원으로 돌아가 진아와 저녁을 먹어야겠구나 생각하고 있는데, 여자의 말 한마디가 전광석화처럼 그의 관심을 잡아끈다.

"그러고 보니… 얼마 전에도 비슷한 질문을 받은 적이 있어요. 주명선 환자에 대해서….."

"누가 묻던가요?"

"저희 병원에 온 지 얼마 안 된 간호조무산데, 주명선 환자에 대해 이것저것 묻더라구요. 전부터 아는 환자라면서."

이번에야말로 도마뱀의 꼬리가 아닌 몸통을 제대로 잡은 느낌이다.

"전부터 아는 환자라구요?

"근데… 딱히 그런 것 같지는 않았어요. 잠깐만요. 확인해 볼게요. 지금 근무 중이거든요."

여자가 무슨 이유로 수사에 적극적으로 협조하는지, 강 형사는 전화를 거는 여자를 보며 갑자기 궁금해진다.

"응, 은주 씨. 일전에 주명선 환자 아는 환자라고 했잖아."

자신이 지금 잡은 것이 꼬리가 아닌 몸통이길 바라며 마음이 조급해진 강 형사는 여자의 통화에 끼어들고 만다.

"전에 파주정신병원에서 근무했었는지 물어봐 주십시오."

고맙게도 여자는 갑작스런 강 형사의 끼어들기에 고개를 끄덕여 준다.

"자기 혹시, 파주정신병원에서 근무했었어? …아니야?"

전화기 너머 상대의 아니라는 부정의 말에 강 형사나 여자 모두 이어질 뒷말을 기다린다.

"…음, …음, …아, 그렇구나."

혼자서만 고개를 끄덕이던 여자는 강 형사의 강렬한 눈빛을 느끼고는 수화기를 입에서 떼어내 중간보고를 한다.

"예전에 같은 병원에 있던 간호조무사가 뉴스를 보고 자기가 아는 주명선이 아닌가 확인하러 찾아왔었대요. 그 사람이 파주정신병원에서 근무했나 봐요."

파주정신병원에 근무했던 간호조무사? 이건 또 무슨 일인가?

"그 사람 이름과 연락처 좀 알려 달라고 하십시오."

여자는 강 형사가 내민 수첩에 검은색 볼펜으로 이름과 연락처를 적어 나간다. 오른쪽으로 약간 기울어졌으면서도 한 글자 한 글자가 힘 있는 필체다. 이름 최영석….

"남자야, 여자야?"

여자는 친절하게도 강 형사가 궁금해 하던 성별까지 확인해 준다.

'이름 최영석. 남자. 60세 언저리. 전화번호 010-6854-02**.'

심 간호사는 강 형사 대신 예의 힘 있는 필체로 간호조무사 남자의 인적사항을 하나하나 수첩에 적어 준다. 마지막으로 주명선의 의료 기록까지 복사해 주기로 약속하며 심 간호사는 나지막이 비밀 누설 금지 서약을 어긴 자기변명을 한다.

"요즘 통 잠을 못 자요. 나 때문에 환자들이 빠져나오지 못하고 죽은 건 아닐까… 온통 잘못된 걸 알면서도 타성처럼 거기 젖어 들어서 알면서도 모른 척… 중앙 출입구 쇠창살을 붙들고 비명을 지르던 환자들이 떠올라서 미칠 것 같아요."

외상 후 스트레스 장애. 아마 심 간호사 본인도 한동안 정신과 상담이나 치료를 받아야 할지도 모른다. 어쩌면 정신병동 밖에 사는 우리들도 모두 심각한 정신질환자는 아닌지…. 카페 〈홍민의 집〉 주차장에서 하얀 싼타페

승용차에 올라 서둘러 강 형사의 시야에서 빠져나가는 심 간호사를 보며 그는 자문한다.

'나는 어떤 증상과 질병을 안고 살아왔나?'

월요일 아침, 비교적 간단한 주간 회의를 마치고 강 형사는 바로 경찰서를 빠져나와 경찰대학이 위치한 용인 기흥구로 향한다. 어젯밤 심 간호사로부터 주명선의 의료 기록을 팩스로 받고 바로 김상수 교수에게 전화를 해 약속을 잡았다. 삼십대 때 종로경찰서 세미나장에서 처음 만난 이후, 가해자나 피해자에게 정신적인 문제가 있는 사건을 만날 때마다 그에게 자문을 하곤 했다. 오랜만에 만난 김 교수는 동글동글한 얼굴에 특유의 사람 좋은 너털웃음을 지으며 그를 맞이한다. 구부정한 허리에 흰 머리로 뚜껑을 덮은 자신과는 달리 아직 늙지 않고 그대로이다. 상호 건조하고 단도직입적인 성격답게 인사나 안부는 간단히 생략하고 바로 본론으로 들어간다.

"이게 말씀하신 환자의 진료 기록인가요?"

김 교수는 강 형사가 탁자 위에 올려놓은 두 개의 서류 봉투를 흥미롭게 바라본다.

"두꺼운 건 1993년부터 2000년까지 입원했던 파주정 신병원 기록이고, 얇은 건 2001년부터 2014년까지 충주 병원 기록입니다."

강 형사는 충주정신병원의 화재 사건과 방화범으로 의심되었던 주명선의 과거 화재 사건, 그리고 이후 주명선 부모의 아동학대 소문까지 되도록 자세히 김 교수에게 설명해 준다. 그러나 그녀의 쌍둥이 동생 주명희의 존재와 그녀의 지극히 의심쩍은 태도는 자신의 주관으로 치부되기에 특별히 거론하지 않기로 한다.

강 형사의 설명을 다 들은 김 교수는 평생을 책장을 넘기며 산 정신노동자의 손답게 가늘고 길쭉한 손으로 서류를 넘긴다. 강 형사는 아침부터 벌써 세 잔째에 접어드는 커피를 두고 잠시 갈등하지만 곧 김 교수의 서류 점검이 길어질 것을 깨닫고 커피잔을 들어 올린다. 앞에 강 형사를 두고도 김 교수는 마치 방 안에 혼자 있는 사람처럼 차근차근 천천히 서류들을 읽어 나간다. 간혹 고개를 끄덕이기도 하고, 때론 인상을 찌푸리며 빨간 펜으로 서류에 뭔가를 표시하기도 하는 김 교수를 보며 강 형사는 그와의 첫 술자리를 기억한다.

인상적이고 재미있었던 세미나 후였을 것이다. 일부러 그의 옆자리에 앉아 다음 약속을 잡을 수 있었다. 탈주범이 자신의 판단착오로 애인의 눈앞에서 죽은 사건 이후일 것이다. 처음이자 마지막 살인…. 이후 아내에 대한 자신의 지나친 책임의식과 집착이 죄책감에서 발로한 것인지 아니면 그녀를 진짜 사랑해서인지, 가끔 그와의 술자리를 빌미로 다른 형사의 이야기처럼 둘러대며 상담을 하곤 했었다. 아마도 김 교수는 진실을 알고 있으면서도 그의 마음을 무장해제하기 위해 모르는 척 들어 주었을 것이다.

"다 읽었습니다. 강 형사님이 궁금하신 점이 뭡니까?"

"이게 가능한 일입니까?"

앞뒤 설명 없이 내뱉는 강 형사의 질문에 김 교수는 예전의 강 형사를 기억한다. 뜬금없이 나타나 주변 설명 없이 단도직입적으로 자신의 의문점만 내뱉고는 상대의 답변에 별다른 관심과 반응 없이 마지막에는 늘 혼자 결론 내리곤 했다. 세월이 흘러도 변함없이 한결같은 사람이다.

"기록을 보면, 주명선은 열세 살에 양친을 잃는 화재 사고를 겪고 외상 후 스트레스 장애에서 망상장애로 병이 악화됩니다. 파주 병원에서 7년 동안 입원치료를 받고 완쾌 비슷하게 됐군요. 그런데 1년이 안 되는 시점에서 갑자기 광장공포증이라는 새로운 증상으로 충주정신병원에 다시 입원합니다. 망상장애 증후는 어디에도 보이지 않는군요. 깨끗이 사라졌어요. 이게 가능한 일이냐고 물으시는 거죠?"

"네."

김 교수는 역시나 섣부른 대답을 삼가고 잠시 뜸을 들여 생각에 생각을 더한다.

"보여 주신 의료 기록만 두고 보면, 두 사람은 완전히 다른 사람이라고 생각됩니다. 특히 파주 병원에서 퇴원할 당시 받은 K-ABC 검사나 MBTI, MMPI 검사에서 정상에 가까운 안정적인 수치를 보인 터라…. 환자가 사회에 나가 있던 1년 동안 어마어마한 충격을 받지 않은 이상 알코올중독에 광장공포증까지 진행된 건 보기 드문 일이죠."

"보기 드문 일이라면 가능은 한 일이라는 말씀입니까?"

또다시 손 안에서 도마뱀의 몸통이 빠져나가는 기분이 든다.

"글쎄… 제가 환자를 직접 상담한 게 아니라 기록된 것들만 가지고 판단해야 하니까 아무래도 한계가 있겠죠. 그런데 여기 상담 기록을 보니까 주명선 씨에게 쌍둥이 동생이 있네요?"

어쩔 수 없을 것이다. 태어나는 순간부터 쌍둥이 자매는 항상 서로가 서로에게 바늘과 실처럼 늘 따라다녔을 것이다.

"네. 일란성 쌍둥이 동생이 있습니다."

"그 동생분은 어떻게 됐습니까?"

낯선 남자의 출현 앞에서는 하얗게 질린 얼굴을 보이다가 언니의 죽음 앞에서는 한없이 초연한 얼굴이었던 여자.

"겉으로 보기에는 지극히 잘 살고 있었습니다."

바로 이어지는 강 형사의 대답에 김 교수는 상당히 의외라는 반응이다.

　"상담 내용을 보면 분명 자매가 함께 학대를 받았을 것 같은데… 잘 산다니 다행이군요."

　"상담 기록에 학대받은 사실이 구체적으로 나오나요?"

　어젯밤 밤새 병원 휴게실에서 주명선의 진료 기록을 들여다보았지만 수많은 기호와 영어 약자 앞에서 그는 거의 까막눈이나 마찬가지였다. 양평 노의사가 자신의 연구 논문을 위해 개인적으로 보관했던 주명선의 환자 기록을 손에 넣을 때만 해도 이것이 웬 횡재인가 했는데…. 심혜경 간호사가 보내 준 주명선의 의료 기록과 노의사가 넘겨준 의료 기록은 그에게는 도저히 해석 불가능한 외계어일 뿐이었다.

　"아니, 어떻게 학대했다 구체적인 기록은 없고, 단지 쌍둥이 자매 무의식의 기저에 엘렉트라 콤플렉스가 있는 것이 아닌가… 담당의가 분석해 놨네요."

　"엘렉트라 콤플렉스라면?"

　어디선가 들은 듯한 기시감에 강 형사는 순간 소름이 돋는다.

　"딸이 아버지에게 이성으로서 사랑의 감정을 가지는 걸 말합니다. 부모 모두에게 학대를 받았음에도 불구하고 환자가 유독 어머니에게만 반감을 가지고 아버지에게는 유달리 우호적이어서 그렇게 분석했나 봅니다."

딸이 아버지에게 이성으로서 사랑의 감정을 느끼는 것. 엘렉트라 콤플렉스. 분명 누군가에게 들어 본 단어다. 그것이 언제였는지 어디서였는지는 잘 기억나지 않지만 그때도 지금처럼, 아니 지금과는 비교도 되지 않을 만큼 충격을 받았던 것 같다.

진아가 중2 때인가 중3 때, 사춘기에 접어들었는지 부쩍 말수가 줄고 학교에도 집에도 마음을 두지 못하고 밖으로 나돌 때가 있었다. 아내는 그 방황의 원인을 남다른 가족사에서 기인한다고 생각하는 듯했다. 하긴 그 또한 아내와 진아를 그의 가족으로 맞이하는 순간부터 늘 가슴 한편에 언젠가, 언젠가는 씻을 수 없는 그의 치욕이 벗겨지는 날이 올 것이라 각오하던 일이었다. 만약 생부를 죽인 사람이 자신이 어려서부터 '아빠'라고 부르며 따르고 사랑하던 사람이었다는 사실을 진아가 안다면…. 지금 보여 주는 진아의 방황은 너무 작고 얌전한 것이리라. 언젠가는 밝혀질 일이라면 차라리 자신의 입으로 고백하고 사죄하는 것이 진아나 자신을 위해 좋지 않을까… 마음속에서 수많은 갈등을 거듭한 끝에 얻은 결론이었다.

아내의 치밀한 계획으로 오랜만에 진아와 영화관 데이트를 하게 되었다. 영화를 보고 분위기 좋은 레스토랑에 들어가 진아의 고민이 무엇인지 들어주고 사춘기 소녀의 여린 감성을 어루만져 주라는 아내의 특명이었다. 하지만 그는 사춘기 딸에게 좀 더 강한 폭탄을 떨어뜨려야 할지도 모른다고 속으로 각오하고 있었다. 만약에 근래의 진아의 방황이 생부와 양부의 비밀에 관한 것이라면… 속 시원히 사정을 말해 주고 진아의 판단을 기다릴 수밖에 없다. 그렇게 되면 이번 데이트가 딸과의 마지막 데이트가 될 수도 있다.

마침 사춘기 소녀에게 딱 어울릴 만한 영화 〈행복은 성적순이 아니잖아요〉가 절찬 상영 중이었고, 딸에게 물어보지도 않고 티켓을 끊었다. 그때 강 형사가 내민 팸플릿을 보고 진아가 피식 웃었던가? 진아의 손에는 영화 〈섹스, 거짓말, 그리고 비디오테이프〉의 팸플릿이 들려 있었다. 어떻게 20년 전의 일을 그렇게 생생하게 기억하는지는 모르겠지만 아무튼 그날의 진아는 아주 많이 생소하고 이상했다. 아무래도 진아가 〈행복은 성적순이 아니잖아요〉를 친구들과 함께 본 모양이라 생각했지만 무시하고 팝콘과 콜라를 사러 갔다. 팝콘과 콜라를 들고 깜깜한 극장에서 좌석을 찾고 있는데 강 형사의 뒤에서 진아가 던지듯 말을 꺼냈다.

"아빠, 나 아무래도 엘렉트라 콤플렉스에 걸린 것 같아."

깜깜한 상영관이었다. 아마도 진아의 말이 환청인지 진짜인지조차 구별하기 힘들었던 것 같다. 하지만 자리에 앉아 진아가 내미는 콜라를 받아 들 때에는 그것이 분명 진아의 입에서 나온 말임을 인지할 수 있었다. 그리고 진아의 말 한마디는 그대로 그의 머리와 가슴, 온몸 구석구석의 세포까지 각인되어 옴짝달싹할 수 없게 되어 버렸다. 결국 영화를 보는 내내 스크린 대신 진아의 표정, 진아의 움직임, 진아의 숨소리를 살펴야만 했다. 길고도 길었던 영화가 끝나고, 단지 영화가 지극히 지루하고 재미없었을 뿐 자신에게는 아무 일도 없다는 듯이 하품을 하며 일어나는 진아를 보며 그는 무슨 생각을 했던가? 분위기 좋은 레스토랑 대신 빨리 아내가 있는 집으로, 중립지대이자 비무장지대로 돌아가야 한다고 생각했던가? 아니면 사춘기 소녀의 짓궂은 장난에 놀아나는 게 아닐까… 생각했던가?

그날 오후 두 사람이 레스토랑에 갔는지 집으로 갔는지, 둘이 무슨 이야기를 하고 무슨 일을 했는지는 생각나지 않는다. 단지 그날 밤 그가 끔찍한 악몽에 시달렸던 것만큼은 생각난다. 악몽. 그것은 정말 두 번 다시 꾸고 싶지 않은, 생각하고 싶지도 않은 악몽이었다. 무슨 일인지 아내가 없는 빈 집에서 그는 잠을 자고 있었다. 목욕탕에서는 누군가 샤워를 하는 소리가 들렸고, 그는 잠을 자면서도 그것이 진아일 것이라고 생각했다. 그런데 잠시 후, 목욕탕 대신 자신이 누운 안방으로 똑똑 물 떨어지는 소리가 들렸다. 그가 침대에서 눈을 뜨자 그의 옆으로 물기를 뚝뚝 떨어뜨리며 벌거벗고 서 있는 진아가 보였다. 젖은 머리카락을 자신의 벌거벗은 가슴에 내리며 다가오는 진아… 그리고 두 사람 사이에 차마 입에 담을 수 없는 일이 벌어지고… 그는 온몸으로 딸을 받아들이고 최고의 절정에 이르러 문득 지독한 죄책감과 함께 잠에서 깨어난다.

그 후, 그와 진아는 더할 수 없이 멀어졌다. 누가 먼저인지는 모르겠지만 진아는 아빠라는 호칭 대신 그를 아저씨라고 불렀고, 그 또한 집과 아내, 진아에게서 멀어져 경찰서나 사건 현장을 배회했다. 그리고 어쩔 수 없이 아내와의 잠자리도 멀리했던 것 같다. 아내를 안을 때마다 아내에게서 진아가 떠올라 도저히 아내를 안을 수가 없었다. 그렇게 아내와도 진아와도 점차 멀어졌고, 진아가 결혼을 해 집을 떠나고 나서야 아내와 그는 다시 예전으로 돌아갈 수 있었다. 아내가 그의 사정을 아는지 모르는지는 모르겠지만… 어쩌면 그는 평생을 두 사람을 향한 죄책감과 책임감 속에 억눌리며 살아왔는지도 모른다고 김교수가 넌지시 분석해 준 적이 있었다.

그래서인가? 진아가 아내를 데리고 자신에게서 멀리 떨어진 서울로 가려는 이유가? 평생을 이어 온 그의 죄책

감과 책임감에서 그를 풀어 주기 위해서? 혹은 그의 죄책
감과 책임감이라는 의식의 희생양이 된 자신과 엄마를 구
원하기 위해?

빵! 빵!

빨간불 앞에서 신호가 바뀌기를 기다리던 강 형사는
자신을 재촉하는 경적소리에 정신을 차린다. 오른발을 다
시 액셀에 올려 서서히 차를 출발시키며 그는 경찰서에서
인터넷 고스톱을 치고 있을 김 경사에게 전화를 한다. 쌍
둥이 동생 주명희의 남편 인적사항을 알아야겠다. 그는
일체의 설명 없이 건조하게 지시를 내린다.

"주명선 동생, 주명희 있지? 그 남편 이름하고 회사,
핸드폰 번호 좀 알아 봐."

"네. 참, 선배님이 알아보라고 주신 남자 있잖아요. 최
영석. 파주 병원 간호조무사. 통 연락이 안 되는데요. 핸
드폰도 꺼져 있고 집에도 안 들어오는 거 같아요."

후… 파면 팔수록 깊어지는 의문의 구덩이.

"계속 연락하고 통신사에 협조 공문 보내서 최영석 통
화 내역 조회해 봐."

강 형사는 서둘러 전화를 끊고 내비에 진아와 만나기
로 약속했던 카페의 주소를 친다. 오늘 아침, 카페 옆에
위치한 요양병원을 둘러보기로 약속을 한 것이 생각났다.

아마 그도, 아내도, 진아도, 모두 죽은 이로 말미암아 생긴 죄의식과 속박으로부터 자유로워지고 싶은 모양이다.

상처받은 사람은 위험하다

오늘이 며칠인지, 무슨 요일인지, 지금이 몇 시쯤이나 됐는지 도통 모르겠다. 밖에서 수리와 남편의 웃음 섞인 말소리가 들리는 것을 보니 아마도 토요일 아니면 일요일인 것 같다. 잠을 이루지 못하는 밤이 언제까지 이어질지 모르겠다. 서울까지 가서 타온 수면제를 먹어도 이상하게 밤만 되면 유리 세정제로 닦고 닦은 유리알처럼 머릿속이 지문 하나 없이 맑고 투명해진다. 그리고 그 맑고 투명해진 정신을 밟고 명선이와 그 남자가 찾아온다. 낮에는 비몽사몽 잠깐잠깐 졸고 밤이면 온 집 안을 돌아다니는 그들과 혈투를 벌인 지 며칠째인지, 언제까지 계속될지 모르겠다. 그저 아주 조금만 숙면을 취한다면, 아무 생각 없이 눈을 붙일 수만 있다면 무엇이든 할 것 같다.

수리의 웃음소리 같기도 하고 성수의 잔소리 같기도

한 소리가 아주 가까이서 들리는 것도 같고 혹은 아주 멀리서 들리는 것도 같다. 어서 자리에서 일어나 그들에게 간식거리를 챙겨 줘야 하는데… 그래서 그들에게만큼은 명선이도, 그 남자도, 그 여자도, 그리고 자신의 불안과 공포도 절대 눈치채게 해서는 안 되는데…. 마음으로는 소파에서 일어나 그들에게 나가 봐야 한다고 생각하면서도 명희는 거실 창밖으로 배드민턴을 치는 자신의 딸과 남편을 멍하니 바라본다.

이제 곧 마흔을 바라보는 중년의 남편은 누가 봐도 시원스럽게 잘생겼다. 숱이 많은 반 곱슬머리에 야외활동을 많이 한 사람 특유의 건강하고 육감적인 까무잡잡한 피부, 얼굴의 정중앙에 기다랗고 높게 자리 잡은 코하며, 비록 안경 안에 묻혔지만 결코 작지 않은 부리부리한 눈까지…. 처음 대학 도서관에서 그를 보고 한눈에 반했던 기억이 난다. 대학 졸업반이었던 그녀 앞에 학점 관리 좀 도와달라며 다가왔던 복학생 남편. 매일 새벽 그녀의 자리를 잡아 놓고 커피며 김밥 등으로 얼음공주라는 별명을 가진 그녀를 서서히 녹여 갔다. 두 사람은 어디를 가나 사람들의 이목을 끌었고, 사람들이 긍정의 고개를 끄덕이던 몇 안 되는 캠퍼스 커플이었다.

성수와 명희의 장점만 닮은 수리는 또래에 비해 늘씬한 키에 잘록한 허리 라인, 그리고 길게 쭉 뻗은 다리까지…

얼굴은 아직 애기 티를 벗지 못한 것 같은데 몸은 벌써 여인의 향기를 물씬 풍긴다. 얼굴만 가리고 본다면 솔직히 자라다 만 듯한 신장의 명희보다 수리가 한 수 위라고 생각된다. 두 사람이 다정하게 공을 주거니 받거니 하는 모습을 보니 문득 오래전 유난히 사이가 좋던 어떤 남녀가 떠오른다. 그 남자도 남편처럼 머리가 심하게 곱슬머리였던 것 같은데…. 여자의 얼굴은 잘 기억이 나지 않는다.

곱슬머리에 얼굴이 여자처럼 예쁘고 영리해 보였던 아버지에 비해 젊음 빼고는 아무것도 볼 것이 없었던 여자였다. 피부만 뽀얗지, 눈썹이며 눈, 코, 입, 귀까지 묘하게도 어우러지지 않는 인상이었다. 길을 가다 혹은 터미널같이 사람 많은 곳에서 한 번씩은 뒤를 돌아볼 만큼… 한마디로 추녀에 속하는 얼굴이었다. 그리고 여자와 한두마디만 하다 보면 곧 알게 된다. 여자의 지능이 한참은 아니더라도 어느 정도는 부족하다는 것을. 그래서인지 서른 살이라는 나이 차이에도 불구하고 여자와 아버지가 부부라고 하면 다들 수긍하는 눈빛을 보이곤 했다.

나이로 보나 외모로 보나 머리로 보나 어딜 봐도 공통점이라고는 없는 듯한 부부는 그래도 묘하게 잘 어울렸다. 팔짱을 끼고 시장을 가거나 손을 잡고 마을 산책을 다닐 때 보면, 전혀 닮은 곳이 없을 것 같은데도 묘하게 닮은 두 사람이었다. 닮아서 사랑에 빠진 것인지, 같이 살다 보니 닮아 가는 건지는 모르겠지만, 아무튼 천생연분으로 잘 어울리는 부부였다는 것이 마을 어른들의 평판이었다. 부부가 언제 마을에 흘러들었는지 정확히 기억하는 사람은 없지만, 처음 부부가 창고인지 집인지 모를 조립식 건물을 짓고 교회 간판을 달 때부터 마을 사람들은 부부를 관심 있게 지켜보았다. 그리고 부부의 어린 쌍둥이 딸들까지 동네 여기저기를 돌아다니자 온통 노인들뿐인 시골 마을에 그들은 환영받는 이방인이 되었다.

유달리 언변이 좋은 아버지 덕분에 자그마한 개척교회에는 하루가 다르게 교인들이 늘어났다. 마을 평균 연령이 60세 이상이니 교인이라고 해봤자 주로 60~70대의 할머니들뿐이었다. 교인 할머니들에게 언변 좋고 잘생긴 목사는 나훈아에 버금가는 연예인이었고, 그의 살짝 모자란 젊은 부인은 며느리 겸 딸로 적격이었다. 더구나 목사의 인형같이 귀여운 쌍둥이 자매는 할머니들에게는 멀리 사는 손주에 버금가는 사랑스런 존재였다.

교인들의 논에서 수확된 쌀과 텃밭에서 자란 다양한 작물들은 그대로 교회의 주방으로 공수되었고, 교인들과 목사 가족은 그야말로 한 가족처럼 장과 김치도 함께 담그고 밥도 같이 해먹으며 사이좋게 공생했다. 어쩌다 자식들에게 받은 용돈은 그대로 교회 헌금함에 들어가 교회를 넓히고 발전시키는 데 쓰였다. 멀리 사는 자식들보다 가까이서 살뜰히 챙겨 주고 이야기 상대가 되어 주는 목사 가족이 그들에게는 식구이자 안식처였던 것이다.

그런데 어느 날부터 교인들 사이에서 쌍둥이 자매를 키우는 부부의 교육관을 두고 패거리가 나뉘었다. 목사 부부는 쌍둥이 자매를 학교에 보내지 않았다. 그리고 몸이 아파도 절대 병원에 보내지 않았다. 대신 교회에서 하나님의 말씀으로 지혜를 깨우치게 하고 성령으로 아픈 곳을 치료한다고 했다. 이미 목사에게 반쯤은 미친 광신도들은 목사 부부의 양육을 탁월하고 현명한 선택이라고 칭송했고, 사물을 판단하는 능력이 아직까지는 온전한 온건파 교인들은 그래도 학교나 병원은 보내야 한다고 주장했다.

결국 쌍둥이 자매의 양육 문제로 광신도와 온건파 사이에 싸움이 붙어 절반 가까운 교인들이 교회를 빠져나갔다. 그리고 그 사건 이후, 쌍둥이 자매는 웬일인지 교회 밖으로 나가지 못했다. 늘 집 안에서만 있어서 그랬을까? 아니면 아버지의 말씀처럼 태어날 때부터 그녀들이 죄의 씨앗, 악덕의 산물이었기 때문일까? 교인들이 눈에 띄게 줄어들고부터 아버지는 성령의 힘으로 자매를 치료해야 한다며 자주 자매의 방으로 들어갔다. 그리고… 그리고….

쏟아지는 잠을 쫓기 위해, 그래서 오늘 밤만은 제발 그들로부터 도망쳐 잠 속으로 숨어들기 위해, 명희는 억지로 몸을 일으켜 주방으로 들어간다.

"미숫가루랑 과일들 먹고 해요."

명희는 정원에 놓인 피크닉 탁자에 허브무늬 쟁반을 내린다. 그리고 머리며 얼굴에 연신 땀을 흘리는 성수에게 스포츠 타월을 챙겨 줘야겠다고 생각한다. 쉴 새 없이 땀을 흘리며 헉헉대는 성수와 달리 수리는 땀은커녕 호흡조차 흐트러지지 않는다. 명희와 간식의 등장으로 잠시 휴식을 가지려는 성수는 얼른 피크닉 탁자로 달려온다.

"당신이 나 대신 들어와. 땀 빼고 샤워하고 맥주 한 잔 시원하게 하면 잠도 잘 오지."

요즘 들어 아내가 잠을 이루지 못하고 침대에서 뒤척거리는 것을 그도 알고 있었다. 남편의 말대로 건강한 땀과 샤워, 그리고 맥주까지 들어가면 잠이 잘 올까… 명선이와 그 남자가 오늘 하루만이라도 사라지지 않을까… 명희는 성수가 내려놓은 라켓을 만지작거리며 생각에 잠긴다. 하지만 수리는 엄마의 출현을 반기지 않는다.

"엄마는 얼굴 탈까 봐 이런 거 안 치잖아. 아빠, 나랑 아이스크림 내기 하기로 했잖아. 빨리 마시고 와아!"

딸의 말에 신경 쓸 것도 없이 수리에게 달려가 성수를 대신할 수도 있었다. 혹은 수리를 나오라고 하고 성수에게 쳐달라고 해도 전혀 무리가 없었다. 그런데 오늘따라 유독 기분이 상한다. 수리의 매몰찬 거절과 무시에 처가 첩에게 남편을 빼앗긴 듯, 형이 동생에게 엄마의 젖을 빼앗긴 듯, 처절한 소외감과 배신감이 느껴지는 것은 왜일까?

수리의 입에 손수 참외를 넣어 주고 다시 경기를 시작하는 성수를 보며 명희는 자신에게 불어닥친 질투라는 감정의 파도에 낯설고 당혹스럽기만 하다. 무슨 재미있는 이야기가 있는지 공을 치면서도 연신 하하, 호호, 낄낄, 깔깔… 정신이 몽롱한데다 귀까지 멍멍해서 무슨 이야기로 웃는지 알 수는 없지만, 그녀는 자신과는 상관없는 듯한 두 사람의 모습에서 묘한 이질감과 슬픔을 느낀다.

나도 여기에 있어. 나도 너희의 가족이야. 내가 너의 엄마고 당신의 아내라고. 왜 나만 빼놓고 이러는 거야? 왜 나만 죽은 이들과 함께 있게 하고 너희는 한없이 행복한 거야? 왜… 왜… 우리만 괴롭히는 거냐고.

누런 미숫가루 속에서 서서히 녹아 가는 지저분한 얼음을 바라보며 명희는 다시 죽은 자의 세계로 자신이 빨려 들어가는 것을 느낀다.

쌍둥이가 태어나면 보통 형보다 아우가, 언니보다 동생이 더 건강하다고들 한다. 교회 쌍둥이들도 보통의 경우와 다르지 않았다. 자로 잰 듯 똑같이 생긴 것처럼 보여도 언니보다는 동생 쪽이 키도 조금 더 크고 눈도 또릿또릿한 게 더 영리했다. 성격 또한 언니보다는 동생이 당차고 씩씩해서 교인들에게 먼저 인사를 하는 쪽도 동생이요, 성경책이나 찬송가를 먼저 집어 드는 것도 동생이었다. 언니 명선이는 늘 동생 명희의 한 발짝 뒤에서 말을 아끼고 행동을 조심하며 지냈다.

유난히 쌍둥이를 아끼던 교인 할머니에게 학교가 가고 싶다고 말한 것도 동생이었고, 어금니가 썩어 잠을 이루지 못하는 언니를 치과에 데려가 달라고 부탁한 것도 동생 명희였다. 그러나 아버지가 그 모든 사실을 알고 자매에게 벌을 내리거나 매를 때릴 때는 언제나 동생보다 언니가 먼저였다. 그것은 쌍둥이 자매 사이에 암묵과도 같은 규칙이었다. 사고를 치는 쪽은 동생이, 책임을 지는 쪽은 언니가 맡기로 한 것이다. 자신을 대신해서 혹은 자신보다 먼저 고통을 당하는 언니를 볼 때마다 명희는 새삼 명선이가 언니임을 인지할 수 있었다.

엄격한 아버지와 잔인한 엄마에게서 벗어나기 위해 교인 할머니들을 이용하면 될 거란 명희의 생각은 완전히 실패로 끝나 버렸다. 명희의 판단착오로 언제나 자신들의 편이었던 할머니들까지 사라지고, 명희의 작전 실패로 인한 손해는 오롯이 명선이와 명희의 몫이었다. 그래도 명선이는 불평 한마디 하지 않고 동생을 위로하며 동생을 즐겁게 해주기 위해 노력했다.

학교는 물론 문밖출입까지 철저히 금지당했던 그 시절, 명선이는 어디서 주웠는지도 모를 자잘한 소꿉놀이 세트를 가지고 명희의 기분을 풀어 주려고 했다. 올해로 열세 살, 초등학교 6학년 나이에 소꿉놀이나 하자는 명선이가 한심하고 짜증났지만 좁아터진 집과 교회 안에서 별달리 할 일도 없었다. 엄마는 광신도 아저씨가 가져다 준 열무와 배추로 교인들이 다 같이 먹을 여름김치를 담그는 중이었고, 아버지는 보이지 않았다. 안 하면 모를까 이왕 할 거면 제대로 하고 보는 성격의 명희는 엄마의 옆에서 버려지는 배추와 열무를 눈치껏 끌어다 명선이 앞에 쌓아 두었다. 명선이는 시들해진 배추와 무 꽁다리를 썰었고 명희는 자갈로 적벽돌 조각을 갈아 고춧가루를 만들었다. 소금 대신 지우개 가루를 부숴서 배추를 절이고 바로 물로 씻어 내렸다. 물에 젖어 시든 배추를 보니 제법 김치 비슷한 것이 되어 가는 모양이었다. 신이 난 명희는 벽돌 고춧가루와 물, 흙을 적당히 섞어 김치 속을 만들었다. 그러고는 명희가 만든 배춧속을 서로 먼저 넣겠다고 아마도 실랑이를 벌인 것 같다.

찰칵!

사진기 셔터 소리가 들려 뒤를 돌아보니 아버지가 인자한 미소를 띠며 자매의 사진을 찍고 계셨다.

"거봐라, 학교 같은 데 안 가도 김치 담그는 것도 배우고 얼마든지 둘이 재미있게 지낼 수 있잖아."

뭐가 그렇게 인상적이고 재미있는지, 아버지는 그러고도 한참을 쌍둥이 자매가 소꿉놀이하는 모습을 찍어 주셨다. 땀을 흘리며 고춧가루를 빻는 명희, 배춧잎 사이사이에 배춧속을 넣으며 진흙이 묻은 손으로 얼굴을 닦아내는 명선이, 다 만든 배추김치를 커다란 토란 잎사귀 접시에 예쁘게 올리는 명희와 명선이….

"지금 뭣들 하는 짓이야?"

어디선가 천둥 같은 고함이 터지고, 명희는 본능적으로 오늘 하루가 무사히 끝나지 않겠구나… 예감한다. 엄마는 쌍둥이 자매 대신 자매의 뒤에서 사진기를 들고 있는 아버지를 노려본다.

"먹을 거 갖고 뭐하는 짓들이야? 먹을 거 갖고 장난치면 천벌 받는 거 몰라?"

20퍼센트 모자란 엄마가 있지도 않은 이성을 잃고 화를 내면, 모자란 여자 특유의 서슬 퍼런 폭력과 분노가 느껴진다. 그리고 엄마의 분노는 그 어떤 것도, 누구도 막지 못한다. 아버지는 사진기를 등 뒤로 감추며 얼른 엄마의 말에 동조를 해준다.

"엄마 말이 옳다. 먹을 것을 가지고 장난치는 것은 분명 잘못된 일이다. 자, 누가 먼저 잘못을 바로잡을래?"

늘 이런 식이다. 쌍둥이 자매에게 교육이란 오로지 잘못된 일을 바로잡을 때만 필요한 것이었다. 언제나처럼 명선이가 먼저 아버지를 따라 사택 안으로 들어간다. 그리고 명희는 마당에 홀로 남아 여름 한낮의 직사광선보다도 뜨거운 엄마의 눈초리를 견뎌야 한다. 더 늦기 전에 언니와 나를 위해 무슨 수를 내야 한다. 이번엔 더 영리하게 절대 실패하지 않을 계획을 세워야만 한다.

명희는 방 안에서 흘러나오는 회초리 소리를 들으며 배춧속을 마저 넣는다. 그리고 아버지의 회초리 아래에서 손으로 비명을 틀어막으며 맞고 있을 명선이를 떠올리며… 아버지가 명선이를 때리다 지치거나, 자신도 바로잡아야 한다는 사실을 잊어버리길 간절히 빈다.

남편이 샤워를 위해 화장실로 들어가는 것을 확인한 명희는 얼른 전기 압력솥의 취사 버튼을 누른다. 콩으로 만든 음식을 유난히 좋아하는 남편을 위해서는 시원하게 콩국수를 준비하고, 하얀색이라면 우유든 두유든 일절 먹지 못하는 수리를 위해서는 냉동실에 있던 돈가스를 튀겨주기로 한다. 그리고 자신을 위해서는 어제 먹다 남긴 김치찌개를 데워야겠다고 생각한다. 세 식구밖에 없는데 너무 성가신 식탁이 아니냐고 하겠지만, 명희는 그렇게 살아왔다. 각자의 입맛에 따라, 그때그때 먹고 싶어 하는 것을 챙겨 주며 명희는 자신이 가족에게 충실하다고, 그들에게 무한한 사랑을 주고 있다고 자부했다.

"얼음이 별로 없어."

수리가 냉동고 문을 활짝 열고 컵에 얼음을 채워 넣으며 희미하게 중얼거린다.

"먹고 바로바로 좀 채워 놓지."

삶아 놓은 콩을 믹서에 담으며 명희는 수리에게 한 소리를 하고 만다.

"그건 엄마가 할 일."

외동딸이라 너무 오냐오냐하며 예의바르게 키우지는 못했지만 아프고 나서 더 버릇이 없어진 것 같다. 아니나 다를까 수리는 마시던 물컵을 식탁 위에 올려놓고 그대로 주방을 빠져나간다. 수리가 거실을 지나 화장실로 향하는 것을 보고 명희는 얼른 소리를 지른다.

"아빠 샤워하러 들어갔잖아."

"알아. 나 쉬만 싸고⋯."

이사 오기 전 리모델링을 하며 안방 화장실에는 샤워 박스를 만들었지만 거실 화장실에는 욕조를 놓느라 따로 샤워 박스를 만들지 않았다. 사춘기 딸이 벌거벗은 아버지의 모습을 아무렇지도 않게 보는 것은 정상이 아니다.

"2층 화장실로 올라가. 거기서 아예 샤워도 하고 내려와."

"급하다니까. 아빠! 나 들어간다."

사사건건 자신의 말을 무시해 버리는 수리의 버릇없고 안하무인 태도에 명희는 발끈한다. 그래서 저도 모르게 천둥 같은 고함이 터져 나온다.

"2층으로 올라가라고!"

"됐어!"

엄마의 새된 소리에서 이상 기운을 감지하지 못한 수리는 화장실 문고리를 잡아당기다 확 뒤로 넘어간다. 어느새 주방에서 달려 나온 명희가 수리의 목덜미를 잡아채 뒤로 당긴다는 것이 너무 세게 당겨 넘어뜨리고 만 것이다. 명희는 넘어진 채 어리둥절한 표정으로 자신을 바라보는 수리를 보고도 화를 억누르지 못한다.

"다 큰 기집애가 뭐하는 짓이야?"

갑작스런 엄마의 공격과 분노에 수리는 순간 어찌할 바를 모른다. 그러나 이내 자신이 엄마에 의해 바닥에 내동댕이쳐졌다는 것을 알고 불같이 화를 낸다.

"왜 그래?"

"엄마가 2층 올라가서 싸라고 했잖아. 왜 엄마 말을 안 들어? 엄마 말이 그렇게 우스워? 왜 엄마를 무시해?"

"내가 언제 무시했다고 그래? 급해서 쌀 것 같은데 여기서 좀 싸면 안 돼?"

"니가 유치원생이야? 너 몇 살이야? 아빠도 남잔데 다 큰 기집애가 그러고 싶니? 도대체 생각이 있어, 없어?"

두 여자의 다툼 소리에 성수는 수건으로 대충 물기를 닦으며 서둘러 화장실 문을 연다.

"왜들 그래? 나 끝났어. 수리 들어가서 일 봐."

수리를 향한 질투와 분노를 남편이 눈치챘을까 봐 명희는 두려워진다. 아니다. 이것은 질투가 아니라 교육이다. 잘못된 것은 반드시 그때그때 바로잡아야 한다.

"됐어! 엄마 정말 이상해. 나 이제부터 2층에서 안 내려올 테니까, 엄마랑 아빠 둘이 잘 살아."

요즘 들어 부쩍 아내와 수리 사이가 위태롭다. 오랜 투병 생활로 어리광과 심술이 늘어난 탓도 있고, 사춘기 소녀 특유의 변덕스러움과 날카로운 신경 탓도 있을 것이다. 그런데 원인이나 이유가 어느 정도 설명이 되고 이해가 되는 수리와 달리 아내의 태도는 뭔가 이상하다. 오랫동안 애를 끓이던 수리의 병이 완치되어 긴장이 풀린 탓일까? 아니면… 무언가 감추고 싶은 비밀을 숨기고 있기 때문은 아닐까? 어쩌면 아내는 자신이 먼저 터트려 주기를 기다리고 있는지도 모른다. 팽팽하게 당겨질 대로 당겨진 아내의 활시위를 누군가는 놓아 줘야만 한다. 불면증과 신경쇠약에 시달리는 위태로운 아내를 위해 그가 나서야 할 때가 온 것이다.

"낮에 어디 있었어? 전화해도 안 받던데…."

갈아입을 속옷과 함께 시원한 실내복을 꺼내 주는 명희에게 성수가 먼저 묻는다.

"잤어요."

"점심시간에 걸고, 3시쯤에도 걸었는데… 하루 종일 잔 거야?"

명희는 의심의 기운을 띤 남편의 시선이 상당히 불편해진다. 도대체 언제 전화를 걸었다는 거지? 하루 종일 집에 있으면서 한 번도 전화벨 소리를 듣지 못했다.

"자다 깨다 했어요. 그런데 왜요?"

"아니… 점심은 먹었나 궁금해서 걸었다가 안 받길래 어디 나갔나 했지."

"나는 어디 나가면 안 돼요? 맨날 집에 갇혀 있어야 하는 거예요?"

"그런 뜻이 아니잖아. 동네에 아는 사람도 없고 장거리 운전도 못하니까 걱정이 돼서 그러지."

두 사람 모두 이쯤에서 대화를 그쳐야겠다고 생각한다. 그동안 부부가 큰 다툼 없이 비교적 평화롭게 살 수 있었던 것은 다 이런 이유에서였다. 두 사람 다 싸움이 일어나기 전에 항상 한 발짝씩 물러선다. 명희는 남편이 윗옷의 단추를 채우는 것을 보고 화장대 의자에서 일어난다.

"콩국수 했어요. 나와요."

그런데 오늘, 성수는 한 발짝 물러설 생각이 없나 보다.

"창고의 연장, 당신이 썼어?"

"아니요."

무슨 연장을 말하는지, 왜 그러는지 묻지도 않고 바로 부정하는 아내의 모습에서 성수는 불길한 기운을 느낀다. 아내나 자신을 위해서는 여기서 그만 묻어야 한다. 그러나 판도라의 상자는 이미 열려져 버렸다.

"삽에 흙이 묻어 있어서…."

"삽이니까 당연히 흙이 묻죠."

친구에게서 가져온 목공 연장과 농기구는 요즘 들어 성수가 가장 아끼는 것들이다. 그것들을 만지고 깨끗하게 정리하는 것이 그의 주말 취미 생활인 것이다. 그래서 고라니를 묻고 나서는 물론이거니와 언제나 사용 후에는 깨끗이 마른걸레로 닦아서 벽걸이에 걸어 두곤 했다.

"저번에 고라니 묻고, 분명히 내가 닦았거든."

"안 닦았나 보죠."

아내의 대답이 그녀답지 않게 단호하다. 여기서 그만둘까?

"분명히 닦았는데."

"그럼 치매인가 보네."

아내가 장난으로 내뱉은 말일 거라고 생각하면서도 성

수는 왠지 아내의 얼굴과 말투에서 살벌한 기운을 감지한다. 그래서 하지 말아야 할 질문을 하고 말았다.

"당신한테 언니가 있나?"

"…"

예상치 못했던 성수의 공격에 명희는 땅바닥이 흔들리고 이내 벽과 천장이 흔들리는 것 같다. 다리부터 시작해 온몸에 힘이 빠지는 게, 이대로 침대에 쓰러져 영원히 깨어나지 않았으면 좋겠다고 생각한다. 그러나 여기서 쓰러지면 안 된다. 수리와 남편을 지키기 위해, 우리 가정을 지키기 위해 반드시 일어나야 한다.

"아니요. 국수 붙겠어요, 빨리 나가요."

서둘러 남편과 명선이로부터 도망치려던 명희는 성수의 낮은 웅얼거림에 우뚝 멈춰 서고 만다.

"당신 쌍둥이 언니 말이야. 충주정신병원에서 죽은…."

"…!"

생각하자, 생각해. 생각해야만 해. 이 사람이 어떻게 언니를 알았지? 회사에서 충주정신병원 화재 사건 기사를 읽었나? 거기서 내 이름과 비슷한 명선이를 보고 나이까지 확인하고 그냥 해보는 소린가? 아니, 그럴 리가 없다. 누군가 나의 비밀을 아는 사람이 그에게 알려 주지 않고는 우리가 쌍둥이인 걸 알 수는 없다. 그렇다면 그 남자가 나에게 오기 전에 이 사람에게 찾아갔나? 하지만 그 남자 핸드폰에는 남편의 회사 전화번호도 휴대폰 번호도 없었다.
그리고 나에게 확인도 안 하고 남편에게 먼저 갔을 리가
없는데….

"언니 이름이 주명선이라고 하던데…."

"잘못 알았어요. 그런 일 없어요."

"오늘 회사로 충주경찰서에서 형사분이 찾아왔어."

처음에 형사가 회사 앞 카페에서 만나자고 전화했을 때
는 누가 장난을 치나 생각했다. 주차위반이나 속도위반이
야 몇 번 했지만 사기를 친 적도, 음주운전을 한 적도, 도
둑질한 적도, 공금횡령을 한 적도 없는데 형사가 자기에게
무슨 볼일이 있겠나…. 그런데 지극히 형사스러운 옷차림
과 생김새를 한 초로의 남자가 주명희 씨의 남편이 맞느냐
고 물었을 때, 그는 드디어 올 것이 온 것인가… 생각했다.

그것은 기시감도 아니요 예지력도 아닌 이상한 예감인
데, 마치 초능력자가 자신의 미래를 색깔이나 형상으로 볼
수 있는 것처럼, 그 또한 아내와 연애를 할 때도, 결혼을 해
서 수리를 낳았을 때도, 지극히 정상적이고 행복한 가정을
이루며 살아갈 때도, 어렴풋이 불길한 기운을 항상 느끼며
살아왔다. 드디어 올 것이 왔구나. 이제부터 무슨 이야기를
듣더라도, 무슨 일이 생기더라도 정신을 바짝 차리고 아내
를 지켜야 한다고 생각했다. 비장한 그의 결의가 전달됐는
지, 형사는 마치 아무 일도 아니라는 듯 비교적 가벼운 얼

굴과 목소리로 차분하게 자신의 용건을 전달했다.

충주정신병원에서 화재로 죽은 주명선에게는 쌍둥이 동생이 있는데 그분이 부인 되시는 주명희 씨이다. 일전에 부검 절차상 쌍둥이 동생 되시는 부인을 찾아가 유전자 검사 협조를 의뢰했는데 무슨 연유인지 하지 않았다. 갑작스런 사고로 상심이 크고 여러 가지로 불편하시겠지만 수사의 깔끔한 마무리를 위해 다시 한 번 협조를 구한다는 내용이었다. 아무래도 주명희 씨가 남편과 가족들에게 정신병원에 있는 언니의 존재를 비밀에 부쳐서 유전자 검사를 하지 못하는 것이 아닌지 모르겠다며 남편분의 협조를 부탁하기 위해 왔다고도 덧붙였다.

어릴 적부터 부모에게 버려져 고아원에서 성장했다는 아내에게 언니가 있다는 사실도 충격인데, 그 언니와 아내가 일란성 쌍둥이라니…. 성수는 아내가 쌍둥이였다는 충격적인 사실 앞에 벌린 입이 다물어지지 않았다. 그리고 바로 본편에 따라오는 예고편처럼, 실패로 끝난 아내의 첫 출산이 떠올랐다. 사실 수리는 외동딸이 아니라 일란성 쌍둥이의 동생이었다. 수리보다 7분 먼저 태어난 쌍둥이 언니는 병원에서 퇴원하고 며칠 되지 않아 숨을 멈췄다. 아무 이유도 없이, 그저 잠을 자듯 편안하게 동생 곁을 떠났다.

그 일이 있고 자신의 반쪽을 잃어버린 갓난아기 수리

또한 마냥 약해져 갔지만 아내는 남은 쌍둥이 돌보기를 거부했다. 부산에 계신 어머니가 올라와 수리는 물론 식음을 전폐하고 누운 아내를 돌봐야 했다. 그런데 아내 또한 수리와 같은 일란성 쌍둥이였다니…. 도대체 아내와 아내의 쌍둥이 언니에게는 무슨 일이 있었던 것일까?

"부검 절차상 당신과 죽은 언니의 유전자 검사가 필요하대. 간단한 검사니까 머리카락이나 칫솔…."

"아니라고, 내가 아니라잖아요. 당신은 누구 말을 믿는 거예요? 그 사람은 내 언니가 아니라구우우!"

성수는 발악하듯 울부짖는 아내를 뒤에서 꼭 끌어안아 준다. 어떤 사람에게는 남들과 다른 치명적인 상처가 있다. 그 상처는 절대, 무슨 일이 있어도 열리지 말고, 건드리지도 말아야 한다. 그것을 열고 건드려 봤자 치료는 불가능하고, 여는 순간 상처가 몇 배로 악화되어 엄청난 고통만 뒤따르기 때문이다. 아무래도 지금 성수는 아내의 치명적인 상처를 건드린 것 같다. 도대체 아내에게 무슨 일이 있었길래… 어떤 상처를 가슴에 품고 살아왔길래…. 과연 아내의 깊디깊은 상처를 내가 아물게 해줄 수 있을까? 아무래도 그 형사를 다시 한 번 만나야겠다. 그는 쌍둥이 언니와 아내에 대해 말하지 못한 뭔가를 알고 있는 듯했다. 아내의 상처는 이대로 덮어 두되, 그 상처가 무엇인지, 그리고 어떻게 치료해야 하는지는 알아봐야겠다.

"배고파. 콩국수 먹으러 가자."

　지능은 물론 살림살이나 대인관계, 생활 전반에 걸쳐 누가 봐도 모자란 엄마였지만 자매를 학대하는 데 있어서만큼은 굉장히 빠르고 영리했던 엄마였다. 아빠가 옆에 있든 없든, 쌍둥이가 보이는 곳에서나 안 보이는 곳에서나, 언제나, 늘… 엄마는 우리 자매를 미워하고 증오했다. 아주 어려서부터, 기억이란 것이 거슬러 갈 수 있는 시점부터, 아니 그 이전부터 우리는 학대를 받았던 것 같다.

　갓난아기 적부터 유난히 울음이 잦았다는 아빠의 말을 들어 봐도 그렇고, 배고픔과 불편함이라는 원초적인 본능이 항상 언니와 나를 지배했던 것을 보면, 엄마는 갓난아기 적부터 우리를 학대했다. 아버지는 엄마가 정신이 온전하지 못해서 제때 젖을 주거나 기저귀를 갈아 주지 못했을 거라고 생각했지만, 글쎄… 남편과 자신의 삼시 세끼 끼니는 물론 간식이며 야식까지 언제나 정확하게 챙기는 것을 보면, 아마도 그녀는 일부러 우리 자매를 방치했을 것이다. 우리가 아주 어릴 적, 누구의 관심도 받지 못하고 의문도 가지지 못할 때, 굶겨 죽이거나 병들어 죽이는 것이 차라리 낫다는 것을 지능이 지극히 모자랐던 엄마의 본능이 먼저 알고 있었던 것이다.

　어쩌면 우리 쌍둥이 자매에게도 그것이 나왔는지도 모

르겠다. 철들고부터 시작된 엄마의 지속적이고 가학적인 학대에 언니와 나는 육체의 병보다도 깊은 마음의 병을 앓고 있었다. 아주 어릴 적에는 엄마가 우리를 학대한다고 생각하지 못했다. 우리가 무조건 잘못했고, 엄마 말처럼 우리가 남들 하나 몫을 둘로 나눠 가지고 세상에 태어나서 남들의 절반 이상, 아니 아주 많이 부족한 사람이라고 가르쳤다. 그러니 부족한 우리는 남들의 두 배로 혼날 일이 많고 그 강도도 남들보다 세야 오래간다고, 그렇게 배웠고 그렇게 믿었던 것 같다. 그리고 그저 다른 엄마들도 모두 그러려니, 엄마라면 으레 자식들을 그렇게 혼내고 가르치는 것이라고 생각했다.

명선이와 내가 네 살 때던가, 우리가 문산에 살 때(파주로 오기 전, 아버지는 문산에서 우리가 태어나기도 전부터 작은 기도원을 운영했다고 한다.) 우리는 처음으로 우리가 불쌍한 아이라는 것을, 엄마가 다른 엄마들이 자식에게 하는 것과 다르게 우리를 대한다는 것을 알았다. 당시 기도원은 마을과 많이 떨어진 산 중턱에 있어서 우리는 우리 또래의 아이는 물론 기도원을 찾은 아픈 사람들 말고는 사람 구경이라고는 해본 적이 없었다.

그러던 어느 날, 위암 말기 아줌마가 기도원에 들어왔고, 그 아줌마는 우리 자매를 무척 귀여워했다. 그리고 우리를 돌보고 우리와 노는 것을 자신의 하루 일과로 삼았다. 우리는 배가 고프거나 잠을 잘 때만 엄마가 있는 살림집으로 돌아갔고, 거의 매일 아줌마의 곁을 맴돌며 아줌마의 관심과 사랑을 받고 싶어 했다. 그런데 아줌마가 우리 자매와 친해지고, 우리가 어떻게 사는지를 알고 나서 문제가 생기고 말았다. 아줌마가 목사인 우리 아버지에게 엄마가 쌍둥이 자매를 키우는 데 문제가 있다고 말한 것이다.

당시 우리 자매에게는 삼시 세끼라는 개념이 없었다. 엄마가 한 솥 가득 라면이나 밥을 해놓으면 배가 고플 때마다, 그것이 다 없어질 때까지 먹으면 그만이었다. 겨울이면 식어 빠지다 못해 얼기 직전인 라면 국물을 오들오들 떨며 먹어야 했고, 밥은 딱딱한 얼음 밥이 되어 입에 넣고 살살 녹여 먹어야 했다. 그나마 겨울은 먹을 만한 호화로운 밥상이었다. 여름이면 냉장고에 넣지도 않은 라면이나 밥은 쉬이 상했고 우리는 파리나 벌레가 섞인 쉰 라면이나 곰팡이 핀 밥을 먹어야 했다. 하지만 그것조차 너무 자주 먹거나 많이 먹으면 큰일이었다. 행동이 굼뜨고 머리도 한참 부족한 엄마에게는 기도원 식구들 식사와 아버지를 챙기는 일이 너무 바쁘고 정신이 없어서 우리까지 챙길 여유도, 이유도 없었다.

언젠가 한번 쉰밥이 먹기 싫다는 이유로 배가 불러도 한꺼번에 밥솥의 밥을 다 먹어치운 적이 있었다. 그게 일주일치 우리의 식량이었기에 우리는 그 후 4일을 굶어야 했다. 뼈저린 교훈 하나. 그 후 우리는 곰팡이가 핀 빵도, 퉁퉁 불어터진 라면도, 꽝꽝 언 밥도 천천히 씹어 먹으면 충분히 배고픔을 가시게 할 수 있다는 것을 깨달았다. 그 뿐만이 아니었다. 혹시라도 음식물을 흘리면 가차 없이 엄마의 매서운 따귀가 날아왔다. 그리고 흘린 음식은 그것에 흙이 묻었든 먼지가 묻었든 모조리 주워서 밥그릇에 넣고 먹어야 했다.

위생 상태 또한 엉망이었다. 아줌마가 비누로 우리 자매를 씻기고 칫솔과 치약이라는 것을 보여 줄 때까지, 우리는 머리를 감기는커녕 세수를 한다거나 이빨을 닦는 기본적인 행위조차 알지 못했다. 1년 365일을 까마귀 새끼처럼, 노숙자나 거지처럼, 먼지처럼, 우리 둘은 산과 들을 헤매고 다녔다. 우리는 개돼지처럼 기도원 옆 사택에서 사육당하고 있었고, 그것을 제일 먼저 알아차린 사람이 바로 위암 말기 아줌마였다. 그리고 아줌마의 항의가 우리를 위해 제대로 빛을 발하기도 전에 아줌마는 아버지의 안수기도 아래 차가운 주검으로 변해 하나님의 나라로 보내졌다.

지금 생각해 보면 이상하다. 차라리 우리를 기도원에 데려가 기도원 식구들과 함께 밥을 먹이면 될 일을, 그렇게 귀찮아하면서 왜 우리만 따로 먹였을까? 그것은 우리 자매를 부끄러워하는 아버지를 이용해 엄마가 우리를 학대하기 위한 것이었다. 아줌마가 학대 의문을 제기하고도 아버지의 태도나 엄마의 태도는 전혀 변화가 없었다. 오히려 아줌마로 인해 학대를 받아들여야 하는 우리 자매만 힘들어졌다. 우리는 점차 우리가 부당한 대우를 받는다고 생각했고, 엄마를 향한 미움과 증오를 키워 갔다. 우리의 증오와 반항이 커질수록 당연한 수순처럼 엄마의 학대도 그 강도와 빈도수를 더해 갔다. 그리고 아버지는… 마치 엄마가 자신이 하기 싫은 일을 대신 해주는 것처럼, 엄마의 학대와 우리들의 고통을 모른 척 방치했다.

모자란 머리로 어떻게 그렇게 다양하고도 엄청난 학대 방법을 생각해 낼 수 있었는지 지금 돌이켜 봐도 미스터리하다. 머리가 굵어질수록 언니보다는 내가 엄마의 표적이 되는 날이 많았다. 말수가 적고 소극적이었던 언니는 엄마의 폭언과 매질에도 늘 배시시 웃으며 바보처럼 저항을 포기했다. 그러나 나는 언니와 달랐다. 무슨 수를 써서라도 엄마의 폭언과 매질에서 벗어나려고 기를 썼고, 그래서 더욱 폭언과 매질을 벌었다. 분명 모자란 엄마보다 어린 내가 머리도 더 좋고 영악했을 텐데… 무자비하게 내리치는 매질과 상상을 초월하는 학대 앞에서는 속수무책 당할 수밖에 없었다. 그렇게 나와 명선이는 매일같이 쏟아지는 매질과 학대에 이골이 나 있었다.

여덟 살, 우리가 초등학교에 입학할 나이가 되었을 때, 무슨 이유에선지 아버지는 문산 기도원을 접고 파주로 이사해 교회를 열었다. 문산 기도원과 달리 아버지가 새로 만든 교회는 비교적 마을 안쪽에 위치하고 있었다. 이곳이라면 우리를 지켜 줄 또 다른 위암 말기 아줌마가 많이 있을 것이라고 생각했다. 구체적인 계획이나 생각은 없었지만, 이곳이라면 엄마의 학대가 줄어들지 않을까… 언니와 나는 마을과 인접한 교회 위치와 자신들을 관심 있게 쳐다보는 교인 할머니들을 보며 본능적으로 기대했었다.

그래서였을 것이다. 명선이가 땅에 떨어진 음식을 습관처럼 주워 먹으려 할 때, 그것을 바라보던 명희와 엄마의 눈이 허공에서 맞부딪쳤을 때, 명희는 전투적으로 명선이가 집으려던 반찬을 발로 짓밟았다. 도저히 먹으라고 강요할 수 없을 때까지 누르고 짓이기고, 가루가 되거나 이 세상에서 영영 사라질 때까지 밟고 또 밟았다. 울며불며 나를 말리는 명선이의 눈에는 엄마를 노려보며 발로 음식을 짓밟는 나나 그런 나를 지켜보는 엄마의 눈 모두에서 뿜어져 나오는 악마적 광기를 볼 수 있었으리라. 모자란 엄마는 처음에는 깜짝 놀라더니 조금 후, 여느 때와는 달리 차분한 표정으로 나를 지켜보았다.

잠시 후, 엄마는 명선이에게 화장실에 있는 휴지통을 가져오게 했다. 그리고 명선이의 젓가락으로 분명 똥이나 오줌이 묻었을 휴지를 집어 내 밥그릇에 넣게 했다. 엄마는 이제는 조용해진, 그리고 공포에 젖은 나를 쳐다보며 입을 열었다. 얼른 먹으라고…. 이것을 먹지 않으면 나에게 어떤 일이 벌어질지 충분히 상상할 수 있는 눈빛으로 먹으라고 속삭였다. 물론 나는 먹지 않았다.

결국 그녀는 방에서 아버지의 허리띠를 가져다 악마에 물든 나를 교화시키기 시작했다. 명선이가 대신 먹겠다고 울고불고 난리를 쳐도, 명선이의 울음소리를 듣고 아버지가 방으로 들어와도, 그녀의 매질을 그칠 줄을 몰랐다. 그녀의 매질에서 점차 힘이 빠질 때에도, 아버지가 악마의 영혼이 빠져나간 나에게 마지막으로 안수기도를 해줄 때도, 나는 울지 않았다. 그리고 울다 지쳐 구석에 쓰러져 눈물 가득한 눈으로 동생을 바라보는 명선이를 바라보며… 결심했다. 어떻게든 여기를 빠져나가리라. 무슨 일이 있어도, 무슨 일을 해서라도, 명선이와 함께 이곳을 꼭 빠져나가리라. 내가 죽기 전에, 명선이가 죽기 전에 우리가 먼저 이곳을 나가리라….

"으악! 아빠! 엄마! 아빠…."

명희가 침대에 누워 억지로 눈을 감으며 명선이와 엄마의 늪에서 빠져나오려는데 2층에서 요란한 비명소리가 들린다. 수리의 목소리다. 옆에서 잠을 자던 성수가 1초의 망설임도 없이 벌떡 일어나는 것을 보니 그동안 잠든 척했던 모양이다. 명희와 성수는 계속해서 끔찍한 비명을 질러대는 수리를 위해 한달음에 2층으로 올라간다.

"벌레… 벌레가 있어."

얼굴은 온통 땀범벅, 눈물범벅이 되어 침대 위를 가리키는 수리의 손을 따라가 보니 정말이지 끔찍하게 생긴 벌레가 한 마리 있다.

"괜찮아. 아빠가 잡아 줄게."

성수는 수리의 책상 위에 있던 책에 종이를 대고는 침대로 다가간다. 정체 모를 벌레는 자신의 적이 거대하다는 것과 자신의 몸이 환한 불빛 아래 고스란히 드러난 것을 아는지, 조용히 납작 엎드려 죽은 듯이 움직이지 않는다. 명희는 왼손으로 오른쪽 겨드랑이를 잡고 인상을 쓰는 수리에게서 심상치 않음을 느낀다.

"수리야, 왜 그래? 괜찮아?"

"자는데, 여기가 자꾸 따갑고 간지러워서 옷을 벗어 봤는데… 이게 떨어지잖아."

움직이지 않는 벌레를 책으로 덮고 성수가 수리 쪽을 돌아본다.

"물렸어? 어디?"

"여기… 물린 거 같애. 이게 도대체 뭐야?"

성수가 덮어 두었던 책을 살짝 들추자 이상하게 생긴 벌레는 기다렸다는 듯이 빠르게 침대 위를 기어간다.

"으악!"

"아빠, 빨리빨리…."

여자들의 비명소리에 당황한 성수는 손에 쥔 책으로 강하게 스매싱을 먹인다. 그런데도 여전히 꿈틀대며 자신의 진로를 바꾸려 하지 않는 벌레 때문에 수리도 명희도 침대에서 내려와 방문 앞으로 도망친다. 끝내 무수히 많은 스매싱을 먹고서야 꿈틀거림이 잦아들고, 성수는 벌레를 유심히 바라본다. 셀 수도 없이 무수히 많은 발을 가진… 분명 지네다.

"지네야."

성수의 말에 여자들은 문에 더욱 바짝 붙어 서로 떨어질 줄을 모른다. 아파트에서 이곳으로 이사 와 개미며 땅벌, 방아깨비, 무당벌레, 사슴벌레, 구더기 등… 수많은 벌레를 봐 왔지만 지네는 처음이다. 더구나 지네가 사람을 공격하다니…. 지네는 원래 물기가 많은 산중이나 습한 곳에 서식한다. 오래된 목조 주택이라 습한 느낌은 있지만, 지네까지 집 안으로 들어와 수리를 공격하다니…. 성수는 오늘 하루 종일 기분이 좋지 않다.

명희와 수리는 머리와 다리가 주홍색인 벌레를 신기하게 쳐다본다. 마치 초등학교 앞 문방구에서 파는 장난감 벌레 같다. 한없이 매끄러울 것 같은 등판이며, 현실적이지 않게 화려한 주홍색의 다리와 머리. 하지만 그 장난감 벌레에게 수리가 물렸다. 수리의 겨드랑이를 들어 물린 곳을 살펴보니 물린 자리는 금방 부어올라 어느새 3센티미터 정도가 부풀어 있었다. 손가락 하나 길이에 폭은 손가락 두 마디 정도로 불긋한 모양이 되어 버렸다.

"응급실에 가야 되지 않을까?"

명희는 걱정스런 얼굴로 아직도 두려움에 떨고 있는 수리의 머리를 쓰다듬는다.

"독이 있어서 물리면 쓰라리긴 한데… 치명적이진 않을 거야. 일단 부은 데 얼음찜질 좀 해보고, 상황 봐서 아침에 병원 가보든가 하자."

명희가 주방으로 얼음주머니를 만들러 간 사이 성수는 수리의 이부자리를 들어 아래층으로 옮겨 놓는다. 방에서 또다시 지네나 다른 벌레가 나올까 봐 부녀 모두가 겁을 먹은 모양이다.

"오랜만에 안방에서 다 같이 자면 되겠어. 침대 아래 이불 깔고 자자."

"답답하게 뭐하러? 거실에 깔아. 앉아 봐, 얼음찜질 좀 하게."

명희는 다 큰 딸이 자신들의 안방으로 들어오는 것이 싫다. 조금 전까지만 해도 응급실까지 가려고 하던 아내가 갑자기 차갑게 돌변하는 것을 보고 성수는 어리둥절하다.

수리 또한 그런 엄마의 변심을 눈치챘는지, 아내의 손에서 거칠게 얼음주머니를 뺏는다.

"아… 아파 죽겠어. 아빠도 나와. 나 혼자 자다 또 지네 나오면 어떡해?"

성수는 수리의 손에서 얼음주머니를 받아 점점 부풀어 오르는 상처에 얼음 마사지를 해준다.

"알았어. 아빠도 이불 갖고 나와서 잘게."

딸의 투정 어린 요구에 성수는 너무나 간단명료하게 대답을 한다.

"아빠도 아까 어깨 아프다고 했지? 내가 얼음 마사지 해줄까?"

언제 지네에게 물렸는지 모르게 다정하게 서로에게 얼음 마사지를 해주는 부녀다. 명희는 아무 말도 없이 가만히 아빠와 딸을 쳐다본다.

"…."

"엄마는 들어가서 자. 아빠, 우린 불 켜고 자자. 또 지네 나올까 봐 무서우니까 아빠가 나 지켜 줘."

"알았어. 아빠가 지켜 줄게. 여보 나 베개만 좀 갖다 줘."

예전에 수리를 위해 샀던 전래동화에서 지네에 관한 전설을 읽은 것 같다. 어느 마을에 시도 때도 없이 지네요괴가 나타나 가축을 잡아먹고 사람까지 해치자 마을 어른들은 지네요괴에게 처녀를 바치기로 한다. 그리고 해마다 마을에서 가장 아름다운 처녀가 지네의 신부로 간택되어 산 채로 지네의 동굴로 들어가 지네의 먹이가 된다. 그러던 어느 날, 마을을 지나가던 총각이 지네를 물리치기 위해, 제물이 되기로 한 처녀의 옷을 입고 동굴로 들어갔다. 싸우는 장면까지는 기억나지 않지만 끝내 지네요괴는 죽었던 것 같다.

총각이 처녀에게 하얀 돛을 올리면 산 것이요, 빨간 돛을 올리면 실패한 것이라고… 바닷가 절벽에서 기다려 달라고 약속을 했던가? 그런데 하필이면 지네가 죽으며 흘린 피로 총각이 탄 배의 돛은 빨갛게 물들었고 처녀는 그대로 절벽에서 뛰어내려 죽는다. 산 사람을 제물로 바치는 마을 어른들도 끔찍했지만, 모든 역경이 다 끝나고 행복한 미래만을 앞둔 남녀에게 다시 한 번 내려진 지네의 저주도 끔찍했다. 행복한 미래를 눈앞에 두고 어리석음으로 인해 죽어야만 했던 처녀, 그리고 처녀의 죽음 앞에 홀로 남겨진 총각의 허무함이 어린이를 위한 전래동화라고 하기에는 너무나 잔인하고 가혹했다.

그런데 가만히 생각해 보니… 수리에게 이 이야기를 들려준 적이 없는 것 같다. 그 책은 교인 할머니가 손주가 보던 책이라며 명선이와 나에게 건네주었던 책이었다. 명선이가 하얀 돛에 붉은 피가 그려진 그림을 보며 울먹이던 기억이 난다. 처녀가 너무 불쌍하다고… 조금만 기다렸으면 총각하고 결혼해 행복하게 살 수 있었을 텐데….

'아니야, 명선아. 처녀가 조금 더 기다렸으면 총각도 죽어. 얘기가 거기서 끝나야 해피엔딩인 거야.'

나는 그날 밤, 술에 취해 잠을 자던 엄마와 아빠를 내려다보며 그렇게 생각했던 것 같다.

목사인 아버지는 어린 내가 보기에도 사이비였다. 신자들이 보지 않는 곳에서 늘 술 담배를 즐겼다. 하나님을 섬기는 사람이 왜 담배와 술을 하느냐고 물으면 얼굴 가득 인자한 미소를 머금고 대답하곤 했다. 부처님을 섬기는 스님도, 하나님을 섬기는 목사도 신이 아니라 사람이라 이 정도는 하나님도 부처님도 눈감아 주신다고…. 오히려 술과 담배를 끊지 못하는 연약한 인간들을 신은 더 좋아한다고…. 교인들이 모두 돌아가는 밤이 되면 아버지는 엄마에게 밥상 대신 술상을 받아 들고 본격적으로 나약한 인간으로 돌아가곤 했다. 그리고 엄마는 항상 아버지의 술상에 붙어 아버지보다 많은 양의 술을 마시며 아버지의 비위를 맞추기 급급했다. 혹시라도 나약해지다 못해 사악한 기운이 아버지의 육체와 영혼에 깃드는 기미가 보이면 그에게서 나오는 어마어마한 폭력을 고스란히 우리 자매에게 물려주고 자신은 잠의 세계로 도망쳐야 하기 때문이었다.

엄마가 아버지를 위한 술상을 준비하는 사이, 엄마가 그 엉망진창인 솜씨로 김치찌개를 끓이느라 분주한 사이, 나는 방에서 책을 읽고 있는 명선이를 두고 몰래 밖으로 빠져나갔다. 그리고 어둠 속에서 낮에 미리 숨겨 둔 병을 찾아 부엌으로 숨어 들어갔다. 엄마가 재떨이를 찾는 아버지의 부름에 방으로 들어간 사이 플라스틱 소주병 뚜껑을 돌려 준비한 병을 통째로 들이부었다. 뚜껑을 꼭 닫고, 무거운 병을 들고 흔들어 액체를 잘 섞어 주기까지 했다.

반드시 오늘 끝내야 한다. 내일이면 다시 못할지도 모른다. 실제로는 얼마 안 되는 시간이었을 테지만 어린아이에게는 영겁의 시간이었을 것이다. 만에 하나 경수 아저씨 말이 사실이 아니라면… 두 사람이 저 술을 다 먹고도 아무렇지도 않으면… 그래도 손해 볼 건 없다. 아저씨 말처럼 냄새도 안 나고 쓰지도 않으니까 술에 타 먹으면 아무도 모를 것이다.

읍내 자동차 정비소에서 일을 하는 경수 아저씨는 교인 중 서열 2위 정도의 광신도 중 하나다. 교회 봉고차에 수시로 기름을 채워 놓기도 하고 타이어며 온갖 부품들을 공수해 와 교회 마당에서 즉석 수리를 해주는 것은 물론이거니와 집이나 교회 안의 모든 전자제품이나 기계들을 노상 수리해 준다. 교회 밖으로의 외출이 완전 봉쇄되고 나서 우리 자매는 교인들에게 더욱 의존했다. 특히 퇴근길에 읍내에서 간식거리나 만화책 등을 공수해 주는 경수 아저씨의 방문을 우리 자매는 가장 좋아하고 기다렸다.

어느 날, 아저씨가 봉고차 보닛을 열고 연두색 액체를 들이붓는 것을 보고 명선이가 물었다.

"명희야, 저거 색깔이 고운 게 꼭 주스같이 생겼다, 그지?"

명희는 아저씨 손에서 주르륵 쏟아져 자동차 안으로 사라지는 연둣빛 액체를 바라보며 침을 꼴깍 삼켰다. 명선이와 나는 아침부터 아무것도 먹지 못했다. 오늘따라 교인 할머니들이 오지 않아 점심도 걸렀고, 저녁은… 아버지가 술을 마신다면 안주 찌꺼기가 분명하다.

"아저씨! 그거, 먹어도 돼요?"

"안 돼. 죽어. 이렇게 예쁘게 보여도 이 안에 독성 물질이 섞여 있어서 먹으면 큰일 나."

예쁜 물감 같은데, 그 안에 독이 있다고? 저 물을 얼마나 많이 먹으면 사람이 죽을 수 있을까…. 명희는 갑자기 연둣빛 액체가 너무나도 탐이 났다.

"그거 먹고 진짜로 죽은 사람도 있어요?"

명선이가 명희의 마음을 아는지 모르는지 무심하게 묻는다.

"그럼, 이게 냄새도 없고 맛도 없어서 어떤 사람이 술에 취해서 이게 술인 줄 알고 마셨다가 죽었대. 그러니까 절대 손도 대지 마."

경수 아저씨는 꽤나 위협적인 말로 우리에게 겁을 준 것과 달리 남은 통을 마당 구석에 아무렇게나 던져 놓았다. 그리고 그날 이후, 명희는 마당 한구석에 놓인 그 통을 매일같이 바라보았다. 어떤 날은 희망의 열기에 들뜬 마음으로, 어떤 날은 두려움의 저주에 떨리는 마음으로 통과 이야기를 나누었다.

"과연 니가 할 수 있을까?"

명희가 물으면, 통이 되물었다.

"너는 할 수 있니?"

"나는 할 수 있어."

명희가 대답하면, 통이 대답했다.

"그럼 나도 할 수 있어."

그래서 경수 아저씨가 통에 있는 액을 전부 봉고차에 붓기 전에, 명희는 통 안에 든 액체를 아버지의 소주 통에 들이부었다. 명희의 예상대로라면 엄마만 쓰러지고 아버지는 조금만 아파야 했다. 평상시대로라면 아버지보다 엄마가 두 배 정도 빠른 속도로 두 배 정도 많은 양의 소주를 마시기 때문이다. 그런데 그날은 어찌된 일인지 아버지와 엄마의 속도나 양이 엇비슷했다. 제발 그렇게 마시지 말라고, 조금만 천천히 마시라고 말해 주고 싶었지만 일을 그르칠까 봐, 아니 이 일이 알려지면 덮쳐 올 어마어마한 고통에 겁에 질려 아무 말도 안 하고 그저 명선이 옆에서 지켜보기만 했다.

오늘따라 유난히 신나게 노래까지 부르며 마시던 엄마가 먼저 나가떨어지고, 차마 아버지를 볼 수가 없어 명선이에게 밖으로 나가자고 했다. 나가서 하나님께 기도드리자고….

"무엇을 위해 기도드리지?"

불도 켜지 않은 깜깜한 교회 안에서 명선이가 나에게 물었다.

"아버지를 위해."

지금쯤 죽었을까? 아직 살아 있으면 어떡하지? 지금이라도 고백하고 빨리 병원에 가라고 이야기하면… 아버지는 살 수 있을까? 그럼 엄마도 같이 살아나는 건가?

"뭐라고 기도할까?"

명선이가 예의 아무 생각도, 근심도 없는 커다란 눈으로 나를 바라본다.

"이제 니 차례야."

"응? 뭘? 기도?"

"내가 엄마 아버지 죽였으니까, 이제 니 차례라고…."

내 사악한 마음같이, 내 마음속의 악마같이 온통 깜깜한 교회 안에서 나는 짐승 같은 소리를 내지르며 울부짖었다.

"니가 책임져. 니가 언니니까… 내가 너를 위해서 한 거니까, 언니가 책임져. 니가 언니잖아. 왜 맨날 나보고만 하래? 니가 어떻게 좀 해봐!"

그리고 언니는 언제나처럼 가장 결정적인 순간에는 모든 것을 책임졌다. 엄마와 아버지가 술에 취해 잠이 든 건지, 아니면 부동액의 독성이 온몸에 퍼져 죽었던 것인지는 모르겠다. 내가 교회 안에서 내 안에 있는 악마를 빼내달라고 열심히 기도하는 사이 명선이가 사택으로 들어갔다. 그리고 내가 처음에 계획하고 지시한 대로, 경수 아저씨가 수차례 누전의 위험을 경고했던 TV 전선 아래에 불을 피우게 했다. 모든 것이 완벽했다. 정말 똑똑하고 재능있는, 영리한 첫 살인이었다. 두 사람은 마지막에 어떻게 죽었을까? 산 채로 온몸이 오그라들게 타 들어가는 고통을 느꼈을까? 아니면 편안하게 빈껍데기뿐인 육신이 타 들어갔을까?

명희는 어느새 거실 소파에 앉아 소파 아래 이불을 깔고 누운 성수와 수리를 바라본다. 아빠의 품속을 파고드는 수리, 가냘픈 딸의 어깨를 감싸 안은 아버지…. 영락없이 사이좋은 부녀의 모습이다. 어쩌면 그 두 사람도 이런 모습으로 불에 타 들어가지 않았을까? 그렇다면 더없이 행복한 죽음이 아닌가? 만약 전설 속의 처녀와 총각도 함께 죽었더라면 훨씬 행복한 결말이 되었을 것이다.

뚜뚝뚜뚝.

창문을 때리는 소리에 밖을 내다보니 비가 내리고 있다. 행복한 결말은 그냥 이루어지는 것이 아니다. 지네 처녀나 인어 아가씨처럼 결정적인 순간에 포기를 하는 사람은 절대 해피엔딩을 가질 수 없다. 끝까지, 절망적인 순간조차 비상할 준비가 된 자만이 해피엔딩을 가질 자격이 있다. 명선이는 그러지 못했지만 나는 다르다. 명희는 한결 또렷해진 정신으로 거실 창으로 다가간다. 아무래도 밤새도록 비가 올 것 같다. 뒷산에도 비가 많이 내리겠지. 그리고… 비 때문에 다져졌던 흙들이 무너져 내릴 것이다.

성수는 현관문이 열리고 닫히는 소리에 잠에서 깬다. 그리고 자리에 누워 비가 내리는 소리를 듣는다. 분명 방금 전에 무슨 소리를 들은 것 같은데…. 환하게 불이 켜진 거실에 누워 성수는 일어나서 소리를 확인할까 말까 갈등한다. 곤히 잠든 수리의 어깨를 살짝 밀어내고 자리에서 일어난다. 거실 창으로 다가가는 순간, '번쩍!' 번개가 치며 창문 밖이 마치 서치라이트를 받은 무대처럼 환해진다. 그 순간, 성수는 누군가 창고 앞에 서 있는 모습을 본다. 우비를 입고, 손에는 뭔가를 들고 창고에서 나온다. 번개에 이어 천둥소리가 들리고 밖은 다시 칠흑처럼 깜깜해진다. 잠시 그대로 서서 다시 한 번 번개가 치기를 기다리는데… 어둠 속에서 우비를 입은 사람이 대문을 향하고 있는 것이 느껴진다. 그리고 '번쩍!' 다시 한 번 번개가 쳤을 때, 성수는 우비를 입은 사람이 아내임을 확인한다. 아내가… 손에 삽을 들고… 대문을 벗어나 뒷산으로 향하고 있다.

해피엔드

〈충주정신병원 화재 제2차 수사일지〉

1. 충주정신병원 방화범으로 의심됐던 주명선은 진짜 주명선
   이 아니다.

2. 그렇다면 죽은 주명선은 누구이고, 진짜 주명선은 어디에
   있는가?

3. 23년 전, 운명인지 우연인지 주명선의 부모가 화재로 사
   망. 그 후 쌍둥이 중 언니가 평생 정신병원에 입원한 것을
   보면 아동학대에 시달리던 쌍둥이 자매의 소행이 아닌가
   의심스러움. 당시 소방당국과 관할 경찰의 수사 파일 및
   협조 요망.

4. 파주정신병원을 나와 충주정신병원에 가짜 주명선이 입
   원하기까지 진짜 주명선의 행적과 그사이 그녀에게 무슨
   일이 있었는지 확인 요망. 동생 주명희에게 협조 요망.

5. 화재 후, 주명선에 대해 이것저것 묻고 다녔던 파주정신병
원 조무사 출신 최영석, 현재 소재 파악 안 됨. 최근 큰돈
이 들어온다고 떠들고 다님(액수로 보아 주명선의 보상금
을 말하는 듯함). 본인 명의 핸드폰 요금 미납으로 핸드폰
정지 후, 주변인들과 연락 두절. 원룸에도 수일째 돌아오지
않음. 피의자가 아니기에 수배나 잠복근무 요청 불가.

　강 형사는 〈충주정신병원 제1차 수사일지〉 다음 장에, 2
차 수사일지를 정리해 본다. 그런데 막상 정리라고 해보니
건질 게 거의 없다. 역시 도마뱀은 꼬리만 남기고 멀리 도
망친 것 같다. 이때 김 경사가 헛기침을 하며 자신을 쳐다
본다. 김 경사의 시선을 따라가자 여름 양복을 멋스럽게 제
대로 차려입은 남자가 서 있다. 주명희의 남편 하성수다.
아까부터 강 형사를 보았는지 어색한 몸짓과 표정으로 대
충 인사를 한다. 역시, 수사일지는 조금 더 채워질 것 같다.

　"그날, 왜 절 찾아오신 거죠?"
　커피숍 대신 경찰서 주차장 벤치에 앉자마자 하성수가
묻는다.
　"형사님이 굳이 서울까지 찾아와서 제 아내에게 쌍둥이
언니가 있다는 사실을 알릴 필요는 없지 않습니까? 제 아
내에게 무슨 일이 있는 겁니까?"

다소 급하고 직선적인 성격, 그러나 따뜻하고 강건한 느낌의 남자라고 강 형사는 생각한다. 그러나 그는 지금 심하게 초조하고 긴장돼 보인다.

"글쎄… 딱히 현재 주명희 씨에게 일이 생긴 것은 아닙니다만… 약간 미심쩍은 부분이 있긴 있습니다."

미심쩍은 부분이란 말에 하성수의 눈이 미세하게 흔들린다. 사람은 분명 같은 사람인데, 지난번 회사 앞에서 만났을 때의 그와 지금 강 형사를 바라보는 그는 상당히 달라 보인다. 마치 그를 둘러싸고 있는 배경색이 난색 계열에서 한색 계열로 바뀐 것 같다.

"아내는 충주 병원에서 죽은 사람이 언니가 아니라고 합니다."

"아내 되시는 분이 그렇게 말하던가요? 화재로 죽은 분이 언니가 아니라고?

"…네."

화재로 죽은 사람이 언니가 아니라…. 주명선이 주명선이 아니면 죽은 이는 도대체 누구란 말인가?

"아무래도 쌍둥이 언니의 존재 자체를 거부하고 있는 것 같습니다. 도대체 두 사람에게 무슨 일이 있었던 겁니까? 처형이 왜 정신병원에 있었는지 아십니까?"

강 형사는 장흥에 있는 주명희의 집을 떠올린다. 어둡고 음침한 외부와 달리 집 내부는 깨끗하고 아늑하게, 그곳에 살고 있는 가족의 사랑과 행복이 느껴지도록 꾸며져 있었다. 그런데 이 남자의 스위트 홈에서 무슨 일인가가 벌어지고 있지 않나 생각이 들 만큼 남자는 절박해 보인다.

"부인의 가족관계나 어린 시절에 대해 얼마나 알고 계십니까?"

살다 보면 남에게 보이고 싶지 않은 환부가 있을 수도 있다. 주명희에게는 아마도 그녀의 과거가 그것일 것이다. 아무리 사랑하는 남편이라도 절대 들키고 싶지 않고, 들켜서는 안 될 만큼 흉하고 끔찍한 상처.

"부모님이 사고로 돌아가시고 보육원에서 살았다는 것밖에 모릅니다. 그쪽 이야기 하는 걸 좋아하지 않았어요. 저도 아픈 사람 건드리는 것 같아 묻지 않았구요."

이 사람은 자기 아내의 어디까지 받아들일 수 있을까? 아무리 사랑하는 사이라도 사람마다 상대를 받아들일 수 있는 한계치는 다르다고 생각한다. 이 남자의 한계는 어디까지일까? 강 형사는 남자에게 되도록 사실만을 객관적으로 설명해 주려 노력한다.

주명선 주명희 쌍둥이 자매의 아버지가 개척교회 목사였다는 사실, 그런데 그 교회란 것이 이단이나 사이비에 가까웠고 의문의 화재 사고로 쌍둥이 자매만 남고 양친 부모가 모두 불에 타 죽었다는 사실, 화재 이후 무슨 일인지 언니 쪽만 외상 후 스트레스 장애로 정신과 치료를 받았고 그 후 망상장애로까지 진행되어 정신병원에 입원했다는 사실, 그리고 쌍둥이 자매가 오랫동안 새엄마와 아버지의 학대를 받았다는 사실까지….

강 형사의 설명을 듣는 내내 하성수의 얼굴에는 아내에 대한 연민과 동정, 그리고 아내에 대한 사랑과 책임감까지 묻어난다. 어디선가 본 듯한 낯익은 얼굴이다. 30여 년 전, 자신이 죽인 탈주범의 애인을 바라보던 젊은 형사의 모습…. 연민과 동정 그리고 책임감은 가장 안 좋은 형태의 사랑이다.

"마지막으로 하나가 더 있습니다."

"…?"

"13년 동안 충주정신병원에 입원해 있던 주명희 씨의 언니 주명선은 진짜 주명선이 아니었습니다."

충주정신병원에서는 2년에 한 번씩 건강검진을 했다. 지난 13년 동안, 화재로 죽은 주명선의 혈액형은 내내 B형이었다. 그러나 파주정신병원에서 트랜스되어 온 주명선의 의료기록부에는 A형이라고 기록되어 있었다. 설마 환자가 뒤바뀌었을 거라고 생각하지 못했던, 아니 관심조차 없었던 의료진들은 아무런 의심 없이 지난 13년 동안 가짜 주명선을 돌본 것이다. 사실 그들에게는 주명선이냐 아니냐가 중요한 것이 아니라, 두당 지원금이 같은가 안 같은가가 중요할 뿐이었을 것이다.

"그럼 아내의 언니는 어떻게…?"

남자는 아내의 충격적인 과거에 뒤이은 미스터리에 정신을 차릴 수가 없나 보다.

"지금 찾는 중입니다. 진짜 주명선 씨가 파주 병원을 퇴원한 2000년부터, 무연고로 시설에 보내진 환자들이나 무연고 시신을 중심으로 수사 중입니다."

"그럼 아내는 이 사실을 알고도… 왜?"

자신의 의문이 아내에게 불리할 수 있다는 생각도 못하고 성수는 어느 사이 늙은 형사에게 의지하고 만다. 지난 13년 동안 아내가 왜 가짜 언니를 돌보고 있었는지 이해할 수가 없다. 그리고 아내의 진짜 쌍둥이 언니에게는 무슨 일이 있었던 것일까? 갑자기 며칠 전부터 어지럽고 매스껍다고 투덜거리던 수리가 떠오른다. 오늘 아침에는 구토까지 심하게 해서 학교에 가지 못했다. 요즘 들어 부쩍 예민해진 아내와, 엄마의 변화에 분노를 터뜨리는 수리가 떠올라 성수는 불안해진다.

"말씀 잘 들었습니다. 그럼 제가 일이 있어서 이만…."

강 형사는 식은땀을 흘리며 일어나는 성수를 올려다본다. 강 형사의 인사도 받지 않고 휘청거리며 차로 돌아간 성수는 서둘러 시동을 걸고 주차장을 빠져나간다. 마치 범죄 현장에서 도망이라도 치듯 경찰서를 빠져나가는 성수의 차를 바라보며 강 형사는 기분 나쁜 예감에 사로잡힌다. 어쩌면 가까운 시일 내에 그를 다시 만날 것만 같은… 그리고 그 만남이 결코 유쾌하지 않을 것 같은 예감, 저 사람이나 나에게 모두 좋지 않은 결말이 찾아올 것 같은 예감이 든다. 강 형사가 이미 사라진 차의 뒤꽁무니의 잔상에서 헤어 나오지 못하고 있는 사이 주머니 속의 핸드폰이 울린다. 발신자를 확인해 보니 파주경찰서의 한 형사다.

"여보세요. 충주경찰서 강필호입니다."

"더운데 고생이 많으십니다. 이게 도움이 될지 모르겠는데, 쌍둥이 엄마에 대해 새로 알게 된 게 있어서요."

자신의 전리품을 상대에게 자랑하고 싶어 하는 사냥꾼의 활기가 전화기를 타고 전해진다. 이미 오래전 사건이고, 관할 구역도 아닌, 후배의 선배 형사의 부탁이라 지극히 형식적인 협조만을 기대했는데 아니었나 보다.

"그 새엄마란 여자가, 엄마가 아니라 쌍둥이들 친언니였습니다."

친언니? 자매를 학대한 새엄마가 그들의 친언니라고? 갑작스런 상황 변화에 강 형사는 당황스럽다. 새엄마가 엄마가 아니라 친언니라면… 그렇다면 그들 자매들은 아버지의 성노예였던가? 새엄마가 아니라 아버지가 학대한 것인가?

"서류상에는 분명히 마흔여섯인데, 주변 아줌마들 증언으로는 아무리 많이 봐 봤자 이십대 후반이라고 했거든요. 아무래도 이상해서 파주 전에 살던 문산 기도원에 가서 확인을 했죠. 그런데 거기서는 쌍둥이 새엄마라는 여자가 쌍둥이 친언니였더라구요."

"어떻게 그런 일이 가능할 수 있죠?"

"완전 막장에 패륜이죠. 목사가 아니라 인간 쓰레기였습니다. 부인을 죽였는지 그냥 죽었는지는 모르겠지만, 부인 죽고 나서 사망신고도 안 하고 그대로 거기를 떠서 파주에서는 딸을 부인으로 둔갑시켜 산 겁니다."

아무래도 다시 한 번 서울로 올라가야겠다. 지금 당장.

평균 시속 120킬로미터. 성수는 송추 IC에서 외곽순환도로를 빠져나와 39번 국도로 접어든다. 성수의 옆자리 조수석에서는 한 시간째 받지 않는 핸드폰 신호음이 들리고 있다. 수리도 아내도 아무도 전화를 받지 않는다. 아니라고, 아무 일 없을 거라고 아무리 고개를 저어도 불길한 예감은 지울 수가 없다. 속도위반 카메라나 과속 단속구간을 지날 때조차 성수는 오른발을 브레이크에 대지 않는다.

지금 생각해 보니, 아내와 수리만 두고 집을 나온 것은 미친 짓이었다. 며칠 전부터 아내는 불면증이나 우울증을 넘어서 광포해지기 시작했다. 한밤중에 일어나 거실이나 주방, 마당을 돌아다니기가 일쑤였고, 어느 날인가는 수리 방에 들어가 잠든 수리를 바로 머리 위에서 지켜보다 수리를 소스라치게 놀라게 한 적도 있었다. 수리는 아무래도 엄마가 이상해진 것 같다고, 마치 다른 사람이 엄마 몸에 들어온 것 같다고 두려워했다.

성수 또한 아내의 변화가 두려웠다. 마치 딴 사람이 된 것처럼 행동했고 식성이나 성격도 이전과 판이하게 달랐다. 마치 쌍둥이 언니나 다른 사람이 아내의 몸 안에 들어 있는 것처럼… 아내는 오히려 그들을 낯설어하고 두려워했다. 밤이나 낮이나 무슨 헛것을 보는지 무시로 혼자 중얼거렸고, 밥이나 빨래를 하는 중간중간 멍하게 앉아 있을 때가 많았다.

그런데도 성수는 아내의 변화를 애써 외면했다. 지금은 언니의 죽음과 과거에 대한 기억으로 조금 흔들리지만, 자신과 수리가 있으니 다시 예전의 아내로 돌아올 것이라고… 조금만 기다려 주면 하늘로 올라가던 날개옷을 접고 다시 제자리로 돌아올 것이라고… 믿고 싶었다. 지금 생각해 보니 두 손바닥으로 온 하늘을 가리려는 것이었다. 과거로부터 시작된 아내의 병은 일단 재발되면 다시는 치료 불능, 재생 불가한 병인지도 모른다.

성수는 집 앞 도로에 아무렇게나 차를 대고 집으로 뛰어 올라갔다. 그리고 목까지 차오른 가쁜 숨을 고르며 천천히 집을 둘러본다. 변한 것은 아무것도 없다. 3센티가 넘어 사람의 손길을 필요로 하는 정원 잔디와 오랜 가뭄으로 바짝 마른 정원수들, 그리고 창고 겸 차고에 세워진

아내의 승용차까지 모두 그대로다. 그런데 이상하게도 고요하다. 마치 일체의 외부 물질이 집 안으로 들어오지 못하도록 집 주변으로 커다란 진공 팩을 둘러싼 것처럼… 한없이 적막하고 배타적이다.

성수는 마음 깊은 곳에서부터 밀려 올라오는 두려움을 극복하기 위해 현관문을 잡는다. 성수가 막 현관문을 당기려는 순간, 문은 저절로 밀려 나온다.

"안 들어오고 밖에서 뭐해요?"

아내가 현관문을 밀고 나온다. 평소라면 하지 않을 짙은 화장에 검은 시스루 원피스까지 차려입은 아내의 모습이 낯설다.

"우리 오랜만에 외식할까? 당신 좋아하는 초밥 어때? 네이버에 맛집 검색 좀 해봐. 내가 블루베리 좀 갈아 줄게."

성수는 행복에 들뜨다 못해 딴 세상에서 내려온 것 같은 명희의 모습이 으스스하다. 지나치게 이른 남편의 퇴근 시간도, 날것을 싫어하는 남편의 식성도, 며칠째 아파온 수리의 안부도, 그 어떤 것도 명희의 의식에는 존재하지 않는 듯하다. 명희는 식은땀을 흘리며 쳐다보는 남편의 시선도 아랑곳하지 않고 주방으로 들어가 성수를 위한 생과일주스를 만든다.

드르륵… 드르륵….

주서기가 돌아가는 소리만이 온 집 안에 울려 퍼지고,

성수는 안방으로, 2층으로 열심히 수리의 흔적을 찾는다.

"수리는 어딨어?"

"…."

드르륵, 드르륵….

거침없이 돌아가는 주서기가 명희의 대답을 대신한다.

"여보! 수리 2층에 있어? 수리야! 아빠 왔어, 수리야! 내려와."

"수리 친구 집에 갔는데."

어느새 주방에서 나온 명희가 투명한 주스 잔에 든 보랏빛이 선명한 블루베리 주스를 성수에게 건넨다.

"친구 누구? 아픈 애가 왜 친구 집에를 가?"

"당신 가고 바로 좋아져서 심심하다길래 버스 터미널까지 태워다 줬어. 친구 집에서 내일 학교도 가고 며칠 있겠대."

두서도 없고 앞뒤도 안 맞는, 도대체 말도 안 되는 소리다. 수리는 단 하룻밤도 남의 집에 가서 자는 아이가 아니다. 더구나 하루도 아니고 며칠씩이나 그 집에서 학교를 다니겠다니…. 이 집 안에서 두 여자 사이에 무슨 일인가가 생긴 것이다.

"빨리 마시고 줘. 설거지하고 가게."

성수는 블루베리 주스를 단숨에 마시고는 아내가 주방으로 들어가는 사이 2층 수리의 방으로 올라간다. 그러나

2층 서재 방에도, 수리의 방에도, 화장실에도, 어디에도 수리의 흔적은 없다. 할 수 없이 아래층으로 내려오는데 안방 화장실 안에서 아내의 콧노래 소리가 들린다.

"성수 씨, 나 아까 땀을 너무 흘려서 잠깐 샤워만 하고 나올게."

성수는 급히 아래층 여기저기를 뒤지기 시작한다. 옷 방, 이불장과 화장실, 다용도실을 차례로 뒤지고 성수는 다시 한 번 수리의 핸드폰으로 전화를 걸어 본다. 요즘 들어 수리가 좋아하던 가수의 노래가 들린다.

'남의 편 같은 남편과/ 가슴에 식어 가는 아내

바늘같이 예민한 아들/ 아주 삐딱한 우리 막내 딸

사랑한단 말 고맙다는 말/ 가슴 한켠에

묻어 둔 채 살다가/ 이제서야 늦었지만

숨기지 않고 말할게.'

성수는 애끓는 마음으로 거실 창밖을 내다보다 문득 차고에 세워진 아내의 차에서 시선을 멈춘다. 분명 아침에 나갈 때까지는 후면 주차였는데… 지금은 정면 주차다. 정말로 아내가 수리를 버스 터미널에 태워 주고 온 것인가? 성수는 수리와의 핸드폰 연결을 끊지 않은 채 그대로 차고로 향한다. 성수의 손에 든 핸드폰에서는 남자 가수의 감미로운 목소리가 물처럼 흘러내린다.

'소중한 사람 지켜 줄 그 사랑/ 내 옆에 늘 같은 자리에 있
단 걸
몰랐었던 바보 같던/ 우리가 사는 이야기
물어뜯고 싸우고/ 왜 다시 울어'

성수가 차고로 다가갈수록 차고 안에서는 성수의 손
안에서 나는 소리와 같은 소리가 공기를 가로질러 성수의
귀에 달라붙는다.

'그게 사랑이 맞냐고/ 서로에게 물어.'

성수는 차마 차고 안으로 들어가지 못하고 여전히 손
에서 울리고 있는 핸드폰만 내려다본다. 남자 가수의 목
소리가 자동차 트렁크 안에서 절정을 향하고 있다.

'아까워 그렇게 흘린/ 눈물 한 방울이 안쓰러워.'

아주 잠깐 그는 수리에게 벌어졌을지도 모를 말도 안
되는 일을 상상해 본다. 말도 안 돼…. 절대 그런 일은 없
다. 머리로는 말도 안 되는 일이라 생각하면서도 온몸은

이미 공포에 질려 한 발짝도 움직일 수가 없다. 간신히 차고 안으로 들어가 앞좌석 문을 연다. 상체를 숙여 자동차 트렁크 버튼을 열려는 순간, 정수리에 극심한 고통이 느껴지고 뒤이어 쿵 소리가 마저 들린다. 번개가 먼저 치고 천둥이 나중에 울렸던가? 빛이 빠른가 소리가 빠른가… 생각할 틈도 없이 성수는 심해의 밑바닥으로, 무의식의 망망대해로 빠르게 가라앉는다.

"이게 무슨 짓이야? 수리만, 수리만 없앤다고 했잖아."

명희는 망치를 높이 든 명선이를 노려본다. 허공에 높이 치켜든 망치가 성수의 머리를 향해 다시 한 번 날아든다.

"어차피… 이 사람은 너를 사랑하지도, 지켜 주지도 않아."

"아니야, 이 사람은 달라. 오로지 나만 사랑했다구."

명선이의 독설에 명희는 오늘 처음으로 강하게 반발한다.

"그럼 왜 딸년은 죽여 달래? 이 남자가 너보다 딸년을 사랑하니까 그런 거 아니야?"

명선이는 명희에게 보란 듯이 트렁크 버튼을 누른다.

'퉁!'

경쾌한 소리와 함께 트렁크 문이 올라가자, 어두운 트렁크 안에 구겨진 채 웅크리고 누운 수리가 보인다.

"니가 죽여야 된다고 그랬지, 내가 죽여 달라고 안 했어."

명희는 트렁크 안에 엎어져 있는 딸의 모습에 말할 수 없이 처참함을 느낀다.

"니가 죽이고 싶어 하니까 내가 해준 거잖아. 내가 언니니까."

명선이는 수리가 구겨져 있는 트렁크의 넓이와 여유분을 계산해 본다. 두 사람이 들어가기엔 무리가 있다.

"말도 안 돼. 내가 왜 내 딸을 죽이고 싶어 하겠어?"

"그럼, 수리 언니는 왜 죽였어? 태어나자마자 갓난아기를 죽였잖아. 베개로 눌러서…. 기억 안 나?"

"사고야. 나는 그런 적 없어."

수리는 그대로 트렁크에 넣기로 하고 명선이는 성수 쪽으로 다가간다. 아직 숨이 붙었는지 끈질기게도 가슴골이 움직인다. 명선이는 한 번 더 망치를 올려 성수의 얼굴을 두들긴다.

"동생은 살리고, 언니는 죽인다? 나처럼?"

명선이의 얼굴에 성수의 피가 마구 튀기는 것을 보고 마침내 명희는 무너져 내린다.

"아니야… 아니란 말이야…."

"니가 잘못한 거야. 같이 죽었어야지. 엄마랑 아빠처럼… 같이 죽어야 행복한 결말이지. 나만 죽이고 너만 사니까 이렇게 됐잖아. 처음부터 너랑 나밖에 필요 없는데… 왜 그랬어?"

아직도 정신을 못 차리고 울고 있는 동생을 대신해 명선이는 주유구를 열고 깔때기로 차 안의 기름을 바닥으로 빼낸다.

"언니, 제발 그만해. 제발…."

명희는 얼굴이 으깨진 성수를 끌어안고 명선이를 바라본다.

"처음부터 니가 계획한 거잖아. 나는 언제나 니 편이었어. 불을 질러 달래서 불을 질렀고, 정신병원에 들어가라고 해서 들어갔어. 그런데 같이 죽자고 해놓고 나만 죽였잖아."

명선이는 성수의 양복 안주머니를 뒤져 라이터를 꺼내 든다.

"미안해… 언니, 미안해. 내가 잘못했어."

명선이는 한손에는 라이터를 들고 다른 한손으로는 동생을 끌어안는다.

"괜찮아. 울지 마. 나는 널 이해해. 나는 너고, 너는 나니까…. 이제 우리 같이 가는 거야."

자매는 함께 라이터를 켜 기름이 흥건한 바닥에 올려놓는다. 곧 따뜻한 불길이 일렁이며 자매를, 자매의 남편을, 자매의 딸을 서서히 집어 삼키는 것을 한없이 아름답게, 한없이 처연하게 바라본다.

만남은 슬프고 이별은 더 슬프다

　　　　　강 형사의 차가 주명희의 집 앞에
섰을 때는 이미 화마가 창고를 거쳐 마당을 타고 집 안
으로 혀를 내밀 때였다. 재빨리 진원지를 파악한 강 형
사는 소방대가 오기 전에 먼저 차고로 뛰어들었다. 그
가 연기를 뚫고 발견한 것은 남편의 시신을 끌어안고
있는 주명희였다. 경차 바로 옆에 주저앉아 마치 남편
을 불길에서 지켜 주려는 듯 온몸으로 남편을 덮고 있
었다. 의식을 잃은 주명희를 간신히 끌어내자마자 소방
대의 소방호스가 강 형사의 머리 위로 시원한 빗줄기를
부어 주었다.

　불은 꺼지고⋯ 주명희의 딸과 남편은 반쯤 탄 시체로
발견되었다. 그리고 쌍둥이 동생 주명희는 살아서, 주명
희가 아닌 주명선이 되었다.

　오랜 시간 주명희를 관찰하고 상담한 김 교수는 한동

안은 그녀의 정신이 그녀의 육체에 머물지 않을 것이라고 판단했다. 대신 그녀의 육체를 지배하고 있는 것은 언니 주명선의 영혼이다. 남편과 자식을 죽인 자신의 악을 외면하고 회피하기 위해, 쌍둥이 언니의 정신에 의지하는 것이라고 했다. 최소한 4명의 살인죄로 기소가 될지, 평생을 정신병원에 갇혀 지낼지, 아직 아무것도 결정된 것이 없다.

남편 하성수와 딸 하수리, 언니 주명선 외에 또 한 명의 희생자가 있었다. 주명희 집 근처 공터에서 최영석의 자동차가 발견되었고, 주명희의 집 뒷산 기슭에서 고라니 사체 옆에 묻힌 최영석이 발굴됐다. 13년을 주명선으로 살았던 가짜 명선은 비슷한 시기 서울역에서 사라진 노숙자 김영희로 드러났다. 주명희가 언니를 죽이고 그녀를 대체할 비슷한 체격의 여자를 찾아낸 것이다.

아내가 진아를 따라 서울 요양병원으로 올라가기 하루 전, 김 교수로부터 전화가 왔다. 주명희와의 상담을 통해 새로운 퍼즐 조각 하나를 더 맞췄다고 했다. 그리고 그 내용은 가히 충격적이었다. 쌍둥이 자매의 새엄마이자 친언니라고만 생각했던 여자가 사실은 쌍둥이의 친언니이자 친모였다.

쌍둥이들은 아버지와 언니 사이에서 태어난 아이였던

것이다. 목사는 자신의 딸이 낳은 자신의 쌍둥이 아이를 부인의 호적에 올려놓고 부인이 죽은 뒤, 언니를 엄마로 탈바꿈해 새로운 가족을 만들었다. 그러나 언니는 끊임없이 자신의 동생이자 딸들을 질투했다. 언젠가 자신이 그러했듯 딸들이 자신을 죽이고 엄마의 자리를 차지하지 않을까… 언제나 감시하고 질투하며, 괴롭히고 학대한 것이다.

주명희가 출산 직후 자신이 낳은 쌍둥이 중 언니를 죽이고, 오랜 세월 보듬고 키워 온 딸 수리마저 죽인 것 또한 딸들에 대한 질투와 두려움을 그 엄마에게서 고스란히 물려받았기 때문일 것이라고 김 교수는 분석했다. 부모를 모두 불태워 죽이고, 언니마저 정신병원에서 죽음으로 몰아내고도 주명희는 여전히 그들에게서 한 치도 벗어나지 못했던 것이다.

그녀의 고통은 아주 오랫동안 소리가 나지 않는 무음이었다. 그래서 아무도 그 소리를 듣지 못하였다. 이제 자매는 그녀들이 원하는 한 함께할 것이다. 즐거움도, 고통도, 기억도, 추억도, 영원히… 하나가 될 것이다.

만남은 슬프고 이별은 더 슬프다. 그래서 나는 이별을 조금 미루기로 했다. 퇴직을 4년 3개월 앞둔 나는 사표를 내고 아내의 병원으로 향한다. 아내와 늦은 아침을 먹고 아내를 휠체어에 태워 가벼운 산책을 한 후, 퇴원 후 우리가 이사 갈 새집에 대해 이런저런 고민을 해야겠다. 25평 주공아파트보다는 넓지만 서로의 온기가 충분히 전달될 수 있을 정도의 주택에서 아내를 위한 상추와 오이를 가꾸며… 두 사람이 함께, 삶의 연장선에 있는 죽음을 향해 나아갈 생각이다.